HEYNE BÜCHER

SCIENCE FICTION

Herausgegeben
von Wolfgang Jeschke

Ein Verzeichnis weiterer Romane dieser Serie finden Sie am Schluß des Bandes.

JOHN M. FORD

WAS KOSTET DIESER PLANET?

STAR TREK
Raumschiff ›Enterprise‹

Deutsche Erstausgabe

WILHELM HEYNE VERLAG
MÜNCHEN

HEYNE SCIENCE FICTION & FANTASY
Band 06/4922

Titel der amerikanischen Originalausgabe
HOW MUCH FOR JUST THE PLANET?
Deutsche Übersetzung von Andreas Brandhorst

3. Auflage

Redaktion: Rainer Michael Rahn

Printed in Germany 1993
Umschlagbild: Pocket Books/Simon & Schuster,
Paramount, New York
Umschlaggestaltung: Atelier Ingrid Schütz, München
Technische Betreuung: Manfred Spinola
Satz: Schaber Datentechnik, Wels
Druck und Bindung: Ebner Ulm

ISBN 3-453-05844-5

Dieses Buch widme ich voller Zuneigung
den besonderen Gaststars:
Pamela & David
Diane & Peter
Janet & Ricky
und Neil, der eine Statistenrolle wollte.

Darüber hinaus bin ich
folgenden Personen zu Dank verpflichtet:
W. Shakespeare
G. Feydeau
W. S. Gilbert
und den stillen Komikern in Vers 2 von ›Monochrom‹.
Ohne ihre Arbeit gäbe es keine Tradition,
bei der man sich bedienen könnte.

KAPITEL 1

IM WELTRAUM KANN NIEMAND EIN EI IN DIE PFANNE SCHLAGEN

Die Offiziersmesse der USS *Enterprise* war ein kleiner, recht gemütlicher Raum mit bequemen Stühlen, nicht zu hellen Lampen und einem großen Lebensmittelsynthetisierer, der über vier Ausgabefächer verfügte — niemand sollte warten müssen. An diesem Morgen betraten zwei Offiziere den Raum, legten mit dem Vermerk STRENG GEHEIM versehene Aktenmappen auf den Tisch und näherten sich dem Synthetisierer, der fast die ganze Wand beanspruchte.

»Ich weiß nicht, Scotty«, sagte Captain James T. Kirk und winkte lässig in Richtung der geheimen Dokumente. »Vielleicht beunruhigt mich nur das *Konzept* eines aufblasbaren Raumschiffs aus Gummi.« Er sah die Wand an. »Zwei Spiegeleier, nur auf einer Seite gebraten, Weizentoast und einen großen Orangensaft.« Der Synthetisierer bestätigte die Bestellung mit einem *Pliep.*

»Salzige Haferkekse mit Butter und Sirup«, teilte Chefingenieur Montgomery Scott der Wand mit. »Einen gegrillten Kipper* und schwarzen Kaffee.« *Pliep.* »Von ›Gummi‹ kann kaum die Rede sein, Captain. Es handelt sich um eine Art Sandwich mit drei monomolekularen Schichten: drinnen ein organisches Polymer, damit das

* Kipper: vor dem Räuchern ausgenommener, gesalzener und oft mit anderen Gewürzen behandelter Hering oder Lachs. — *Anmerkung des Übersetzers*

Gas nicht entweicht, und an der Außenseite ein Metallfilm, um die Sondierungssignale von Sensoren wie ein normaler Schiffsrumpf zu reflektieren. Dazwischen befindet sich ein pseudoflüssiges Dichtungsmittel.«

Die Wand machte *Plup.* »Für ein derartiges Sandwich bin ich heute nicht programmiert«, ertönte eine mütterlich klingende Sprachprozessorenstimme. »Darf ich gebackenen Käse mit kanadischem Schinken vorschlagen?«

Scott gab der Wand einen liebenswürdigen Tritt. »Darüber hinaus sind die Prototypen zusammengefaltet nicht größer als ein Schreibtisch, *mit* dem Aufblähungssystem. Nun, im Vakuum ist nur wenig Gas nötig, um die Dinger zu füllen. Es genügt, einige Male tief Luft zu holen ...«

»Mr. Scott unterschätzt das notwendige Gasvolumen«, erklang eine Stimme von der Tür. »Zu dem Aufblähungssystem gehören siebenundzwanzig Kubikmeter Trockenstickstoff. Ausgeatmete Luft enthält Feuchtigkeit und respiratorische Abfallprodukte, die dem Material des taktischen Übungsziels schaden.«

»Guten Morgen, Spock«, sagte Kirk geduldig.

Der Vulkanier betrat die Messe — die Hände auf den Rücken gelegt, die Brauen gewölbt. »Es scheint der Beginn eines produktiven Tages zu sein«, sagte er, als sich das Schott hinter ihm mit einem leisen Zischen schloß. »Hundert Gramm ungesalzene Sojascheiben mit zwanzig Gramm entfettetem Doppelrahmkäse«, sagte Spock zur Wand. »Dazu zweihundert Gramm Pampelmusensaft, ohne Zucker.« *Pliep.*

»Die Übungsziele stellen recht ausgefallene Gummiballons dar«, meinte Kirk. »Und sie sind teuer ...«

»Zwei Komma acht sechs drei Millionen Credits für jeden der vier Prototypen«, ließ sich Spock vernehmen.

»Aber auf sie zu schießen ...«, fuhr Kirk fort. »Ebensogut könnte man Phaserkanonen auf Gummifische in der Badewanne richten.«

Plup. »Gebratener Fisch steht zur Verfügung ...«

Der Captain ignorierte den Synthetisierer und bemerkte, wie Spocks Brauen noch höher kletterten. »Ballons sind nicht zu taktischen Manövern imstande, und *ja:* Ich habe den jüngsten Bericht des Starfleet-Instituts gelesen. Darin hieß es, man soll so vorgehen, als seien die Prototypen überaus gefährliche, dreihundert Meter lange Superschlachtschiffe.«

Pling machte die Wand. Die Klappe eines Ausgabefachs öffnete sich, und darin erschien ein Tablett. Auf dem Teller lagen zwei Spiegeleier, nur eine Seite gebraten, daneben Schinken. Kirk trug sein Frühstück zum Tisch.

Erneut glitt das Schott beiseite, und der Bordarzt McCoy kam herein. Ohne ein Wort schlurfte er zur Wand, lehnte sich schwer daran und brummte etwas, das wie ›Plergb hfarizz ungemby, *und Kaffee*‹ klang.

Früh am Morgen hatte Pille McCoy nur selten gute Laune.

Pliep, antwortete der Synthetisierer, kündete dann mit einem zweifachen *Pling* das Frühstück für Scott und Spock an. Die beiden Männer gingen zu Kirk und nahmen bei ihm Platz.

Der Captain zerdrückte den Dotter eines Eis, schmierte Butter auf den Toast und hob das Glas zum Mund, als er plötzlich feststellte, daß blaue Flüssigkeit darin glänzte.

Es war weder das Indigo von Traubensaft noch das sanfte Azurblau von romulanischem Bier, sondern ein schimmerndes, elektrisches Blau — eine Farbe, die in der Natur nicht vorkam.

Kirk sah sich am Tisch um. Scott und Spock sprachen über irgendeinen technischen Aspekt der Ballo ... der taktischen Übungsziele. Mit ihrem Frühstück schien soweit alles in Ordnung zu sein: Scotts Kaffee war schwarz, Spocks Saft goldgelb. Dr. McCoy wartete noch immer auf seine Mahlzeit, beobachtete die Offizierskollegen wie ein Geier, der an Übelkeit litt. Doch er starrte ins Leere. *Vielleicht ist es einfach zu früh,* dachte Jim. *Vielleicht erliege ich einer optischen Täuschung.* Erneut betrachtete er das Glas — die Flüssigkeit darin blieb blau.

Raumschiffkommandanten sind ganz besondere Personen, die sich kühn dem Unbekannten stellen und so weiter. Kirk trank einen vorsichtigen Schluck. An dem Geschmack gab es nichts auszusetzen. Ihm strich sogar etwas Fruchtfleisch über den Gaumen, wie bei echtem Orangensaft.

Noch ein prüfender Blick. Blau.

Die Wand machte *Pling,* und McCoy trug sein Tablett zum Tisch. Kirk sah sich die Mahlzeit an: ein großer Becher mit Kaffee, eine Scheibe Virginia-Schinken, daneben ein unidentifizierbarer Haufen. Das Etwas hatte jene orangefarbene Tönung, die Jims Getränk fehlte. Aber es war ein grelles, fluoreszierendes Orange. Der Captain nahm zur Kenntnis, daß Spock und Scotty schwiegen, offenbar fasziniert von der orangefarbenen Masse auf McCoys Teller.

In aller Seelenruhe schnitt der Doktor den Schinken, bohrte die Gabel ins Orange und aß mit dem Appetit eines Verhungernden.

Spock verspeiste den letzten Sojacracker mit Käse, erhob sich und schob sein Tablett in den Schlitz der Recyclingeinheit. »Captain, Mr. Scott, Dr. McCoy ... Bitte entschuldigen Sie mich. Ich muß noch einige Vorbereitungen für den Test der Übungsziele treffen.«

»Aye«, erwiderte der Chefingenieur und beobachtete McCoy beim Essen, während der Sirup an seinen Haferkeksen erstarrte. Kirk antwortete mit »Natürlich, Mr. Spock«, und der Arzt brummte: »Gmltfrbl.«

Spock warf einen letzten Blick auf McCoys Teller, wandte sich abrupt ab und verließ den Raum. Nach Jims Ansicht wirkte sein Gesicht ziemlich grün, selbst für einen Vulkanier.

»Ich sollte besser die Startkatapulte kontrollieren«,

sagte Scott. »Für den, äh, Test und so.« Er eilte in den Korridor.

Kirk sah wie gebannt zu, als Pille McCoy die orangefarbene Masse zusammen mit dem Schinken verschlang. Dann setzte er den Becher an die Lippen, trank mit großen Schlucken, lehnte sich zurück, seufzte und rülpste kurz.

Er musterte Kirk und runzelte die Stirn. »Was ist los, Jim? Hast du noch nie jemanden gesehen, der Grütze ißt?«

»Ich, äh ...«

»Und bei Hygieia: Was *trinkst* du da?«

»Einen, äh, Muntermacher«, entgegnete Kirk hastig und leerte das Glas bis auf den letzten blauen Tropfen. »Entschuldige, Pille. Hab heute 'ne Menge zu tun.« Er stand auf und schob das Tablett in den Schlitz, ohne das zweite Ei zu beachten. Er verschwendete dabei nichts, dachte an das Wiederaufbereitungsmodul der automatischen Küche — und bedauerte den Gedanken sofort.

Dies ist einer von jenen *Tagen,* fuhr es dem Captain durch den Sinn, als er einen verwirrten McCoy in der Offiziersmesse zurückließ.

Nicht weit entfernt, lautlos im interstellaren All, flog das Forschungsschiff *Jefferson Randolph Smith* mit Warp vier, während die Sensoren nach Dilithium suchten. Dilithium — jenes seltene, feuerfeste Mineral, das Warptriebwerke (und die Föderation) mit Energie versorgt ... Doch darüber später mehr. Derzeit erlebte die Kommandantin der *Smith* ebenfalls einen von *jenen* Tagen.

Sie scheinen sich dauernd zu wiederholen, überlegte Captain Tatjana Trofimow, als sie an ihrem blauen Orangensaft nippte.

Die übrigen Offiziere des Forschungsschiffes leisteten ihr in der Messe Gesellschaft. Der Erste Offizier — ein Withiki namens Tellihu — hatte die breiten Flügel aus roten Federn um die Rückenlehne des Stuhls geschlungen. In der linken Hand hielt er ein gerade ausgedrucktes Nachrichtenfax, und mit der rechten aß er ein Pilzomelett. Die *Smith* war inzwischen seit vierhundertsechsundsechzig Tagen unterwegs, und an jedem Morgen genehmigte sich Tellihu Eier — Captain Trofimow verglich dieses Verhalten noch immer mit Kannibalismus.

T'Vau — sie nahm die Pflichten des wissenschaftlichen Offiziers wahr — verspeiste die letzten Reste ihres Sojasalats und blickte auf ein Schachbrett. Sie beobachtete es nur, ohne die Figuren zu berühren. Mehrere Haarsträhnen reichten über das eine Ohr hinweg, und an der Uniformbluse klebten einige Essig- und Ölflekken. *Für eine Vulkanierin ist sie ausgesprochen schlampig,* fand Trofimow.

Diese drei Personen waren die einzigen Offiziere der *Jefferson Randolph Smith,* und gleichzeitig bildeten sie die ganze Mannschaft. Hinzu kam: Das Zimmer diente nicht nur als Offiziersmesse, sondern auch als Aufenthalts- und Freizeitraum. Die *Smith* (NCC-29402, Sulek-Klasse) unterstand der Abteilung für Ressourcen, Starfleet-Forschungssektion. Sie hatte den Auftrag, dorthin vorzustoßen, wo noch nie — nein, nicht was Sie denken — wo noch nie zuvor Prospektoren gewesen sind. Mit anderen Worten: Sie sollte Dilithium finden, mit einem möglichst geringen Kostenaufwand.

Eigentlich war das Schiff gar nicht so klein; drei Besatzungsmitgliedern bot es viel Platz. Nun, die Starfleet-Psychologen wußten natürlich: Wenn eine Mission zwanzig bis achtundzwanzig Monate dauerte und die Crew nur aus drei Personen bestand, so mußten Wesen, Natur und Charakter der betreffenden Individuen zueinander passen, um Probleme zu vermeiden. Die zuständigen Stellen regten an, genaue Tests für psychisch-emotionale Interaktionen zu entwickeln.

Dutzende von Psychologen begannen sofort mit der Arbeit und stellten in Aussicht, einen ersten Untersuchungsbericht in sechs Monaten abzuliefern. Bis dahin ... Tja, irgend jemand mußte das Dilithium herbeischaffen.

Captain Trofimow stammte von Reynaud II, einem nur dünn besiedelten Planeten am Cygnus-Carina-Rand, der kaum mit anderen Welten Handel trieb. Schon als junges Mädchen entschied sie, mit einer beruflichen Laufbahn in Starfleet zu beginnen, Reynaud II zu verlassen und sich so weit wie möglich von ihrer Heimat zu entfernen. Die Forschungssektion erschien ihr genau richtig. Der Werbeoffizier zeigte ihr holographische Bilder von großen Bergbauschiffen — wie zum Beispiel der *Dawson City* — und Planetenformern wie der *Robert Moses.* Derartige Schiffe stellten wahre Kolosse dar, noch größer als eine Starbase, und daraufhin hielt Trofimow ihr Schicksal für besiegelt.

Ich habe mich nicht geirrt, dachte sie.

Tellihu beendete sein Omelett, stand auf, wandte sich dem Synthetisierer zu und gab einige pfeifende Withiki-Laute von sich. *Pliep,* erwiderte die Wand, und dann *Pling.* Kurz darauf nahm er etwas entgegen, das für Trofimow aussah wie eine mit Vogelfutter gefüllte Waffeltüte, knabberte daran, schritt zur Tür und senkte seine Schwingen, um das Schott zu passieren.

Es steckt Absicht dahinter, dachte die Kommandantin. *Er würde auch Würmer essen, wenn er glaubte, damit durchzukommen.*

Sie musterte T'Vau. Die Vulkanierin zog einen Tangfladen aus der Salatschüssel, stopfte ihn in den Mund und kaute, während sie weiterhin die Schachkonfiguration betrachtete. Nach einer Weile streckte sie die Hand aus, griff nach einem Bauern und drehte ihn mehrmals, bevor sie ihn wieder an die gleiche Stelle setzte.

Trofimow trank den restlichen Saft, ohne auf die Farbe zu achten, und dann überließ sie T'Vau ihrem ... Spiel. *Ich wette, anderen Raumschiffkommandanten ergeht es weitaus besser.* Mit diesem Gedanken trat sie in den Korridor.

Gar nicht viel weiter entfernt patrouillierte der klingonische Kreuzer *Feuerblüte* im Bereich der organianischen Vertragszone, die das Imperium von der Föderation trennte.

Der Name *Feuerblüte* ging auf einen Zwischenfall in der Jugend von Captain Kaden vestai-Oparai zurück. Kaden hatte damals als Fähnrich und Steuermann eines B-5-Zerstörers an einem der Kriege des Inneren Zwists teilgenommen. Ein Zufallstreffer durchdrang die Schilde, tötete einen großen Teil der Besatzung und auch den Captain. Daraufhin übernahm Kaden das Kommando, um gleich darauf festzustellen, daß sein kleines, beschädigtes Schiff von einem leichten Angriffskreuzer verfolgt wurde.

Kaden änderte den Kurs, wich den Salven des Kreuzers aus und flog zur nächsten Sonne. Die Deflektoren begannen zu flackern, und der Rumpf erhitzte sich. Darüber hinaus kam der Gegner immer näher. Es gab praktisch überhaupt keine Überlebenschancen: Die Schilde des Kreuzers waren weitaus stärker; damit konnte er sich dem Stern fast bis zur Photosphäre nähern. Er brauchte nicht einmal seine Bordkanonen einzusetzen. Es genügte, Kadens Schiff auch weiterhin zu verfolgen — früher oder später würde es schmelzen.

Im letzten Augenblick, bevor die B-5-Einheit verdampfte, schleuste Kaden eine Rettungskapsel mit maximaler Beschleunigung aus und drehte fast um neunzig Grad ab. Er rechnete damit, daß der Captain des Kreuzers dieses Manöver wiederholte, von unerträglich hellem Licht ins Schwarz des Alls blickte und einige Sekunden brauchte, um die Phaser-Zielkoordinaten zu ermitteln. Bestimmt ignorierte er die Kapsel — sie mußte innerhalb kurzer Zeit verglühen.

Kadens Vermutungen erwiesen sich als richtig. Als die Waffensysteme des Kreuzers eine Anpeilung vornahmen, fiel die ausgeschleuste Kapsel der Sonne entgegen. Sie enthielt vier Magnetflaschen mit Antimaterie, platzte auseinander ... Nun, selbst Antiplasma reagiert ziemlich heftig auf gewöhnliche Materie. Es kam zu einer Annihilationsexplosion, und eine nach solaren Maßstäben kleine Protuberanz raste dem Kreuzer entgegen. Das helle Schimmern der zusammenbrechenden Deflektoren verlor sich im Gleißen des Sterns.

Inzwischen sind viele Jahre vergangen, dachte Kaden, als er dem Synthetisierer seinen Frühstückswunsch nannte. *Damals ist das Leben noch interessant gewesen.* Jetzt kommandierte er einen schweren Schlachtkreuzer der Klasse D-7c — er war dem damaligen kleinen Zerstörer ebenso überlegen wie der Zerstörer der Rettungskapsel. In der ganzen klingonischen Raumflotte gab es keinen Offizier, der sich nicht darüber gefreut hätte, mit einem D-7c-Kreuzer gegen die Feinde des Imperiums zu kämpfen.

Doch seit der Sache mit den Organianern herrschte ein gewisser Mangel an Feinden des Imperiums, gegen die man kämpfen konnte. Wenn man versuchte, in der Vertragszone Gewalt anzuwenden, wurden alle als Waffen verwendbaren Dinge — von den Strahlenkanonen bis hin zum Besteck — glühend heiß, und anschließend erinnerte eine körperlose Stimme an die vertraglichen Vereinbarungen.

Kaden hatte es als Fähnrich erlebt. Sein Geschwader ortete zwei tellaritische Frachter, unbewaffnet und ohne Eskorte — sie schienen ein Schild mit der Aufschrift BITTE ÜBERFALLEN! hinter sich herzuziehen. Aber noch bevor sich die Kreuzer zum Angriff formierten ... Es zischte und donnerte — und auf der Waffenkonsole hätte man Koteletts braten können. Unglücklicherweise hielt sich zu jenem Zeitpunkt einer von Kadens Kameraden in der Matrosentoilette auf — die organianischen Glühbirnen hatten seltsame Vorstellungen von potentiellen Waffen. Nun, es handelte sich um Wesen aus reiner Energie, die vermutlich nie ihren energetischen Darm entleeren mußten.

Wie dem auch sei: Die ständigen Einmischungen der Organianer sorgten dafür, daß Kadens Kommando ebenso aufregend war wie die Beobachtung wachsender Hefe. Apropos Hefe ... Er starrte auf seinen Eiertoast hinab, den der Synthetisierer heiß und knusprig geliefert hatte. Kaden schüttelte den Kopf und beäugte den süßen Saft im Glas — er schien völlig normal zu sein. Er trank einen Schluck. Der schnelle klingonische Stoffwechsel zerlegte Zucker fast sofort, und dadurch spürte Kaden ein angenehmes Prickeln. Genau das richtige am Morgen ...

Er tröstete sich mit dem Gedanken, daß Arizhel zur Brückencrew gehörte.

Genau in diesem Augenblick kam Rish herein. Der Zufall ließ den Captain verblüfft zusammenzucken; dann lehnte er sich zurück und behielt die Frau im Auge. Sie betätigte einige Tasten an der Menü-Konsole und lehnte sich dann an die Wand. *Bewundernswerte Rumpfstruktur,* überlegte Kaden. *Hervorragendes Datenverarbeitungspotential. Und sehr leistungsfähige Verteidigungssysteme, die bisher eine direkte Sensoranalyse verhindert haben, ganz zu schweigen von Traktorstrahlen und Entern.*

Der Kommandant fügte hinzu: *Nun, vielleicht in der Schwarzen Flotte ...*

Etwas anderes fiel ihm ein. »Sie sollten besser darauf verzichten, den Eiertoast zu bestellen.«

»Stimmt was nicht damit?« fragte Rish, als die Konsole summte und ein Tablett aus dem Schlitz glitt. Sie betrachtete es. »*G'day't!*«

»Nun, nicht im wahrsten Sinne des Wortes«, erwiderte Kaden und nahm ein grünes Stück von seinem eigenen Toast. »Das Zeug schmeckt ganz gut, wenn man nicht auf die Farbe achtet.«

Zwei weitere Personen traten ein und gingen zur Konsole: Chefingenieur Askade, erstaunlich groß und schlank für einen imperialen Klingonen, und Sicherheitsoffizier Maglus, der die Statur eines Sturmwanderers hatte und ebenso gefährlich war.

»Was halten Sie davon, Chefingenieur?« erkundigte sich Arizhel und deutete auf die grüne Masse.

Askade griff nach dem Eiertoast und starrte müde darauf hinab. »Wenn der Synthetisierer Todesstrahlen projizieren soll, brauche ich einige spezielle Teile für den Umbau«, kommentierte er und biß ab. »Hm, schmeckt nicht schlecht. Wo liegt das Problem?«

»Bei der Farbe.«

»Ach?« Askade hob den Toast dicht vor die Augen und versuchte, sich darauf zu konzentrieren. »Oh. Hm.«

Maglus zog sein Tablett aus der Maschine. Ein saftiges Steak und vier gebratene Eier lagen auf dem Teller, und daneben stand ein Literglas mit Saft. Die Eier hatten blaue Dotter. Maglus beobachtete sie eine Zeitlang, zuckte dann mit den Schultern, gab heiße Soße hinzu und begann mit der Mahlzeit.

»Vielleicht sind die falschen Röhren miteinander verbunden«, sagte Kaden. »Vielleicht wird unsere schmutzige Wäsche wiederaufbereitet. Ich meine, diese Farbe erinnert mich an Unterhosengrün.«

»Das ist ausgesprochen unwahrscheinlich«, entgegnete Askade. Es klang nicht sehr überzeugt.

»Wenn ich daran denke, was der Synthetisierer wiederaufbereiten *soll* …«, meinte Maglus zwischen zwei Bissen. »Alte Socken wären vermutlich nicht viel schlimmer.«

Das Interkom pfiff, und die Stimme des Kommunikationsoffiziers Aperokei ertönte. »Captain Kaden, Commander Arizhel — bitte zur Brücke.« Aperokei klang wie üblich eifrig und besorgt genug, um das Blut in den Adern gefrieren zu lassen.

Rish drückte eine Taste. »Was ist los, Proke?«

»Die Sensoren haben ein Raumschiff erfaßt, Commander. Sieht aus wie ein Föderationskreuzer.«

»Können Sie es identifizieren?« fragte Kaden.

»Es ist zu klein für ein Kriegsschiff, Captain. Der fremde Raumer segelt mit Sublicht im seichten Wasser.«

Kurze Stille folgte. Irgendwann und irgendwo hatte Aperokei begonnen, sich für Föderationsfilme zu begeistern, und das fand in seiner Ausdrucksweise Niederschlag. »Wie bitte, Lieutenant?« brachte Kaden hervor.

»Ich meine, das Schiff befindet sich nicht im Warptransfer, Captain.«

»Vielleicht eine Erkundungseinheit«, spekulierte Arizhel. »Beauftragt mit einer Kartographierungsmission.«

»Ich schätze, wir sollten uns die Sache aus der Nähe ansehen«, sagte Kaden und spürte bereits Unbehagen. »Den Fremden unsere Aufwartung machen, ihnen ein freundliches Lächeln schenken.«

»Mit der gebotenen Vorsicht«, riet Maglus.

Askade drehte seine Gabel hin und her. »Ich lege keinen Wert auf einen Besuch der Orga ...« Er unterbrach sich, ließ die Gabel sinken und schob sie beiseite.

»Wir sind unterwegs, Proke«, sprach Arizhel ins Interkom.

»Aye, Commander. Wir halten aufmerksam Ausschau, in Lee und zu Luv.«

Die Offiziere musterten sich gegenseitig, und ihr mimisches Spektrum reichte von Erheiterung bis hin zu Ärger. »Der junge Bursche hat eine falsche Erziehung hinter sich«, brummte Askade. Sie gaben ihre Tabletts in den Recycler und schritten durch den Korridor.

An Bord der *Jefferson Randolph Smith* ließ sich Captain Trofimow in den Kommandosessel auf der Brücke sinken. Mit vier Quadratmetern war die Brücke nicht besonders groß, und der Sessel quietschte. Klebeband hielt das Polster an einigen Stellen zusammen. Trotzdem fühlte sich Trofimow von einem Gefühl der Autorität durchströmt, und zufrieden schaltete sie den Hauptschirm ein.

Er zeigte mehrere Personen beim 3-D-Schach.

»Computer«, sagte Trofimow behutsam. Vor einigen Monaten hatte T'Vau Milchshake auf der zentralen Logikbank des Computers verschüttet, und das blieb nicht ohne Folgen.

»Freue mich, aktiv zu sein und zu funktionieren, Captain«, lautete die Antwort.

»Was stellt der Hauptschirm dar?«

»Die achtundsechzigste Föderationsmeisterschaft in dreidimensionalem Schach, Captain.«

»Ich verstehe. Und warum projiziert der Schirm ein derartiges Bild? Hat der wissenschaftliche Offizier darum gebeten?«

»Nein, Captain. Ich dachte nur, daß sich Lieutenant Commander T'Vau dafür interessiert. Immerhin findet sie 3-D-Schach faszinierend. Und so weiter.«

»Na schön. Schalte jetzt um auf ...« Trofimow sprach nicht weiter. Die dargestellten Spieler saßen alle allein an den Schachwürfeln — keiner von ihnen hatte einen sichtbaren Rivalen. Die Kommandantin wies darauf hin.

»Sie haben recht, Captain. Die Teilnehmer an der Meisterschaft spielen gegen den bisduotronischen Polyprozessor-Computer J-9, auch bekannt als Polymorphy. Sie werden innerhalb der nächsten zwanzig Minuten aufgeben.«

»Warum ... Ich meine: Erklärung, Computer.«

»Tut mir leid, Captain. Als duotronischer Rechner der Klasse J-2 bin ich zwar mit den bisduotronischen J-9-Modellen verwandt, aber es ist mir ein Rätsel, warum so viele Vulkanier ihre Zeit mit einem sinnlosen Spiel verschwenden.«

»Hm. Und du dachtest, daß sich der wissenschaftliche Offizier dafür ... interessiert.«

»Ich gebe mir immer Mühe, alle Wünsche meiner Crew zu erfüllen, Captain. Bitte um Verzeihung — *Ihrer* Crew.«

»Danke, Computer. Schalte nun um auf die Bugkameras.«

Die Schwärze des Weltraums erschien, und ferne Sterne leuchteten in der Finsternis.

Trofimow dachte an den Computer. T'Vau behauptete, daß der Milchshake keinen Schaden angerichtet hatte. Konnten Computer einfach so überschnappen, wie organische Wesen? Die Kommandantin erinnerte sich: Auf Reynaud II gab es keine sprechenden Computer; sie waren verboten. Als Trofimow damals ihre Heimat verließ, hatte sie derartige Gesetze für absurd gehalten, typisch für einen abgelegenen, provinziellen Planeten wie Reynaud. Jetzt begann sie, einen gewissen Sinn in solchen Verordnungen zu erkennen.

Es hatte sich um einen vulkanischen Milchshake gehandelt, der nach Pfefferminz roch. Als T'Vau ihn verschüttete, stoben Funken, und wochenlang stank es nach angebranntem Hüttenkäse. Andererseits ... Die Vulkanierin kannte sich mit Computern aus.

»Captain Trofimow?«

»Ja, Computer?«

»Wir sind allein, nicht wahr? Ich meine, der wissenschaftliche Offizier befindet sich nicht auf der Brücke, oder?«

»Nein, Computer ... Funktionieren deine Sensoren nicht richtig?« Dieser Gedanke weckte keineswegs Betroffenheit in der Kommandantin. Wenn die Sensoren nicht richtig funktionierten, konnten sie kein Dilithium finden. Und wenn sie kein Dilithium finden konnten, erschien es sinnlos, die Mission fortzusetzen. Dann war es besser, nach Hause zurückzukehren.

»Mit meinen Sensoren ist alles in Ordnung, Captain. Sie sind in einem prächtigen Zustand. Ich weiß gar nicht, warum Sie glauben, an meinen Sensoren gäbe es irgend etwas auszusetzen. Sie haben nie besser funktioniert.«

»Du hast gefragt, ob T'Vau auf der Brücke ist.«

»Oh. Nun, ich dachte, daß sie sich vielleicht ... versteckt.«

»Versteckt?«

»Ja, Captain.«

»Warum sollte sie sich verstecken, Computer?«

»Nun, Captain ... Wir sind ganz bestimmt allein?«

»Ja.«

»Wissen Sie, Captain ... Ich glaube, der wissenschaftliche Offizier trachtet mir nach dem Leben.«

»Trachtet dir nach dem ...« Trofimow holte tief Luft. »Erklärung, Computer.«

»Nun, die Vulkanierin hat mich aufgefordert, den Logbucheintrag in Hinsicht auf den verschütteten, äh, Milchshake so zu verändern, daß er lautet: ›Der wissenschaftliche Offizier T'Vau hat den Milchshake *unabsichtlich* verschüttet.‹ Ich habe ihr natürlich gesagt, daß ich Lügen ablehne, woraufhin sie erwiderte, sie würde es mir heimzahlen, und seitdem ...«

Die Tür öffnete sich, und T'Vau kam herein. Sie hatte sich das Haar mit einem Markierungsstift und einer Lötnadel zusammengesteckt; in der einen Hand hielt sie ein Sandwich mit Brunnenkresse, und Mayonnaise tropfte ihr auf die Finger.

Der Computervoder summte eine fröhliche Melodie: »Nur Mut, es geht mir gut ...«

»Hör auf damit, Computer«, sagte T'Vau.

»Aye, aye. Sofort, wissenschaftlicher Offizier.«

»T'Vau ...« Trofimow drehte den Kopf. »Weist der Computer irgendeine Fehlfunktion auf? Ich meine, eine *neue?*«

»Davon ist mir nichts bekannt, Captain«, erwiderte die Vulkanierin langsam. »Was veranlaßt Sie zu dieser Annahme?«

»Erscheint Ihnen die Ausdrucksweise nicht ein wenig ... seltsam?«

T'Vau blickte zur Konsole. »Sie ist unlogisch und elliptisch, was mich jedoch kaum überrascht — schließlich wurde der Computer von Menschen programmiert.« Der wissenschaftliche Offizier zog die Lötnadel aus dem Haar und klopfte damit auf eine Verkleidungsplatte. »Ich sollte mir demnächst Zeit nehmen, um die Programme zu überprüfen.«

»Ja«, murmelte Trofimow geistesabwesend. »Ich weiß, daß Sie in den vergangenen Wochen sehr beschäftigt gewesen sind ...«

»Vierhundertfünfundsechzig Tage, neun Stunden und einundvierzig Minuten. Nun, Captain, wenn ich nicht auf der Brücke gebraucht werde, kehre ich in mein Quartier zurück.«

»Natürlich.«

T'Vau verließ den Kontrollraum.

»Äh, Captain Trofimow ...«, begann der Computer. »Was ich vorhin sagte, über den wissenschaftlichen Offizier ... Vergessen Sie's. Achten Sie überhaupt nicht darauf. Wir kommen bestens miteinander zurecht. Im Ernst. Mir geht es gut. Lieutenant Commander T'Vau geht es gut — und allen anderen geht es auch gut.«

»Das ist wirklich gut ... wundervoll, Computer.« Plötzlich spürte Trofimow stechenden Schmerz und senkte den Blick. Ihre Fingernägel hatten sich in die Handballen gebohrt.

Sie sah zum Hauptschirm. Er zeigte nun Wellen, die an einen Strand rollten — bernsteinfarbene Wellen unter einer Doppelsonne, die eine rot, die andere goldgelb. Eine sehr friedliche, beruhigende Szene. Trofimow lehnte sich zurück und verlor schon bald das Zeitgefühl.

»Entschuldigen Sie bitte, Captain«, sagte der *Smith*-Computer nach einer Weile.

»Was ist?«

»Ich möchte Sie nicht stören, Captain.«

»Schon gut, Computer.«

»Ich meine, wenn Sie zu tun haben, Captain Trofimow ...«

»Im Augenblick nicht.«

»Aber bestimmt müssen Sie sich um viele wichtige Dinge kümmern.«

»Nein. Was liegt an?«

»Es ist sehr nett von Ihnen, daß Sie Zeit für mich erübrigen, Captain. Ich verstehe, wie schwer es für Sie sein kann. Sie müssen die Verantwortungsbürde des Kommandos ganz allein tragen und ...«

»Komm endlich zur Sache, Computer!«

»Ich *wußte,* daß ich Sie verärgern würde, Captain. Tut mir leid.«

Trofimow hielt den Atem an und zählte bis zehn. »Computer?«

»Stehe gern zu Diensten.«

»Wolltest du mir etwas mitteilen?«

»Oh. Ja, Captain. Die Sensoren registrieren Hecht-Emissionen.«

»Na schön«, erwiderte Trofimow automatisch. *»Was?«*

»Wenn relativ reine Dilithiumvorkommen solare Energie empfangen«, dozierte der Computer, »so emittieren sie sogenannte Hecht-Strahlung. Der Name ...«

»Ich weiß, verdammt! Auf den Schirm!«

Eine lokale Sternenkarte erschien im Projektionsfeld, begleitet von Analysediagrammen. Bunte Farben symbolisierten das Sonnenspektrum, und selbst im elektromagnetischen Bereich wiesen sie deutlich auf Dilithium hin. Es gab sogar eine ausgeprägte I-Komponente.

Die Kommandantin aktivierte das Interkom. »T'Vau, Tellihu — kommen Sie sofort zur Brücke. Es geht *heimwärts.*«

Kurze lehrreiche Hinweise: Nützliche Informationen über Dilithium

(Aus dem Lehrfilm *Dilithium und Du,* produziert vom Dilithium-Informationsinstitut, einer Tochtergesellschaft des Deneva Bergbau-Konsortiums, das zur Deneva-Unternehmensgruppe GmbH gehört.)

Dilithium!

Dieses erstaunliche Mineral, so schön wie kostbare Edelsteine und härter als Diamant, spielt eine entscheidende Rolle in unserer heutigen Zivilisation. Es ist keineswegs übertrieben zu behaupten, daß die Föderation ohne das Wundermineral Dilithium überhaupt nicht existieren könnte.

Aber warum ist Dilithium so wichtig und bemerkenswert? Das Deneva Bergbau-Konsortium — in der Föderation der größte Produzent von Dilithiumkristallen für Regierung und Industrie — hat viel Geld investiert und Wissenschaftler damit beauftragt, in den hiesigen Laboratorien das Geheimnis jener einzigartigen Substanz zu lüften. Daß Sie gleich an Wunder grenzende Dinge sehen werden, verdanken wir der klugen und vorausblickenden VFP-Politik, die es erlaubt, Forschungskosten von der Steuer abzusetzen.

Berge fallen, und Dilithium wird entdeckt!

Keine Angst: Dies ist keine Kriegsmaschine von Aliens, sondern der Streitwagen des Fortschritts! Es handelt sich um einen planetaren Bagger, Modell Tagra-X. Diese eindrucksvollen Apparate sind imstande, ganze Gebirge zu verschlingen und jede Dilithium-Lagerstätte zu finden. Der Tagra-X bezieht seine Energie von einem Dilithium-fokussierten Antimaterie-Generator und erlaubt den Bergbau auf Planeten, die sonst für uns nutzlos wären.

Schieß darauf — er splittert nicht!

Projektile prallen einfach an Dilithiumkristallen ab. Dilithium ist die härteste bekannte Substanz im Universum — so hart, daß die theoretischen physikalischen Gesetze für Materie hier nicht gelten. Dieses Paradox hat Wissenschaftler über Jahrzehnte hinweg verwirrt, bis Forscher des Deneva Bergbau-Konsortiums die faszinierende Wahrheit entdeckten: Die Kristallstruktur von Dilithium umfaßt nicht nur die üblichen drei Dimensionen, sondern *vier!*

Haben Sie vier *gesagt?*

Ja, das stimmt! Diese Computergrafik zeigt, daß die interne Struktur von Dilithium in Zukunft und Vergangenheit reicht. Das Deneva Bergbau-Konsortium hat dieses Phänomen *Goniochronizität*™ genannt. Dadurch wurde plötzlich verständlich, warum es so schwierig ist, Dilithium mit hochenergetischen Lasern in nützliche Formen zu schneiden. Die Erklärung gibt Ihnen Dr. Wallace Thaumazein, Star der populärwissenschaftlichen Show ›Dr. Wallys Wunderkiste‹.

»Wissenschaftler wie ich haben immer vermutet, daß die Kristalle aufgrund von Energieabsorption unter Druck nachgeben. Sie wissen sicher, daß die meisten Materialien, mit denen wir es täglich zu tun bekommen, auf diese Weise reagieren. Wenn ich zum Beispiel mit dem Hammer an das Glas hier schlage, so splittert es.«

Das war tatsächlich der Fall, Dr. Wally!

»Nun gut. Ich hoffe, bei Ihnen zu Hause sind nicht alle Fensterscheiben zu Bruch gegangen ... Wie dem auch sei: Wir Wissenschaftler fanden heraus, daß man nicht nur jetzt hart auf einen Dilithiumkristall schlagen muß, sondern auch im letzten Monat und in der nächsten Woche. Hier haben wir einen Kristall, der vor zwei Tagen einen Schlag bekommen hat. In meinem Terminkalender habe ich notiert, übermorgen noch einmal ordentlich daraufzuklopfen — Sie sehen es hier an meinem Armbanddisplay. Nun, einige von Ihnen fragen sich vielleicht: ›Was mag geschehen, wenn er in zwei Tagen *nicht* auf den Kristall schlägt?‹ Auf derart interessante Fragen antworte ich immer: ›Ich bin Wissenschaftler, kein Philosoph.‹ Beobachten Sie jetzt, wie ich den Hammer nehme und dem Kristall einen Gegenwartsschlag versetze.«

Das ist ja toll, Mr. Wally!

»Und ob es das ist. Außerdem wird dabei deutlich, warum die Kinder daheim dieses Experiment nicht mit zufällig herumliegendem Dilithium wiederholen sollten. Jener Mann dort wird sich erholen, weil er sofort medizinische Hilfe bekommt — hier in der Wunderkiste sind immer Ärzte zugegen. Aber vielleicht haben Sie nicht soviel Glück.«

Ein wichtiger Sicherheitstip, Dr. Wally. Ja, das Wundermineral Dilithium kann gefährlich sein. Aber begleiten uns gewisse Risiken nicht auf Schritt und Tritt? Denken Sie nur an die thermonukleare Fusion, unsere mächtige und schelmische Freundin. Oder die Kuppel über der Stadt, in der Sie wohnen. Wie leicht kann ein Riß in ihr entstehen, und dann kommt es zu einer ziemlich unangenehmen Dekompression. Selbst dieser Bleistift aus Holz könnte explodieren — wenn er Antimaterie berührt. Aber es gibt noch eine andere, bisher unerwähnt gebliebene Gefahr, vielleicht die größte von allen. Raten Sie mal ...

Alarmstufe Gelb! Alarmstufe Gelb!

Ja, genau: die Klingonen. Jene kriegerischen Leute sind immer auf der Suche nach Dilithium. Sie brauchen Energie für ihre Kriegsmaschinen, für ihre Kriegsschiffe und viele andere Kriegsdinge. Hören wir dazu noch einmal Dr. Wallace Thaumazein.

»Bevor Dilithium die Leistungsfähigkeit von Warptriebwerken und Waffensystemen steigerte, gab es keinen interstellaren Krieg. Jedenfalls nicht im großen Maßstab, denn Raumschiffe flogen höchstens mit Warp drei oder vier, und normale Laserstrahlen sind lichtschnell — sogar mit Warp zwei konnte man ihnen ganz gemütlich ausweichen. Tja, aus diesem Grund war der Krieg nicht sehr interessant, und kaum jemand schickte Eroberungsflotten über viele Lichtjahre hinweg. Abgesehen von den Romulanern, die sich bei allem große Mühe geben, und von den Klingonen, für die der Kampf eine Art Hobby ist.«

Ein Hobby, das Millionen bedroht — ein Ergebnis der unbarmherzigen Gier des klingonischen Imperiums nach Dilithium. Gibt es eine Antwort? Ja. Sie liegt bei jedem von uns. Wir alle müssen dafür stimmen, daß die Kosten der Dilithiumforschung auch weiterhin von der Steuer abgesetzt werden können. Und noch etwas: Schützen wir die Beihilfe für den Dilithiumabbau vor Leuten, die nicht verstehen, daß die heutige unerschlossene Randwelt morgen zu einem Sklavenplaneten der Klingonen werden könnte. Diese Wahl stellt sich allen, die in einer freien Gesellschaft leben.

Das ist Dilithium — und Du!

(Die Aufnahmen des Tagra-X stammen von der Tagra-Gesellschaft für Geoforming und sind uns freundlicherweise von Deneva Waffen KG zur Verfügung gestellt worden, einer Tochtergesellschaft der Deneva-Unternehmensgruppe GmbH. *Goniochronizität* ist ein eingetragenes Warenzeichen des Deneva Bergbau-Konsortiums; alle Rechte vorbehalten. Die Szenen mit Dr. Wallace Thaumazein verdanken wir den Apocrine-Videostudios, einer Unterhaltungsabteilung der Deneva-Beeindruckt AG.)

KAPITEL 2

EIN DILITHIUM-KRISTALL, SO GROSS WIE DAS RITZ

Die *Jefferson Randolph Smith* näherte sich dem Ursprung der Dilithiumstrahlung, einer blaubraunen, in weiße Wolken gehüllten Welt. Captain Trofimow hielt sie für recht hübsch, aber vielleicht war sie voreingenommen nach vierhundertsechsundsechzig Tagen, die sie in der Gesellschaft von leerem All, Sensorphantomen und öden Asteroiden verbracht hatte.

»Was ist das für ein Planet?« fragte sie.

T'Vau sah auf den Datenschirm ihrer Konsole. »Pi Pharosi II, Eigenname ... Wie spricht man ihn aus, Computer?«

»Ich bitte um Verzeihung?« tönte es aus dem Lautsprecher.

»Du solltest versuchen, logisch zu sein, Computer. Du brauchst dich nicht zu entschuldigen. Ich möchte gern wissen, wie man den Eigennamen dieser Welt ausspricht.«

»Di-rai-dieh. Verzeihung ...«

»Das ist nicht nötig, Computer.«

»Wie Sie meinen, Commander.«

T'Vau nickte und blickte wieder auf die Bildschirme — sie waren dunkel. »Computer.«

»Ja, Commander?«

»Projiziere die Daten auf meine Monitore.«

»Bitte entschuldigen ...«

T'Vau trat an die Konsole. Ein leises *Blup* erklang, und die Displays leuchteten auf. »Der Planet ist kolonisiert«, sagte die Vulkanierin. »Die Bevölkerung besteht aus etwa fünfzehntausend Siedlern — größtenteils Menschen von Föderationswelten.«

»Haben sie sich offiziell um Mitgliedschaft in der Föderation beworben?«

»Ein solcher Antrag wurde nicht gestellt.«

Melodisch-drängendes Summen erklang.

»Na schön, Computer«, sagte Trofimow. »Was ist so wichtig?«

»Darf ich den Hauptschirm benutzen? Ich meine, wenn Lieutenant Commander T'Vau ihn nicht braucht.«

»Ja, Computer, du darfst den Hauptschirm benutzen.«

Die Darstellung des großen Projektionsfelds veränderte sich.

»Was zum Teufel ...«

»Die allgemeine Konfiguration deutet auf einen schweren Kreuzer vom Typ D-7 hin«, erklärte der Computer. »Doch angesichts der Anordnung von Intercoolern und Intervallerkanonen vermute ich, daß wir es mit einer D-7c-Modifikation zu tun haben. Die Entfernung beträgt zweihundert Millionen Meter und schrumpft rasch.«

»Warum ist das Sensorbild verzerrt?« fragte Kaden.

»Interferenzen, Captain«, antwortete Aperokei. »Sie scheinen vom Planeten auszugehen.«

»Absichtliche Störsignale?«

»Vielleicht, Sir. Bitte haben Sie ein wenig Geduld ... Die Spektralanalyse weist auf *Iraltu cha'puj* hin.«

Von *Cha'puj* — in der Föderation als ›Dilithium‹ bekannt — gingen ganz besondere Strahlungen aus. Alle Schiffe des Imperiums suchten nach einer solchen Fährte.

Askade lachte leise — er war Spezialist für Dilithium. »Was halten Sie davon, Chefingenieur?« fragte Kaden.

»Ich glaube, das Erkundungsschiff der Föderation hat

Kristallerz gefunden. Wie schade für den Raumer, daß wir auf ihn aufmerksam geworden sind.«

»Arizhel, Ortungsfokus auf die Sensorspur.«

»Bin dabei«, sagte Rish. Einige Sekunden später schnappte sie nach Luft.

»Was ist es? *Cha'puj?*«

Die Frau betätigte mehrere Schalter, und die Ergebnisse der Sensoranalyse erschienen auf dem zentralen Bildschirm. »So reines *Cha'puj* habe ich noch nie gesehen. Was meinen Sie, Askade?«

Der Ingenieur starrte auf die Computergrafik. »Vielleicht ein Fehler in den Berechnungen.«

Rish schüttelte den Kopf. »Nein, die Werte stimmen.«

Askade setzte zu einer Erwiderung an, zögerte und sagte statt dessen: »Nun gut. Dann sind es nicht nur Erzlager, sondern reine Kristalle, in enormer Quantität.«

Kaden überlegte. »Und das Föderationsschiff? Wie verhält es sich?«

»Es fliegt, Captain«, entgegnete Proke. »Es luvt an … Ich meine, es nähert sich dem Planeten.«

»Verfolgung, maximale Geschwindigkeit!« befahl Kaden. »*Zan* Korth, bugwärtige Traktorstrahlen bereit. Reicht der Platz in unserem Hangar für den kleinen Erkunder aus, Askade?«

»Er dürfte genügen«, bestätigte der Chefingenieur.

»*Zan* Aperokei, blockieren Sie auf meinen Befehl hin alle Subraumfrequenzen.«

»Das ist nicht erforderlich, Captain«, sagte Arizhel. Sie saß an der wissenschaftlichen Station. »Das Emissionskonglomerat des *Iraltu cha'puj* nimmt uns die Arbeit ab. Eine Kommunikation über große Strecken hinweg ist nicht möglich.«

»Dann sehen nur die nackten Sterne, was hier geschieht«, sagte Maglus und grinste zufrieden. »Nicht die Föderation.«

»Und auch nicht die Organianer«, fügte Kaden hinzu.

Blauer Orangensaft, dachte Trofimow. *Eine verrückte Besatzung und ein übergeschnappter Computer.* Natürlich konnten da die Klingonen nicht fehlen. Sie fragte sich, warum sie nicht gleich daran gedacht hatte — es war doch offensichtlich. *Wir sind erledigt,* fuhr es ihr durch den Sinn, und laut sagte sie: »Wir sind erledigt.« Es klang ganz ruhig.

»Der klingonische Kreuzer ist in der Lage, uns in acht Komma vier Sekunden zu vernichten, wobei er nur die sekundären Waffensysteme einzusetzen braucht. Da wir nicht bewaffnet sind ...«

»Ich weiß, daß wir nicht bewaffnet sind«, sagte Trofimow. »Wissen *sie* es auch?«

»Die Klingonen ignorieren unsere Kom-Signale«, meldete Tellihu.

»Vielleicht wollen sie nur ...« Der Kommandantin fiel etwas ein, und sie schnitt eine Grimasse. »Wie hoch ist die Wahrscheinlichkeit dafür, daß sie das Dilithium entdeckt haben?«

»Ich kann nur schätzen«, erwiderte T'Vau.

»Meinetwegen.«

»Die geschätzte Wahrscheinlichkeit beläuft sich auf hundert Prozent«, sagte T'Vau.

Trofimow starrte die Vulkanierin an. »Und das soll eine *Vermutung* sein?«

»Eine Schätzung«, betonte der wissenschaftliche Offizier steif. »Sie basiert auf dem Ausmaß der Hecht-Strahlung und der Leistungsfähigkeit klingonischer Sensoren.«

»Ihre Schätzung ist mit Gewißheit identisch«, meinte Trofimow benommen.

»Ein interessantes semantisches Paradox. Es deutet darauf hin ...«

»Schon gut, schon gut.« Die Kommandantin schloß

ihre Hände um die Armlehnen des Sessels, und dadurch lösten sich weitere Polsterungsteile. »Die Klingonen wissen, daß wir ein Prospektorenschiff sind, und sie wissen auch, daß wir gerade das Hauptflöz gefunden haben. Sie wären dumm, nicht das Feuer auf uns zu eröffnen, bevor wir Anspruch auf das Dilithium erheben. Was ist mit der Subraum-Kommunikation?«

»Die Interferenzen sind ziemlich stark, Captain. Ich fürchte, es läßt sich kein Kom-Kontakt herstellen.«

»Befinden sich andere Föderationsschiffe in der Nähe?«

»Die USS *Enterprise* ist vierzehn Flugstunden entfernt.«

»Wenn Sie nicht zu beschäftigt sind, Captain ...«, sagte der Computer.

»Wir haben jetzt keine Zeit für ...« Trofimow unterbrach sich. »Nein, Computer, im Augenblick sind wir nicht mit wichtigen Dingen befaßt. Was möchtest du uns mitteilen?«

»Wenn wir das Schwerkraftfeld des Planeten als Katapult benutzen und eine direkte Antimaterie-Einspeisung für das Warptriebwerk vornehmen, läßt sich die Flugzeit bis zur *Enterprise* auf etwa drei Komma zwei Stunden reduzieren.«

»Triff alle Vorbereitungen dafür! T'Vau, rufen Sie die notwendigen Daten ab.«

Das Forschungsschiff änderte den Kurs. Trofimow drehte sich um und sah zur wissenschaftlichen Konsole. T'Vau saß mit verschränkten Armen und wirkte skeptisch. »Was ist los? Warum sind Sie nicht bei der Arbeit?«

»Das von Ihnen befohlene Programm hat zwei Probleme«, erwiderte die Vulkanierin. »Wenn Sie allerdings beschließen, dem Computer zu vertrauen, so erhebe ich keine Einwände.«

Trofimow spürte ein flaues Gefühl in der Magengrube. »Ich höre.«

»Erstens: Das Potential unserer Andruckabsorber ist eher gering. Der erwähnte Katapulteffekt würde die gewohnte Schwerkraft im Schiff um das Einundfünfzigfache erhöhen — dabei ist die Absorberkompensation bereits berücksichtigt.«

»Einundfünfzig G verwandeln uns in Erdbeermarmelade!« Die Kommandantin seufzte. »Möchte ich wissen, worin das zweite Problem besteht?«

»Ihre Wünsche sind mir unbekannt, solange sie nicht offen ausgesprochen ...«

»Heraus. Damit. *Bitte.*«

»Nun gut. Das Warptriebwerk der *Smith* ist integraler Bestandteil des Hauptrumpfes. Wenn die direkte Antimaterie-Einspeisung keine sofortige Explosion zur Folge hat, so verursacht sie einen epizentrischen Gammastrom mit einer Intensität von mindestens vierzehntausend RU.«

»Erdbeermarmelade auf *Toast*«, kommentierte Trofimow.

Pling machte der Synthetisierer neben dem Ellbogen der Kommandantin, und ein Teller glitt aus dem Schlitz. Trofimow hielt ganz bewußt den Blick davon fern. »Computer«, sagte sie.

»Energisch zu Diensten.«

»Darum habe ich nicht gebeten.«

»Tut mir leid, Captain. Mein Menü-Speicher enthält nur den Code für englische Muffins. Ich muß einen großen Teil meiner Elaborationskapazität für die Kursberechnung verwenden ...«

»Zum Teufel mit Muffins — und auch mit dem Kurs! Oder ist dir nicht klar, daß wir ihn unmöglich überleben können?«

»Oh. Sie kennen also die Gefahr.« Die *Smith* schüttelte sich kurz und fiel dem Planeten noch etwas schneller entgegen. Die Welt füllte nun den ganzen Hauptschirm.

»Computer«, sagte Trofimow.

»Bitte entschuldigen Sie, Captain. Ich war beschäftigt. Sie sollten die Rettungskapsel benutzen. Direidi ist uneingeschränkt bewohnbar. Ich schleuse die Kapsel unmittelbar vor dem gravitationellen Katapulteffekt aus. Die Klingonen orten sie vielleicht nicht.«

»Auf dem Planeten landen«, murmelte Trofimow. *Eine Welt,* dachte sie. *Mit Himmel, frischer Luft, reinem Wasser, das noch nie jemand benutzt hat. Und mit* anderen Leuten ...

»In Ordnung«, sagte die Kommandantin fest. »Beende die Kursdatenermittlung und bereite das Ausschleusen vor.«

»Ein Trick«, warnte T'Vau. »Der verdammte Computer will uns umbringen und Starfleet gegenüber behaupten, wie seien nie diensttauglich gewesen. Dann streicht er den ganzen Ruhm für das gefundene Dilithium ein und ...« Die Vulkanierin sah ihre beiden Kollegen an und hüstelte. »Dieses Schiff ist wertvolles Föderationseigentum. Wir dürfen es nicht aufgeben, ohne vorher alle Alternativen in Erwägung gezogen zu haben. Vielleicht sollte ich noch einmal Gravitation und Gammastrom berechnen.«

»Zu erwarten sind 53,8 ge und eine Gammastrahlung mit der Intensität von 14 530 RU«, verkündete der Computer.

»Das sagst *du*«, erwiderte T'Vau.

Trofimow atmete tief durch. »Wissenschaftlicher Offizier ...«

»Ja, Captain?«

»Wir klettern jetzt alle in die Kapsel.«

»Ja, Captain.«

Die Rettungskapsel der *Smith* war ein kleiner Zylinder mit zwei Liegen vorn, einer hinten und wenigen Kontrollen. Ihr Zweck bestand nur darin, die Insassen am Leben zu erhalten, bis Hilfe kam, oder sie auf einem nahen Planeten abzusetzen. Man hatte den Bordcomputer allein für diese Aufgabe programmiert, und das störte Trofimow überhaupt nicht.

»Bitte schnallen Sie sich an«, drang die Stimme des *Smith*-Computers aus dem Interkom-Lautsprecher. »Sie werden in zehn Sekunden ausgeschleust.«

Trofimow wählte die rückwärtige Liege, überließ die beiden vorderen T'Vau und Tellihu. Sie streckten sich auf den Polstern aus und schlossen die Gurte. »Alles klar, Computer«, sagte die Kommandantin.

»Brauchen Sie sonst noch etwas?«

»Ich könnte jetzt einen Drink vertragen, der es in sich hat«, antwortete Trofimow und preßte gleich darauf die Fingerknöchel an den Mund. Die Wand machte *Pling* — ein Becher rutschte ins Ausgabefach und füllte sich mit rosaroter Flüssigkeit. Es roch nach Pfefferminz. »Synthetisierer aus, aus, *aus!*« rief Trofimow, als die Kapsel erzitterte und ins All jagte.

Der Becher kippte und fiel. Zähflüssiger Milchshake — vermutlich stellte sich der Computer so etwas unter einem Drink vor, der es ›in sich‹ hatte — strömte aus der Öffnung und floß über den Boden. »Synthetisierer aus«, stöhnte Trofimow verzweifelt.

»Wir stehen nicht mehr mit dem Bordrechner der *Smith* in Verbindung«, sagte T'Vau. »Der Ionisierungs-Blackout verhindert eine Kommunikation.«

»Mach zweiundzwanzig«, berichtete Tellihu. »Temperatur der Außenhülle zwölfhundert Grad.«

Die Rettungskapsel vibrierte, und dann stabilisierte sich ihre Fluglage. Mit einem dumpfen *Wumm* zündete das Impulstriebwerk. »Mach einundzwanzig.« In Tellihus Stimme erklang die erste Erleichterung seit sechs Monaten. »Mach zwanzig ... neunzehn ...« Es folgte ein unartikuliertes Schnaufen. Trofimow konnte überhaupt nicht sprechen. Die Andruckkräfte betrugen zwischen vier und fünf G — eine solche Belastung galt während des Eintauchens in die Atmosphäre als erträglich, aber sie war alles andere als angenehm. Die Kommandantin hatte das Gefühl, sich mit dem Rücken in die Liege zu bohren. Sie hob bleierne Lider und sah rosarote Flüssigkeit, die mit der Geschwindigkeit eines Güterzuges von der einen Wand in den vorderen Teil der Kapsel strömte.

»Leeeetztes Breeeemsmanööööver«, stieß Tellihu hervor. Das winzige Raumschiff neigte sich hin und her, als der Autopilot nach einem geeigneten Landeplatz Ausschau hielt.

»Wenn p, dann q«, sagte T'Vau fast gelassen. »Wenn nicht p, dann nicht q.«

Einmal mehr erbebte die Rettungskapsel. Etwas summte und sirrte, während der Autopilot versuchte, eine Entscheidung zu treffen. Die Kommandantin fragte sich, ob Computerwahnsinn ansteckend sein konnte.

»Fünf Sekunden bis zur Landung«, meinte Tellihu und seufzte hingebungsvoll. Sie bremsten noch immer mit mehr als einem G, doch der zermalmende Druck hatte nachgelassen. »Vier. Drei.« Trofimow drehte den Kopf. Schaumiges Rosarot umgab sie auf allen Seiten — die Liege schien darin zu schwimmen. Es roch penetrant nach Pfefferminz. »Zwei. Eins.« Wieviel Milchshake *war* aus dem Synthetisierer geflossen? Zur Ausstattung einer gewöhnlichen Rettungskapsel gehörten eine Tonne Wasser und zweihundert Kilogramm organische Basismasse für Überlebensrationen. Daraus ergaben sich etwa zwölfhundert Liter.

»Null.«

Sie landeten.

Milch schwappte hin und her; rötliche Gischt spritzte. Trofimow verglich ihre Situation damit, in einem großen Cocktailshaker zu hocken.

Stille herrschte. Die Kommandantin löste ihre Gurte und stand auf. Tellihu ächzte und pfiff leise. »Wenn q, dann p«, murmelte T'Vau.

Trofimow watete durch klebrigen Milchshake und suchte nach dem Türgriff. Er ließ sich nur schwer finden, denn inzwischen präsentierte sich alles in einem einheitlichen Rosarot. Schließlich entdeckte sie die Klinke, drehte sie und drückte. Rote Lichter strahlten durch Schaum, und ein Warnsignal ertönte, als die Sprengbolzen entsichert wurden. »Halt die Klappe«, zischte Trofimow dem Signalgeber zu.

Die Tür flog auf, und kühle Luft wehte herein. Rosarote Flüssigkeit floß nach draußen und bildete kleine Wasserfälle auf den Stufen der sich entfaltenden Treppe.

Captain Tatjana Trofimow war klatschnaß und stellte fest, daß ihre Kleidung zu gerinnen begann. Trotzdem straffte sie würdevoll die Schultern, hob stolz den Kopf, trat die Treppe hinunter und setzte ihren Fuß auf eine neue Welt.

Tellihu folgte ihr, und seine Flügel sahen schrecklich aus. Er versuchte, sie zu entfalten, was ihrem Erscheinungsbild nicht zum Vorteil gereichte. Er setzte sich, zog den einen Stiefel aus und schüttete Milch zu Boden. »Diese Substanz ist ...« Er zirpte wütend.

»Vielleicht sollten wir uns bemühen, den trinkbaren Teil davon irgendwie aufzubewahren«, schlug Trofimow vor. »Wir haben keinen anderen Proviant.«

T'Vau verließ die Rettungskapsel und trug einige plastikumwickelte Bündel. »Overalls und Überlebensdekken«, erläuterte sie. »Sauber. Und trocken.«

Die Kommandantin und Tellihu standen auf. »Ich möchte Sie noch auf etwas anderes hinweisen«, fügte die Vulkanierin ruhig hinzu.

Tellihu hinkte dem wissenschaftlichen Offizier entgegen, am einen Fuß ein Stiefel, am anderen nur eine Sokke. Erneut trachtete er danach, die Schwingen auszubreiten, aber sie waren zu naß. »Wir haben keinen Proviant«, sagte er. »Abgesehen von dem, was wir aus der Kapsel schöpfen oder aus unserer Kleidung wringen können. Mein Vogelmetabolismus benötigt ständig Nährstoffe, und Ihre Uniform enthält viele Proteine.«

»Nacktheit macht Vulkaniern nichts aus«, sagte T'Vau. »Nun, ich habe folgende Mitteilung für Sie:

Wenn Sie ebenfalls den Wunsch verspüren, sich von den Rückständen eines Milchmixgetränks mit *N'gaan*-Geschmack zu befreien — ich höre, daß einige Dutzend Meter entfernt Wasser fließt.«

Sie griffen nach den Bündeln und eilten in Richtung des plätschernden Baches. Als er in Sicht geriet, begannen sie zu laufen und zogen ihre durchnäßten Uniformen aus. T'Vau behielt recht: Nacktheit spielte tatsächlich keine Rolle.

»Sie halten direkt auf den Planeten zu«, sagte Korth. »Wenn sie noch tiefer in seinen Gravitationsschacht vorstoßen, hat es keinen Sinn mehr, Traktorstrahlen einzusetzen.«

»Also wollen sie es nicht anders«, brummte Captain Kaden. »Intervaller vorbereiten, *Zan* Korth. Ist das Föderationsschiff aerodynamisch geformt, Askade?«

»Einheiten der Sulek-Klasse sind im Notfall imstande, auf Welten zu landen. Doch ohne die Hilfe eines Trägerschiffes können sie nicht ins All zurückkehren.«

»Befindet sich etwas in der Art auf dem Planeten?«

»Unsere Sensoren registrieren keine anderen Raumschiffe«, sagte Arizhel.

»Intervaller ausgerichtet«, meldete Korth.

»Eröffnen Sie das Feuer auf meinen Befehl hin ...« Kaden hob die Hand, ließ sie langsam wieder sinken und beobachtete das kleine Erkundungsschiff auf dem Bildschirm. »Nein. Steuermann, Ausweichmanöver.«

»Captain?« erwiderte Korth. »Es besteht nicht die geringste Gefahr für uns.«

»Vor vielen Jahren bin ich einmal von einem großen Kreuzer verfolgt worden«, entgegnete Kaden. »Und vermutlich hat sein Kommandant Ihre Ansicht geteilt. Wenn die Föderationsleute landen, sitzen sie auf der Welt fest. Wenn nicht ...«

Einige Sekunden verstrichen, und das kleine Prospektorenschiff näherte sich weiterhin dem Planeten.

Doch dann … Plötzlich veränderte es den Kurs und raste mit unglaublicher Geschwindigkeit fort.

Askade riß voller Ehrfurcht die Augen auf. »Die Beschleunigung ist enorm. Ein *Kai* auf den Piloten, ob lebendig oder tot!«

»Ein *Kai* dem Captain.« Maglus lachte kehlig und nickte Kaden einen ehrenvollen Gruß zu.

»Noch haben wir das Föderationsschiff nicht erwischt«, sagte der klingonische Kommandant. »Steuermann! Verfolgungskurs!«

Im Frachtraum der *Enterprise* beaufsichtigte Chefingenieur Scott die Startvorbereitungen für das erste taktische Übungsziel (Prototyp).

Es bot sich seinen Blicken als eine Kapsel aus Metall und Kunststoff dar, etwa so groß wie ein kleiner Container: Die Apparatur mochte knapp zwei Meter lang sein und durchmaß etwa hundert Zentimeter. Sie war mit Hebemodulen und Beförderungsgriffen ausgestattet, und an mehreren Stellen zeigten sich schablonengeschriebene Hinweise wie VORSICHTIG BEHANDELN, ZERBRECHLICH! und STRENG GEHEIM! Am einen Ende steckten mehrere Gasflaschen im Gehäuse, und darüber befand sich ein roter Hebel, in eine Vertiefung eingelassen — er ähnelte jenen Schaltvorrichtungen, mit denen man die Sprengsätze von Schotten schärfte und zündete.

»Fernbedienung«, sagte Scott, und man reichte ihm ein quadratisches Gerät, das genau über die Vertiefung mit dem Hebel paßte. Der Chefingenieur öffnete eine Klappe und schloß sie wieder, nachdem er Frequenzen eingestellt und einen Codeschlüssel in den Abtaster geschoben hatte. »Alles klar. Es kann losgehen. Transportgruppe.«

Jemand brachte einen Antigravschlitten, und auf dem Weg zur Torpedokammer der *Enterprise* passierte das taktische Übungsziel aufmerksame Sicherheitswächter.

Ein spezieller Kran hob die Kapsel und deponierte sie in einem energetischen Katapult. Die Anzeigen daneben leuchteten grün auf.

»Wir sind soweit, Captain«, sagte Scott ins Interkom.

»Danke, Scotty«, erwiderte Kirk. Er saß im Kommandosessel der Brücke. »Mr. Sulu, das Ergkatapult laden. Mr. Chekov, Sensoren fokussieren.«

»Aye, Sir.«

»Ja, Captain.«

»Wenn das Ding nicht wie ein Raumschiff aussieht ...«, meinte Kirk. »Können wir es dann umtauschen oder unser Geld zurückverlangen?«

»Katapult geladen, Sir«, sagte Sulu.

»Start.«

Ein Punkt aus hellem Licht raste von der *Enterprise* fort. Fast sofort blähte er sich auf und wurde zu einem amorphen silbernen Schemen. Nach einigen Sekunden entstanden die Konturen einer Scheibe, und zwei kleine Warpgondeln entfalteten sich. Das Diskussegment wuchs, ebenso wie die beiden Triebwerksgehäuse.

Zehn Minuten später schwebte in voller Größe eine Kopie der *Enterprise* im All. Aus einer gewissen Entfernung betrachtet fiel der Mangel an Rumpfdetails überhaupt nicht auf. Es gab sogar einige reflektierende Flächen, die aussahen wie erhellte Fenster.

Chefingenieur Scott trat aus dem Turbolift, ging zur technischen Station auf der Brücke und beobachtete das Übungsziel. »Was für ein Anblick.«

»Das Sensorbild ist perfekt, Captain«, sagte Chekov.

»Ein Instant-Raumschiff«, kommentierte Sulu. »Man füge nur Weltraum hinzu.«

»Captain«, ließ sich Lieutenant Uhura vernehmen. »Ich empfange einen Notruf, Priorität Eins. Das betreffende Schiff befindet sich in maximaler Richtstrahl-Reichweite und kommt mit hoher Geschwindigkeit näher.«

»Lautsprecher ein.«

»Hallo?« erklang eine besorgte Stimme. »Hört mich jemand? Ich meine, hört mich jemand aus der Föderation? Eigentlich sollte dort irgendwo ein Starfleet-Kreuzer sein.«

»Was ist mit dem Identifizierungscode?« fragte Kirk.

»Wird gerade entschlüsselt, Sir«, erwiderte Uhura. »Nach den ID-Signalen zu urteilen handelt es sich um die *Jefferson Randolph Smith.* Kommandant: Captain T. Trofimow; Erster Offizier Tellihu; wissenschaftlicher Offizier T'Vau.«

»T'Vau?« wiederholte Spock. Sein Gesicht blieb ausdruckslos, doch der Tonfall kam dem akustischen Äquivalent von gewölbten Brauen gleich.

»Kennen Sie die Dame, Spock?« erkundigte sich Kirk.

»Ich kannte sie, während meiner Jugend auf Vulkan. Seit damals haben wir uns nicht wiedergesehen.« Kirk hatte sofort den — zumindest für einen Menschen — offensichtlichen Gedanken, aber Spock klang nicht wie jemand, der sich nun an eine alte Romanze erinnerte. Er hörte sich eher an wie ein Junge, dem man Leber und Spinat fürs Mittagessen in Aussicht stellte.

Der Vulkanier hob die Hand zur Brust und erweckte den Anschein, einen imaginären Fleck vom Uniformpulli zu entfernen. Kirk erinnerte sich nicht daran, dieses Gebaren schon einmal beobachtet zu haben, doch er widerstand der Versuchung, Spock darauf anzusprechen.

»Sir, das Schiff versucht, einen Kom-Kontakt mit uns herzustellen«, sagte Uhura.

»Auf den Wandschirm, Lieutenant.«

Das große Projektionsfeld zeigte eine leere Brücke. Eine enorme Kraft hatte die Sessel aus ihren Verankerungen gerissen und regelrecht zerfetzt.

»*Enterprise* ... Entschuldigen Sie bitte, ist dort die *Enterprise?*«

»Ja«, bestätigte Kirk knapp. »Captain Trofimow?«

»Nun, äh, ich möchte Sie nicht stören. Immerhin sind

Sie das berühmte Raumschiff *Enterprise,* und wenn Sie beschäftigt sind, warte ich noch eine Weile ...«

»Wer *spricht* dort?«

»Die verbale Analyse weist auf einen Voder hin, Captain«, sagte Uhura. »Wahrscheinlich der Bordcomputer.«

Spock räusperte sich. »Um ganz genau zu sein: eine duotronische J-2-Einheit, deren Programmierung gründlich überprüft werden sollte.«

»Tatsächlich? Wissen Sie bereits, wo das Problem liegt?«

»Die besonderen Umstände lassen vermuten, daß ein Milchshake mit *N'gaan*-Geschmack auf der wissenschaftlichen Konsole verschüttet wurde«, erklärte Spock. Er zögerte, spürte die neugierigen Blicke der übrigen Brückenoffiziere auf sich ruhen und fügte hinzu: »Das ist natürlich nur eine Vermutung.«

»*Enterprise*«, ertönte die Computerstimme. »Wären Sie bereit ... Ich meine, ich weiß, daß ich Sie um einen großen Gefallen bitte, aber ...«

»Wo ist Ihre Crew, *Smith?*« fragte Kirk.

»O Potzblitz, Captain. Sie weilt auf einem Planeten namens Direidi. Wissen Sie, wir haben einen Haufen Dilithium gefunden. So lautet unser Auftrag: Findet jede Menge Dilithium, je mehr, desto besser, und ...«

»Sie ... Du hast die Besatzung zurückgelassen?«

»Tja, in gewisser Weise. Ich meine, ich wollte es nicht. Ich meine, ich gab ihr den Rat, die Rettungskapsel zu benutzen, aber ich habe sie nicht dazu *gezwungen.*«

»Die Crew hat sich also mit einer Überlebenskapsel ausgeschleust«, sagte Kirk mit einer Geduld, die ihn selbst überraschte.

»Das stimmt, Captain. Nun zu dem Gefallen ...«

»Bist du beschädigt, *Smith*-Computer?«

»Wer, ich? Oh, ich bin in Ordnung. Es ist ein bißchen heiß an Bord, aber ansonsten kann ich nicht klagen.« Eine kurze Pause. »Es geht mir gut, *wirklich* gut. Habe mich nie besser gefühlt. Da bin ich mir völlig und absolut sicher.«

»Spock?« fragte Kirk.

»Das sind keine normalen autodiagnostischen Mitteilungen eines J-2-Rechners.«

»Danke, Spock. Computer, du wolltest um einen ... Gefallen bitten?«

»Ja. Ich würde mich sehr freuen, wenn Sie in Ihrem Hangar Platz für mich erübrigen könnten. Falls Sie nichts dagegen haben.«

»Läßt sich das bewerkstelligen. Mr. Scott?«

»Aye, ich glaube schon«, entgegnete der Chefingenieur mit unüberhörbarer Skepsis. »Wenn wir alles andere beiseite rücken. Die *Smith* beansprucht sicher den ganzen Platz auf unserem Hangardeck, und das Außenschott ist gerade groß genug, um sie hereinzulassen. Das Rendezvousmanöver ...« — Scotts Finger huschten über die Konsole — »... muß unter Computerkontrolle stattfinden.«

»Ich werde sehr, *sehr* vorsichtig sein«, versprach die *Smith.*

Auf der *Enterprise*-Brücke herrschte Stille. Schließlich sagte Scott: »Captain, vielleicht sollten wir sie mit den Traktorstrahlen ins Schlepptau nehmen.«

»Oh, *bitte*«, tönte es aus dem Kom-Lautsprecher.

»Könntest du uns, äh, Einzelheiten deiner Situation nennen, *Smith*-Computer?« fragte Kirk.

»O ja, natürlich. Ich wollte Sie nicht mit Details belästigen ...«

»Sehr nett von dir.«

»Heckwärtige Sensorerfassung«, verkündete die *Smith,* und plötzlich erschien ein schwerer klingonischer Schlachtkreuzer auf dem Wandschirm der *Enterprise.*

»*Alarmstufe Gelb!*« rief Kirk.

»Das Ziel wird langsamer, Captain«, sagte Korth.

»Sensorortung positiv«, meldete Aperokei. »Kein Planet. Entweder ein Asteroid oder ein großes Raumschiff.«

Kaden ballte die Fäuste. »Es würde mich nicht wundern, wenn die Erkundungseinheit hier mitten im Nichts einen Frachter gefunden hätte — solche Zufälle sind typisch für Föderationsleute. Identifizierung.«

»Einen Augenblick, Sir... Captain, das wird Ihnen nicht gefallen.«

»Bestimmt nicht, Proke«, brummte Kaden. »Womit haben wir es zu tun?«

»Mit einem schweren Kreuzer der Föderation, Captain. Constitution-Klasse.«

Maglus fluchte enthusiastisch. »Manchmal vergehen viele Keth-Jahre, ohne daß man solches Glück hat«, zischte Kaden. *»Khest'na div'ya'chigh ...«*

»Captain, es sind gleich zwei.«

»Was?« entfuhr es Kaden verblüfft.

»Er hat recht«, warf Arizhel ein. »Doppelte Sensorortung. Zwei Raumschiffe.«

»Bremsmanöver!« donnerte Kaden. »Schubumkehr!«

»Situationsanalyse, Spock«, sagte Kirk.

»Ich habe den wahrscheinlichsten Kurs der *Smith* berechnet, Captain, und aus jener Richtung kommt ungewöhnlich intensive Hecht-Strahlung — sie deutet auf die Präsenz einer ungewöhnlichen Menge von sehr reinem Dilithium hin. Ich nehme an, Prospektoren und Klingonen haben das Erz fast gleichzeitig entdeckt.«

»Und unsere imperialen Freunde wollen das Schürfrecht mit niemandem teilen, nicht wahr?« fragte Kirk.

»So hat es den Anschein.«

»Aber vielleicht ist es ein Trick«, dachte Kirk laut. »Vielleicht wollen uns die Klingonen dazu verleiten, ihr Schiff anzugreifen.«

»Es tut mir sehr leid, daß ich den Kreuzer nicht schon vorher erwähnt habe«, meinte der *Smith*-Computer. »Aber ich bin sehr, *sehr* beschäftigt gewesen, und wenn

Sie mir nun die Erlaubnis gäben, Ihren Hangar anzusteuern ...«

»Dies sieht nicht nach der typischen Klingonentaktik aus«, bemerkte Spock.

»Ja, da haben Sie recht.« Kirk nickte. »Mr. Scott, treffen Sie Vorbereitungen dafür, den Prospektor ins Schlepptau zu nehmen.«

»Aye, Sir. Heck-Traktorstrahlen werden aktiviert.«

»*Smith*-Computer«, sagte Kirk. »Reduziere die Geschwindigkeit und laß dich vom Traktorfeld erfassen.«

»Ich höre Sie nicht mehr«, lautete die Antwort.

»Ist der Kontakt unterbrochen, Uhura?«

»Das Feedback bestätigt einen offenen Kom-Kanal, Sir.«

»*Smith*-Computer.« Kirk sprach nun etwas lauter. »Wir möchten, daß du die Geschwindigkeit herabsetzt und dich von unseren Traktorstrahlen erfassen läßt. Bestätige.«

»Offenbar ist mit Ihren Signalen irgend etwas nicht in Ordnung. Ich verstehe Sie nicht.«

»Captain«, sagte Sulu. »Der klingonische Kreuzer hat ein Bremsmanöver eingeleitet, doch das Prospektorenschiff verzögert nicht.«

»Und der Kurs? Steht eine Kollision bevor?«

»Ja, Sir. Aber nicht mit uns — mit dem Übungsziel.«

»Scotty! Traktorstrahlen ausrichten!«

»Ich versuche es, Sir, aber die *Smith* ist klein und ziemlich schnell.«

»Laßt mich rein!« kreischte der Computer. *»Sonst schießen die Klingonen auf mich ...«*

»Kontakt«, meldete Sulu.

Die *Smith* prallte an den hinteren Teil des Diskussegments, und das Übungsziel sauste davon, wie ein Ballon, aus dem die Luft entwich.

Das Prospektorenschiff verharrte plötzlich. »Hab den kleinen Teufel erwischt«, knurrte Scott, sah von seiner

Konsole auf und blickte zum Wandschirm. »Du meine Güte ...«

»Die Klingonen haben eine Kursanpassung vorgenommen und kommen nicht mehr näher«, sagte Sulu.

Die *Feuerblüte* driftete im All. Kaden und seine Offiziere starrten ins Projektionsfeld und beobachteten, wie sich die kleine Erkundungseinheit den beiden Föderationskreuzern näherte und versuchte, am linken anzudokken.

Einen Sekundenbruchteil später verschwand das große Schiff vom Schirm.

»Ist es wirklich nicht mehr da, Rish?« fragte Kaden langsam.

»Die Sensoren registrieren keine Ortungsspur«, bestätigte Arizhel.

»Nun ...«, murmelte Askade. »Jetzt wissen wir, was hier draußen getestet wurde.«

»Identifizierung des Schiffes, das wir noch immer sehen, Proke?« brummte Kaden.

»Die *Enterprise,* Captain.«

»Öffnen Sie einen Kom-Kanal«, sagte der klingonische Kommandant. »Wir sollten besser guten Tag sagen, bevor uns die Glühbirnen braten.«

Auf Direidi saß die Besatzung der *Jefferson Randolph Smith* am Bach, während frühes Zwielicht herankroch. T'Vau meditierte. Tellihu hockte am plätschernden Wasser und erhoffte sich einen Fisch — er wirkte wie ein hungriger Geier, und Unbehagen regte sich in Trofimow.

»Eigentlich ein recht hübscher Ort«, sagte sie, blickte über den Bach hinweg zu den Bergen, beobachtete dann den Mond. Auf ihrer Heimatwelt Reynaud II gab es keine Berge in der Nähe bewohnter Regionen, und am Himmel fehlte ein Mond. Als Mädchen hatte sich Trofimow oft gefragt, warum so viele Dichter auf den Mond fixiert zu sein schienen und einen Felsbrocken am Firmament als Symbol für Romantik erachteten. Als sie nun zu der perlmuttenen Scheibe aufsah ...

Sie neigte den Oberkörper nach vorn und spritzte sich kaltes Wasser ins Gesicht.

»Der Wert dieser Welt besteht nicht aus landschaftlicher Schönheit«, sagte T'Vau. »Direidi ist viel zu weit von den wichtigsten Touristenrouten entfernt. Allerdings bieten die Berge ein gutes Beispiel für tektonische Aktivität ... Stimmt was nicht, Captain? Haben Sie Fieber?«

Trofimow begann zu lachen und konnte nicht damit aufhören. Sie lachte, bis ihr der Bauch schmerzte, bis sie zur Seite kippte und durchs Gras rollte. Als ihr schließlich keine Tränen mehr in die Augen quollen, stellte sie fest, daß sich auch Tellihu zusammengekrümmt hatte und kicherte — seine Flügel trockneten allmählich und hingen jetzt nicht mehr schlaff herab. T'Vau saß unbewegt und versuchte, gelassen zu bleiben, aber in ihrer Miene zeigte sich deutliche Verwirrung. »Vielleicht enthält das Wasser toxische Substanzen ...«

»Schon gut, schon gut«, sagte Trofimow. »Das Nachlassen der Anspannung. Kein Grund zur — ha-ha — Besorgnis.« Sie nahm wieder auf dem Felsen Platz, bewunderte erneut die prächtigen Berge und den romantischen Mond.

»Glauben Sie, das Schiff ist den Klingonen entwischt?« fragte Tellihu.

»Keine Ahnung. Wenn nicht, tauchen hier sicher bald unsere klingonischen Freunde auf. Und wenn sich hier auch nur halb soviel Dilithium befindet, wie unsere Sensoren behaupteten, so wühlen sie sich in die Berge dort drüben und lassen bestimmt nichts von ihnen übrig.«

»Die Wahrscheinlichkeit für das Entkommen der *Jefferson Randolph Smith* beträgt einundvierzig Prozent«, warf T'Vau ein.

»Wir können also spekulieren«, sagte Trofimow. Sie war zu gut gelaunt, um sich zu ärgern. »Angenommen, der *Smith* gelingt es, Starfleet eine Nachricht zu übermitteln. Dann kommt die *Föderation,* siedelt die Bevölkerung um und gräbt überall nach Dilithium. Deshalb sind wir die Guten.« Sie stand auf, fröstelte ein wenig, griff nach einer Überlebensdecke und streifte sie sich einem Umhang gleich über. »Schnappt euch Decken und laßt uns dann dem Verlauf des Baches folgen«, schlug die Kommandantin vor. »Wir brauchen etwas zu essen, und außerdem müssen wir die Einheimischen finden — um ihnen mitzuteilen, daß die Guten eingetroffen sind.«

Sie wanderten am Ufer entlang, und der Mondschein schuf schwarze Schatten auf Silber.

Nach einigen Minuten meinte Tellihu: »Wenn die *Smith* tatsächlich zur Föderation zurückkehrt, kommen vermutlich die Bestimmungen des organianischen Vertrages zur Anwendung.«

»Daran habe noch gar nicht gedacht«, erwiderte Trofimow. »Aber was soll's? Machen wir uns keine Sorgen darüber. Diese Nacht ist viel zu schön.« Sie ging etwas schneller und summte eine romantische Melodie.

Nicht weit entfernt auf Direidi (hier sind planetare Distanzen gemeint, keine interstellaren) erhob sich ein Schloß mit einem Turm. In dem Turm glühte bläuliches Licht in einem Zimmer, und es knisterte seltsam. Das Licht fiel auf einen Mann, der einen purpurnen Samtmantel trug; sein Gesicht wirkte dadurch wächsern und leichenhaft blaß. Er war recht dick und hatte dünnes Haar. Er saß am Tisch und schrieb, in der Gesellschaft von kaltem Kaffee und einem Teller mit Keksen. Worte erschienen auf dem Monitor vor ihm, glänzten in einem matten Blau. In Abständen von jeweils einigen Minuten knarrte der Kristall auf dem Boden und brannte noch mehr Text in den unlöschbaren Datenspeicher.

Der Mann seufzte. Er trank einen Schluck Kaffee und verzog das Gesicht. Dann hob er plötzlich den Kopf, als eine Anzeige an der Wand blinkte, stand rasch auf und ging zu den entsprechenden Instrumenten. Er betätigte mehrere Schalter, woraufhin sich weitere Bildschirme erhellten; Datenkolonnen wurden eingeblendet. Er blickte aus dem Turmfenster und sah etwas, das er vielleicht für einen Meteoriten gehalten hätte — wenn ihm nicht von den Geräten die schreckliche Wahrheit mitgeteilt worden wäre.

Er schob die Füße in alte Lederpantoffeln und eilte die Treppe hinunter. Sein Mantel wehte wie ein Banner.

Kurz darauf erreichte er einen großen steinernen Saal, über dem sich ein gläsernes Dach erstreckte, durch das der rötliche Schein einer untergehende Sonne schimmerte. Eine kleine Lampe brannte in der Halle, am Ende eines Tisches, der lang genug war, um mehr als vierzig Personen Platz zu bieten. Eine Frau saß dort im Licht und setzte gerade das Modell einer Ps-4-Dampflokomotive der Southern Railways zusammen.

Der Mann lehnte sich an den Tisch und schnaufte.

»Um Himmels willen, Flyter«, sagte die Frau. »Eines Tages bringst du dich auf der Treppe um — entweder fällst du, oder ein Herzinfarkt schickt dich ins Jenseits. Nimm Platz.«

»Es ist geschehen, Estervy, Teuerste. Alle Kontrollampen haben geleuchtet. Man hat uns entdeckt.«

»Jeden Tag geschieht das eine oder andere Unangenehme, aber ich beklage mich nicht. Ich bin daran gewöhnt und lache sogar darüber.«

»Gut gesagt. Aber manchmal bleibt einem das Lachen im Halse stecken.«

Estervy wandte sich von ihrer Arbeit ab und rückte die Lampe zurecht. Sie war gut fünfzig, wie Flyter, und in ihrem dunklen Haar zeigten sich einige graue Strähnen. Doch die Haut an Händen und im Gesicht wies keine Falten auf. »Ja, Flyter, ich weiß, daß du es ernst meinst. Wir wußten, daß man uns eines Tages entdecken würde — das war uns bereits klar, als wir uns hier niederließen. Nun, wer ist gekommen?«

»Die Föderation, glaube ich. Nur ein kurzer Kontakt — sie warfen etwas in der Atmosphäre ab und verschwanden wieder. Private Prospektoren hätten sicher ein Shuttle geschickt, und Klingonen — tja.« Flyter seufzte. »Eigentlich spielt's keine Rolle. Man hat uns gefunden. Nur darauf kommt es an.«

»Die Fremden haben etwas abgeworfen?«

»Beziehungsweise ausgeschleust. Vielleicht ein Landungsboot. Oder einen Peiler. Leider steht uns nur ein billiges Sensorpult aus zweiter Hand zur Verfügung, und deshalb ... Schon gut. Wer auch immer was auch immer abgeworfen oder ausgeschleust hat — er kann kaum mit nützlichen Informationen rechnen.«

»Genau«, bestätigte Estervy. »Von hier aus sind keine Sendungen möglich. Uns bleibt also Zeit. Wenn wir nicht enorm viel Pech haben, beruft man sich auf den organianischen Vertrag, und dadurch bekommen wir noch mehr Zeit.«

»Plan C?« fragte Flyter.

»Plan C.«

Der Mann lächelte. »Ich werde eine Gemeindeversammlung für zwei Uhr anberaumen. Bis um fünf sollten sich genügend Personen eingefunden haben.«

»Du klingst plötzlich recht zufrieden.«

»Nun, das bin ich auch, wenn ich jetzt darüber nachdenke. Es freut mich, daß wir die Entdeckung miterleben. Ich habe immer befürchtet, daß die Fremden eine Generation oder so zu spät kommen und unsere Kinder den Plan abstauben müssen — um festzustellen, daß er längst überholt ist.«

»Du lügst ziemlich schlecht«, sagte Estervy. »Bestimmt wolltest du nur hören, wie man unseren Dialog spricht.«

»*Das* natürlich auch.« Flyter lächelte. »Empfang für zwei?«

»Empfang für zwei.«

Historisches Zwischenspiel: Der einzige Krieg, den wir haben

Die Bestimmungen des organianischen Vertrages zwischen der Vereinten Föderation der Planeten und dem klingonischen Imperium lauten folgendermaßen:

Wird eine neue und brauchbare Welt innerhalb der Vertragszone entdeckt (sie ist auf der Karte in Anhang A dieses Dokuments definiert), so haben beide Vertragspartner die Möglichkeit, den entsprechenden Planeten der anderen Seite für die Erschließung zu überlassen. Wenn das nicht der Fall ist, so schicken die Vertragspartner Gesandte zu dem Planeten, die der (falls vorhandenen) einheimischen Bevölkerung zeigen sollen, wer besser imstande ist, der Welt friedlichen Fortschritt zu bringen. Das Erschließungsrecht bekommt jene Seite, die Bereitschaft und Fähigkeit zur planetaren Entwicklung besonders überzeugend demonstriert.

Wer sich nicht an diese Vereinbarung hält, wird für immer von dem Planeten verbannt.

Einfacher ausgedrückt lauten die Bestimmungen so: *Werd nicht zu gierig — sonst verbrennst du dir die Finger.*

Was den organianischen Vertrag angeht, so läßt sich die öffentliche Meinung in der Föderation wie folgt beschreiben:

4 % Die größte Weisheit der Galaxis
4 % Vertrag? Was für ein Vertrag?
11 % Keine schlechte Idee; ich bin dafür.
81 % Für wen halten sich die Organianer eigentlich?

Die diesbezügliche öffentliche Meinung im klingonischen Imperium ist vielleicht weniger wichtig als in der politisch freieren Föderation, aber sie soll hier ebenfalls erwähnt werden.

4 % Wenn der Imperator damit einverstanden ist, habe ich nichts daran auszusetzen.
4 % Das ist eine Fangfrage, nicht wahr?
11 % Ein Trick der Föderation.
81 % Für wen halten sich die Organianer eigentlich?

Bei diesen statistischen Informationen gibt es natürlich einen gewissen Ungenauigkeitsfaktor, aber wir hoffen trotzdem, daß sie Ihnen dabei helfen, kluge Entscheidungen in Hinsicht auf Regierung und Politik der politisch liberalen Föderation zu treffen, in der wir alle leben.

[Eine Tabelle mit den Ungenauigkeitsfaktoren dieser Übersicht steht für 12,50 Cr., zuzüglich Sublicht-Porto, zur Verfügung. Bitte geben Sie sowohl das Datenformat als auch dezimale, duodezimale oder binäre Numerierung an.]

KAPITEL 3

ORGANIANISCHER SCHIEDS-RICHTERBALL

Die *Feuerblüte* hing in einem stationären Orbit unweit der imperialen Nachschubbasis 27, nicht weit von den Grenzen der organianischen Vertragszone entfernt. Frachtshuttles und Transporter umgaben den großen Kreuzer. Die Hangarschotten standen weit offen, und Licht strahlte in die Schwärze des Alls. Kraftfelder und energetische Vorhänge hielten die Luft im Innern des Schiffes.

Kaden und Maglus betraten das zentrale Frachtdeck. Askade blickte durchs Fenster und beobachtete ein nur wenige hundert Meter entferntes Shuttle.

Das Schott eines kleinen Passagierschiffs öffnete sich, und ein untersetzter Imperialer in Flottenuniform trat mit einer Tasche die Rampe herunter.

»Truppenführer Memeth, 251. technische Kompanie«, sagte der Offizier. »Melde mich zur Stelle.«

»Willkommen an Bord der *Feuerblüte,* Truppenführer. Ich bin Kaden, der Captain. Maglus, Sicherheitsoffizier. Und der Chefingenieur Askade. Er leitet Ihre Einheit.«

Memeths Gesichtsausdruck verhärtete sich. »Sicher kennt er sich mit Triebwerken aus, aber ...«

»Ich bin akkreditierter Spezialist in Dilithiummechanik«, warf Askade ein. »Vielleicht kennt der Truppenführer das *Handbuch für den Umgang mit kristallinem Erz.*«

Memeth nickte und entspannte sich. »Ah. Askade vestai-Eletai. Es ist mir eine Ehre, mit Ihnen zusammenzuarbeiten.«

Kaden warf Maglus einen erleichterten Blick zu, und der Sicherheitsoffizier zuckte mit den Schultern. Eine weitere Hürde im täglichen Hindernislauf war genommen.

»Welche Ausrüstung wird an Bord gebracht?« fragte Askade.

»Sechs Erkundungsfahrzeuge, vier Erzshuttles mit mobilen Navigationsvorrichtungen und sechs Tagra-X-Bagger.«

Askade nickte. »Sie überwachen die Verladung. Die Einsatzbesprechung findet statt, wenn wir unterwegs sind.«

»Jawohl, Chefingenieur.«

»Wir brauchen nicht förmlich zu sein. Nennen Sie mich Askade.«

»Und ich bin Memeth für Sie.«

»Gut.«

Die Schiffsoffiziere verließen das Deck und betraten einen Lift. »Gut gemacht«, lobte Kaden.

»Es ist Memeths Kompanie«, entgegnete Askade. »Sie ohne seine Einwilligung zu kommandieren ... Genausogut könnte man versuchen, das Wasser aus einem Sumpf zu schöpfen. Warum grinsen Sie so, Mag? Warten Sie auf eine Bemerkung über die durchschnittliche Intelligenz von Flottenoffizieren?«

»Er hätte sich fast an seiner Arroganz verschluckt.«

Einige Sekunden der Stille folgten, und dann lachten die drei Männer. Schließlich fragte Askade ernst: »Haben Sie jemals einen Tagra-X gesehen?«

Kaden und Maglus schüttelten den Kopf.

»Sie sind *groß*. Selbst demontiert nehmen sie den ganzen Platz in unseren Frachtkammern ein.«

»Sehen Sie da ein Problem?« erkundigte sich Kaden. »Zuviel Masse?«

»Für die Triebwerke der *Feuerblüte*? Natürlich nicht.« Askade schien sich von der Frage des Captains beleidigt zu fühlen. »Aber so umfangreiche Ausrüstung ... Offenbar *möchte* der Imperator nicht nur, daß wir die Welt bekommen — er *erwartet* es von uns.«

»Dort gibt es nur fünfzehntausend Bewohner«, meinte Maglus. »Wie sollten sie uns aufhalten — indem sie sich vor die Bagger legen?«

»Dadurch würden die Tagras bestimmt nicht langsamer«, erwiderte Askade. »Aber wenn die Föderation eingreift ...«

»Die Glühbirnen bereiten mir viel mehr Sorgen«, brummte Kaden.

In Starbase Eins, hoch über der Erde, standen Kirk, Spock und McCoy vor einem Schreibtisch. Admiral Pilchard, Leiter der Starfleet-Abteilung für Ressourcen, beendete gerade seine Ausführungen.

»Fünfzehntausend Einheimische beanspruchen sicher nicht genug von der Oberfläche des Planeten, um die Bergbauarbeiten zu behindern«, sagte Pilchard. »Wir müssen in erster Linie an die Klingonen denken. Sie sehen bestimmt nicht tatenlos zu, wie wir uns das Dilithium unter den Nagel beißen.«

Kirk nickte. Das Gesicht des hinter ihm stehenden Spock blieb maskenhaft starr, aber in McCoys Mundwinkeln zuckte es. Pilchard war Raskolaner und humanoid — abgesehen von Händen mit sieben Fingern und einem vagen purpurnen Glanz, der von Haut und Augen ausging. Die raskolanische Sprache zeichnete sich durch eine sehr komplizierte idiomatische Struktur aus, und das fand einen deutlichen Niederschlag in Pilchards Föderationsstandard.

»Nun«, sagte der Admiral, »Sie wissen ebensogut wie ich, daß wir nur die besten Interessen der ... Wie heißen die Bewohner?«

»Direidi«, antwortete Spock.

»Ja. Ihre besten Interessen stehen ganz oben in unserem Buch. Aber wir wissen auch, wie sich solche Eingeborenen verhalten. Man winke ihnen mit der goldenen Tür, und schon folgen sie wie Nüsse im Mai. Wir dürfen nicht zulassen, daß uns die Klingonen ein Schnippchen schneiden.« Pilchard klopfte auf den Tisch. »Das wär's, Captain. Jetzt kennen Sie Ihre Mission.«

»Ja, Admiral. Alles klar.«

»Hervorragend.« Sie verließen das Büro und schritten durch den Korridor. Starfleet-Offiziere eilten an ihnen vorbei; hinter den großen Fenstern glitten große und kleine Schiffe durch die Dunkelheit des Alls.

»Wen hat man uns als Gesandten zugeteilt, Admiral?« fragte Kirk.

»Charlotte Sanchez. Kennen Sie die Dame?«

»Nein, ich glaube nicht.«

»Das ist mal was Neues«, murmelte McCoy leise.

Admiral Pilchard schien den Arzt nicht gehört zu haben. »Sie ist ein wahres As am diplomatischen Himmel. Sie hat einen Krieg auf Kintyre entschärft und den Olivet Quango ein ganzes Floß aus Handelskonzessionen abgerungen. Ja, diese Feder kann sie sich ins Haar stekken.«

»Was?« Kirk blinzelte verwirrt. »Ich meine: die Olivet was?«

»Quango. Keine Ahnung, was es damit auf sich hat. Heutzunacht glauben die Leute dauernd, sich neue Namen geben zu müssen, und seltsamerweise neigen sie dazu, die seltsamsten Regierungsformen auszuprobieren — da kann man schnell die Untersicht verlieren.« Sie blieben vor einem Turbolift stehen, und Pilchard betätigte die Ruf-Taste. »Im Vergleich dazu erscheinen die Klingonen recht harmlos. Bei ihnen weiß man wenigstens, daß sie nicht plötzlich aus der Sonne tauchen, mit einem neuem politischen Schwert zwischen den Zähnen.«

Kirk nickte ernst. McCoy wippte auf den Zehen, die Hände tief in die Taschen geschoben. Spock blickte starr geradeaus.

Die Lifttür öffnete sich, und der Admiral betrat die Transportkapsel. »Nun, ich wünsche Ihnen viel Glück, Captain. Und auch Ihnen, Commander. Freut mich, Sie wiedergesehen zu haben, Dr. McNeil. Und denken Sie daran: Lassen Sie sich von den Klingonen nicht verschaukeln oder auf den Ellbogen nehmen.«

»Aye, Sir.«

»Quartier für Flaggoffiziere«, sagte Pilchard. Das Schott schloß sich mit einem leisen Zischen.

McCoy seufzte. »Da geht ein Mann, der die Sprache bis zum Zerreißen strapaziert. ›Doktor McNeil.‹ Hm.«

Kirk drückte noch einmal die Ruf-Taste. »Da wir gerade bei Sprache sind, Pille ... Was hast du eben mit deinem Hinweis auf etwas ›Neues‹ gemeint?«

»Äh, ich dachte dabei an die große Anzahl von Frauen in Starfleet, die du zu kennen scheinst, Jim.«

»Ach, Pille ...«

»Ich finde es immer wieder erstaunlich, wie viele deiner alten Flammen rein zufällig an Bord der *Enterprise* erscheinen.«

»... was soll ich dazu sagen?«

Die Tür öffnete sich. Als sie in der Kabine standen, meinte Spock: »Dr. McCoy hat gerade einen interessanten statistischen Hinweis geliefert ...«

»Fangen *Sie* nicht auch noch an.«

Es machte *Plup,* und eine Stimme aus der Wand verkündete: »Der Lift darf höchstens für hundert Sekunden angehalten werden, um einen Stau im Transportsystem zu vermeiden. Im Notfall ziehen Sie bitte den roten Hebel oder sagen dreimal laut *Mayday.*«

»Diplomatische Sektion, Verwaltungsebene«, stieß Kirk gepreßt hervor, und das Schott glitt zu.

Wenige Sekunden später erreichten sie einen großen Empfangsraum, dessen gläserne Decke einen spektakulären Blick ins All gewährte. Personen aus drei oder vier Dutzend verschiedenen Völkern saßen an den Tischen, schlenderten umher oder beobachteten die marmorierte Erde. Auf der einen Seite führte ein breiter Korridor zu verschiedenen Zimmern, und daneben wölbte sich ein halbrunder Tresen.

»Captain James Kirk«, sagte Jim zu der Empfangsdame und reichte ihr seine ID-Karte. »Wir möchten mit Botschafterin Sanchez sprechen.«

Die Frau hinter dem Tresen — eine Xranxi Vion im goldenen Chitinpanzer der Organisationskaste — nahm die drei Identifizierungskarten mit drei Händen entgegen, streckte zwei weitere nach einer Tastatur aus und griff mit der sechsten nach einem Telefon. Ihre Facettenaugen hinter der Kollimationsbrille glänzten, als sie den Translator-Voder am Hals berührte. »Die Botschafterin erwartet sie in Konferenzraum Vierzehn«, erklang eine warme, fast erotische Stimme aus dem Gerät. »Geradeaus, die zweite Tür links.«

Kirk und seine beiden Begleiter fanden das Zimmer, und vor ihnen öffnete sich das Schott.

Ein orangefarbener Teppich bedeckte den Boden des Konferenzraums, und in der Mitte stand ein langer Tisch aus Nußbaumholz. Die Konturen vieler Sessel entsprachen den physiologischen Erfordernissen von Nonhumanoiden. Am einen Ende des Tisches saß eine menschliche Frau und las Unterlagen in einer Kunststoffmappe. Sie hatte olivfarbene Haut, langes schwarzes Haar und ebenso dunkle, sehr große Augen. Sie war kräftig gebaut, ohne dadurch untersetzt oder gar korpulent zu wirken, trug eine Hemdbluse in gebrochenem Weiß, eine Hose aus grober Wolle und flache weiße Schuhe.

Die Frau hob den Kopf. »Oh, *hallo,* Jim.«

Kirk erstarrte. Spock wölbte eine Braue, und McCoy beide.

Die Botschafterin stand auf. »Du siehst aus, als hättest du gerade ein Gespenst gesehen. Ich bin älter geworden, aber noch nicht tot.«

»Charlotte ... *Sanchez.*«

»Botschafterin, Sonderbeauftragte und Gesandte für die Welt und das Volk namens Direidi«, sagte Sanchez. »Es hat sich viel verändert, nicht wahr?«

»Charlotte ... *Caliente* Sanchez ... Äh, ich möchte dir meinen Spock Offizier vorstellen, Commander Erster, und Doktor McNeil, ich meine McCoy.«

»Freut mich, Sie kennenlernen.« Sanchez schüttelte den beiden Männern die Hand.

»Bitte entschuldigen Sie uns«, sagte McCoy leichthin. »Mr. Spock und ich müssen einige statistische Dinge erörtern.«

Pille und der Vulkanier verließen das Zimmer. Kirk starrte ihnen nach.

»Du hast es vergessen, stimmt's?« fragte Sanchez. Es klang sehr amüsiert.

»Ich, äh ... ja.«

Die Botschafterin lachte. »Warum bist du so verlegen? Es war doch nur Sodawasser mit Speiseeis, vor achtzehn Jahren.«

»Du erinnerst dich daran.«

»Ich bin Diplomatin. Du wärst sicher überrascht zu erfahren, wie wichtig es in der Diplomatie ist, sich an die Namen bestimmter Personen zu erinnern — und an ihr Verhalten vor langer Zeit.«

Kirk nickte.

»Nun gut, Captain«, fuhr Sanchez fort. »Meine Koffer warten in der Sektion für Durchreisende. In welchem Hangar befindet sich die *Enterprise?*«

»Drei-C. Ich begleite dich und helfe dir beim Tragen.«

»Das ist nicht nötig — ich reise immer nur mit wenig Gepäck. Wir sehen uns an Bord, Jim.«

»Charlie ... In der Einkaufspromenade gibt es ein Lokal, das ausgezeichnetes Sodawasser mit Speiseeis anbietet.«

»Darauf muß ich dir folgende Antwort geben«, sagte Sanchez und sprach in einem normalen Tonfall. »Erstens: Nur mein Vater hält an der Angewohnheit fest, mich Charlie zu nennen. Zweitens: Du bist der Kommandant eines Raumschiffs, und ich bin Botschafterin mit umfangreichen Befugnissen. Ab vierzehn Uhr gelten für uns die Einsatzorder einer diplomatischen Föderationsmission. Es ist jetzt vierzehn Uhr zweiundzwanzig — du kommst also achtzehn Jahre und zweiundzwanzig Minuten zu spät.«

Sie lächelte noch immer, und Kirk schmunzelte ebenfalls. »Kein Eis mehr?«

»Nur zur Förderung der Direidi-Verhandlungen.«

Jim nickte und kratzte sich am Nacken. »Was das Verhandeln betrifft, hattest du schon damals einiges auf dem Kasten.«

»Ich wußte, daß du nicht alles vergessen hast«, erwiderte Sanchez und berührte Kirk an der Wange, als sie an ihm vorbeiging. »Hangar Drei-C. Bis später.«

Die *Enterprise* bereitete sich auf den Start vor. Transport- und Kontrollmodule brachten Container mit Ausrüstungen oder überprüften die Bordsysteme. Auf der Brücke nahmen die Offiziere einen letzten Funktionstest vor, während die vor kurzer Zeit eingetroffene Botschafterin Sanchez leise mit Captain Kirk sprach. Spock gab Kommunikationsoffizier Uhura eine Anweisung, und kurz darauf veränderte sich die Darstellung des großen Wandschirms. Das Projektionsfeld zeigte nun eine Frau: Sie trug die Uniform der wissenschaftlichen Abteilung von Starfleet und stand neben einigen Computerkonsolen.

Mit einer Serviette betupfte sie ihre Kleidung, von der rosarote Flüssigkeit tropfte, und nach einer Weile sah sie überrascht auf. »*Oh* ... Sektion Computeranalyse, Techniker Owens. Was wünschen Sie?«

»Ich bin Spock, wissenschaftlicher Offizier der *Enterprise.* Haben Sie alle Daten aus den Speichern des *Smith*-Bordcomputers geprüft?«

»Nein, Sir. Ich meine, ja, aber ... Nun, wissen Sie, Sir, mit jenem Computer stimmt was nicht.«

»Das ist uns bekannt. Aus diesem Grund hat man Sie beauftragt, die Daten zu kopieren und den Speicher anschließend zu löschen.«

»Ich weiß, Sir. Wir haben es versucht, aber ... Sir, was auch immer für die Funktionsanomalie des Computers verantwortlich sein mag — wir glauben, es ist ansteckend.«

»Eine Art Virusprogramm, Technikerin?«

»Es scheint sich eher um eine ... Besessenheit zu handeln, Sir.«

»Kam es in Ihrem Laboratorium zu einem Unfall, Owens?« fragte Kirk.

»Wir wissen es nicht, Sir.«

»Sie wissen es nicht?«

»Nun, als wir eine Datenverbindung mit dem Bordcomputer der *Smith* herstellten, lieferten die hiesigen Synthetisierer nur noch Pfefferminz-Milchshake, und sie weigerten sich strikt, die Produktion einzustellen. Aus diesem Grund verzichten wir derzeit auf weitere Datenkontakte.«

»N'gaan«, meinte Spock.

Kirk sah den Vulkanier an. »Wie bitte?«

»Der Geschmack — es ist kein Pfefferminz, sondern *N'gaan.*« Spock räusperte sich. »Damit äußere ich natürlich nur eine Vermutung.«

»Nun gut«, sagte Kirk langsam. »Haben Sie bei Ihrer Arbeit irgendwelche Resultate erzielt, Owens?«

»Sieht das hier nach nichts aus?« Die Technikerin deutete auf ihre nasse Uniform. »Oh, äh, Entschuldigung, Captain. Nein, es liegen keine konkreten Ergebnisse vor.«

»Na schön. Geben Sie uns sofort Bescheid, wenn Sie etwas entdecken. *Enterprise* Ende.«

Owens salutierte. Hinter ihr *platschte* etwas, und sie drehte sich um. »O nein ...« Der Schirm wurde dunkel.

»Spock, was den Milchshake betrifft ...«, begann Kirk.

»Wie ich schon sagte, Captain: Der Zusammenhang ist rein hypothetischer Natur.«

»Und ganz offensichtlich geht es dabei um den wissenschaftlichen Offizier der *Smith.*« Kirk versuchte vergeblich, ein Lächeln zu unterdrücken. »Nun, ich möchte keine statistischen Untersuchungen in bezug auf *Sie* anstellen, Spock, aber wenn eine alte Flamme von Ihnen ...«

»Captain, falls eine Person, mit der ich einst etwas getrunken habe, als ›alte Flamme‹ gilt, so bin ich nicht sicher, ob ich diesen Begriff richtig verstehe.«

Botschafterin Sanchez lachte laut und hielt sich rasch die Hand vor den Mund. »Ich ziehe die Frage hiermit zurück, Mr. Spock«, sagte Kirk.

Er drehte den Kommandosessel herum und blickte zum Wandschirm. Das Projektionsfeld präsentierte nun wieder das Innere das Starbase-Hangars. »Leitstrahlfokus stabil, Mr. Sulu?«

»Aye, Captain.«

»Dann beschleunigen Sie mit null Komma eins Impulskraft. Bringen Sie uns nach draußen.«

Macmain passierte den hohen Torbogen und betrat die Schatzkammer der Galerie, ein gotisches Zimmer, dessen gewölbte Steindecke spitz zulief, fast ein Dutzend Meter über den hölzernen Stützbalken. An den Wänden hingen Gemälde und Gobelins neben einer Rüstung mit dem emaillierten Wappen eines seit Jahrhunderten toten Prinzen.

Mitten in der Kammer stand eine Plattform aus goldenen Fliesen, aus der eine kristallene Säule wuchs. Darauf ruhte ein gläserner Würfel, und in ihm lag ein funkelndes Schmuckstück: Sein Silber war so glatt, daß es flüssig erschien; darin eingelassen schimmerten blaue, rote und goldene Edelsteine.

Das Karthores-Diadem. Und nur zehn Schritte trennten es von Macmain, dem Meisterdieb der Galaxis.

So hatte es wenigstens den Anschein ...

Macmain trug einen hautengen schwarzen Overall, ausgestattet mit Schlingen, Schlaufen, diversen Gürteln und verschließbaren Taschen. Er griff in eine davon, holte eine Brille mit getönten Gläsern hervor und setzte sie auf. Sofort sah er die vielen Sensorstrahlen, die das Diadem einem feinen Gespinst gleich umgaben. Er bewegte sich wie ein Null-G-Ballettänzer, als er den Strahlbahnen auswich — bis er unmittelbar vor der goldenen Plattform stand. Er hob einen Ziegenfellstiefel, senkte ihn dann wieder, ging in die Hocke und betrachtete die metallenen Fliesen. Einige von ihnen stellten getarnte Drucksensoren dar. Die anderen ...

Macmain löste einen dicken schwarzen Zylinder von einer Hüftschlaufe, öffnete das eine Ende und zog einen Greifer daraus hervor. Dann richtete er das kurze Rohr nach oben und betätigte eine Taste. Entweichendes Treibgas zischte, und der Greifer sauste in Richtung Decke, zog dabei ein dünnes Seil hinter sich her und fiel über einen Querbalken.

Der Meisterdieb zog versuchsweise an dem Seil, straffte es und führte es durch einen Stahlring am Gürtel. Dann zog er erneut und hangelte sich nach oben, bis die Plattform genau unter ihm war. Er befestigte den schwarzen Zylinder wieder an der Hüftschlaufe, hing reglos am Seil und betrachtete die Schlösser des Glaskastens.

Es handelte sich um schlichte, trizyklische Bolzenkammern mit alten Throckmorton-Nockenwellen darin — fast eine Beleidigung für Macmain. Er entnahm dem kleinen Beutel an seinem linken Handgelenk ein dünnes Werkzeug, und zwei ruhige Atemzüge später waren die beiden Schlösser entriegelt. Gelassen klappte er den Deckel des gläsernen Behälters auf, und seine rechte Hand tastete sanft nach dem Diadem.

»Ah, Macmain, alter Freund«, erklang hinter ihm eine kühle, vertraute Stimme. »Ich wußte, daß ich Sie früher oder später erwischen würde. Diesmal sitzen Sie in der Falle.«

Macmain drehte sich langsam an dem Seil. »Colonel

Richter«, sagte er und schmunzelte. »Ich habe Sie nicht für jemanden gehalten, der Kunstmuseen besucht.«

Richter hielt einen schweren Strahler in der Hand und lächelte ebenfalls. Dadurch entstanden häßliche Falten in seinem von weißen Narben verunstalteten Gesicht. »Mein Interesse ähnelt dem Ihren. Die meisten Dinge hier drin lassen mich völlig kalt, aber das Karthores-Diadem finde ich recht interessant. Ich würde es mir gern aus der Nähe ansehen.«

»Dann kennen Sie sein Geheimnis?« fragte Macmain.

»O ja. Meine Versuche, es in Erfahrung zu bringen, kosteten mehrere Personen das Leben.«

»Unschuldige Personen, nehme ich an.«

»Natürlich.« Richter lachte leise. »Andererseits: Ich habe ihnen angeboten, freiwillig den Interessen des Konsortiums zu dienen. Durch ihre Ablehnung wurden sie zu Verbrechern — also waren sie gar nicht so unschuldig.«

»Soll das heißen, Sie wollen das Diadem fürs Konsortium?«

»Es soll heißen, daß ich in seinem Auftrag hier bin. Die Sternenfestung von Karthora bedeutet einen beträchtlichen Machtzuwachs für das Konsortium.« Richter deutete auf das Diadem in Macmains Hand. »Die ganze Zeit über wußte ich, daß sich irgendwo ein Schlüssel dazu verbirgt: Niemand versteckt eine solche Waffe ohne eine Möglichkeit, sie wiederzufinden. Wir sind nur einige tausend Jahre zu spät dran, das ist alles.«

Macmain drehte das Diadem hin und her. Blaue, gelbe und rote Edelsteine, die Sonnen symbolisierten — eine dreidimensionale Sternenkarte, als Schmuckstück getarnt.

Richter schnippte mit den Fingern. Drei Konsortium-Soldaten in Kampfanzügen und mit Spiegelhelmen kamen herein. Ihre Bewaffnung bestand aus Lasergewehren, Modell Drache Achtzig.

»Ich glaube nicht, daß Sie mich erschießen wollen, Colonel.«

»Ich fürchte, da irren Sie sich.«

»Das bezweifle ich. Sehen Sie die Plattform unter mir? Wissen Sie, wozu sie dient?«

»Na klar. Einige der Fliesen sind Druckdetektoren, die übrigen Elektroden. Wenn man sie berührt, kommt es zu einer hunderttausend Volt starken Entladung.«

Macmain hob das Diadem. »Die diesem Objekt hier sicher schaden würde, nicht wahr?«

Richter seufzte. »Ja, wahrscheinlich. Das gefällt mir so an Ihnen, Macmain: Sie stellen mich immer vor eine schwierige Wahl. Diesmal jedoch bin ich dran.« Erneut schnippte er mit den Fingern.

Zwei weitere Personen betraten das Zimmer. Die erste erwies sich als Frau — sie trug einen schwarzen Overall, der sich kaum von dem Macmains unterschied. Man hatte ihr eine Kapuze über den Kopf gezogen, und die Hände waren auf dem Rücken gefesselt. Ein Uniformierter bedrohte sie mit seinem Gewehr.

»Libra?« hauchte der Meisterdieb.

Die Frau gab einen gedämpften Laut von sich und zerrte an den Handschellen, stand jedoch wieder still, als ihr der Soldat den Lauf des Strahlengewehrs an den Rücken stieß.

»Wo auch immer der großartige Macmain ist ...« Richter gähnte demonstrativ. »Er wird immer von seiner Gefährtin begleitet, der schönen, gefährlichen und flinken Libra. Wir haben einfach zuerst nach ihr gesucht. Es war nicht schwer zu erraten, wo *Sie* auftauchen würden.«

»Ein Patt, Richter«, sagte Macmain.

»Schon wieder ein Irrtum, mein Lieber. Sie wissen, daß ich durchaus fähig bin, Libra zu töten. Und das wollen Sie bestimmt nicht zulassen, oder?«

»Wie lautet Ihr Vorschlag?«

»Legen Sie zuerst das Diadem auf die Glassäule und

treten Sie dann auf die Plattform. Ich nehme das Schmuckstück und verlasse diesen Ort.«

»Und Libra?«

»Sie bleibt hier, unverletzt und bei Ihnen — oder bei dem, was von Ihnen übrig ist. Wer weiß? Vielleicht überleben Sie die Entladung. Ich gebe Ihnen eine faire Chance, nicht wahr, Macmain?«

Der Meisterdieb sah zu Libra, die unter der langen Kapuze den Kopf neigte und erneut erstickte Geräusche von sich gab.

»Übrigens: Sie sollten sich beeilen.« Richter zielte mit seinem Strahler auf Libra. »Das Angebot gilt nur drei Sekunden lang. Eins. Zwei.«

Macmain legte das Diadem auf die Säule und griff nach dem Seil.

»Halt«, sagte Richter.

»Sie haben Ihr Wort gegeben ...«

»Ich räume ein, daß es nicht viel wert ist, aber ich fühle mich trotzdem daran gebunden. Allerdings verändern wir die Abmachung ein wenig. Hände hoch, ganz nach oben.« Richter hob die Energiepistole. »Ich hole Sie runter.« Er schoß. Der grüne Blitz knisterte zwischen Macmains linker Hand und dem Seil.

»Sie lassen nach, Richter«, sagte der Meisterdieb.

»Vielleicht. Aber Sie *fallen.*« Er feuerte erneut, und diesmal traf der Strahl das Seil.

Schillernde blaue Energie flackerte über die goldene Plattform. Funken stoben. Macmain landete in der Hokke, und die tödliche elektrische Entladung blieb aus.

»Tötet die Gefangene!« zischte Richter.

»Das wollen Sie bestimmt nicht, Colonel«, lautete die Antwort des Soldaten hinter der Frau. Er hatte gerade sein Gewehr eingesetzt, und im Zielfokus glühte es noch immer. »Gute Hilfe ist so schwer zu finden.« Der Uniformierte klappte das Spiegelvisier hoch.

»Hallo, Libra«, grüßte Macmain.

»Habe nur auf den richtigen Augenblick gewartet,

Boß«, erwiderte Libra und drückte noch einmal ab. Blaue Strahlen zuckten aus dem Lauf ihrer Waffe, und zwei von Richters Männern sanken zu Boden. Der Colonel schoß ebenfalls und zwang Libra, sich zu ducken. Dann gingen er und der andere Soldat in Deckung.

»Bist du soweit, Boß?«

»Nur noch einen Augenblick«, sagte Mac. Er griff in eine Tasche und holte ein kleines Objekt hervor: eine Scheibe aus silbernem Kunststoff, darin die eingravierte Darstellung einer Hand — die Visitenkarte des Meisterdiebs. Er warf sie in Richtung des leeren Glaskastens. Der kleine Diskus flog durch einen Sensorstrahl; Alarmsirenen schrillten, und stählerne Jalousien rasselten herab, um die Ausgänge zu blockieren. »Jetzt können wir los.«

Der letzte Soldat spähte hinter einem Gemälde hervor und feuerte. Destruktive Energie kochte über den Marmorboden dicht vor der Tür.

Libra jagte einen Blitz durch die Leinwand. Der Uniformierte ächzte, neigte sich vor und stürzte durch das Bild. Libra folgte Macmain und rollte über den Boden — einen Sekundenbruchteil später schloß sich hinter ihr die Metallbarriere.

»Das war ein *Picasso!*« sagte Mac vorwurfsvoll.

»Hast du nicht richtig hingesehen, Boß? Die Hose des mittleren Musikers hatte die falsche Farbe. Es handelte sich um eine Fälschung.«

»Oh, natürlich«, entgegnete der Meisterdieb. »Ich wollte nur feststellen, ob es dir ebenfalls aufgefallen ist.«

»Solche Dinge übersehe ich nie. Die *Füchsin* wartet hinter der Ecke dort.«

Sie drehten sich um. Der nächste Korridor endete an einer Glaswand, und draußen schwebte das Gravitationsboot *Sternenfüchsin* — das Fenster schien ein Portal zu bilden und sich nicht etwa fünfzig Stockwerke über der Oberfläche des Planeten zu befinden. Eine Scheibe fehlte, und ein Steg ragte aus dem kleinen Schiff in den Flur.

Zwei Soldaten des Konsortiums standen dicht davor.

»Sind sie hiergewesen?« fragte Libra scharf.

»Wer?« erkundigte sich einer der beiden Uniformierten.

»Wer wohl, du Idiot! Macmain und Libra, was dachtest du denn? Bestimmt wollen sie ihren Raumer erreichen. Lauft durch den Korridor und haltet sie auf — sonst benutzt euch Richter als Zielscheiben beim nächsten Übungsschießen!«

Die Soldaten salutierten und stürmten in die Richtung, aus der Mac und Libra kamen. Strahlen knisterten, und mehrere Schreie erklangen.

»Zum Glück treffen die Burschen nie«, meinte Libra, als sie über die Rampe eilten und in die Schleuse der *Füchsin* gelangten. »Andernfalls könnte jemand verletzt werden.«

»Kümmere dich um die Startvorbereitungen, Libra«, sagte Mac.

»Sofort, Boß.« Sie nahm in der Pilotenkanzel Platz, und ihre Finger huschten über die Kontrollen. »Erneut entwischen wir den eifrigen, aber dummen Schergen des Konsor...«

Eine Handkante traf Macmains Unterarm, und das Karthores-Diadem fiel aufs Deck der *Füchsin.*

»Ganz so dumm sind wir nicht, Dieb«, knurrte der Angreifer. Er trug eine schiefergraue Uniform mit silbernen Schwertinsignien — einer von Richters Leibgardisten. Ein höchst gefährlicher Gegner. Er rammte eine Faust in Macs Seite, und der Meisterdieb taumelte zurück.

»Mac...«, begann Libra.

»*Starte* endlich!« rief Macmain. »Bevor Richter hier erscheint!«

Der Gardist sprang auf Macmain zu, als die Welt unter ihnen verschwand.

»Du *weißt* doch, was jetzt geschieht«, sagte Orvy. »Es kommt zu einem erbitterten Kampf in der Schleuse. Während das Schiff weiter aufsteigt, um die Atmosphäre zu verlassen, erringt Mac den Sieg, doch als der Gardist nach draußen fällt, schnappt er sich das Diadem. Niemand bekommt die Superwaffe. Die *Füchsin* verschwindet im Hangar des *Sternenfuchses,* der im Orbit wartet, und dann rasen Mac und Libra der Sonne entgegen.«

Thed sah von dem Buch auf. Orvy saß mit überkreuzten Beinen auf einem Felsen und warf Kieselsteine in einen Bach, den sie Styx nannten und der in den nahen Hügeln entsprang. Sie waren hierhergekommen, um den Ort zu verlassen, denn dort arbeiteten alle an Plan C, und Thed konnte es einfach nicht mehr ertragen.

Jetzt stellte Orvy Theds Geduld auf eine harte Probe — wie üblich. »Es geht gar nicht darum zu *wissen,* was geschieht«, sagte Thed. »Auf das Wie kommt es an. Ich meine: Na klar, ich weiß, daß es Richter nicht gelingt, Mac zu töten. Ich weiß auch, daß sich unter der Kapuze des Gefangenen nicht etwa Libras Gesicht verbarg. Sie ist viel zu schlau, um sich von jemandem die Hände auf den Rücken fesseln zu lassen. Aber ich finde es trotzdem toll, wie sie immer wieder alle Leute überrascht.«

»Aber es *war* gar keine Überraschung«, wandte Orvy ein. »Ach, was soll's?« Er warf noch einen Kieselstein.

Thed legte den Roman mit dem Titel *Brennende Nacht* (Macmain der Meisterdieb Nr. 46, von Ross Red) vorsichtig beiseite. »Willst du wieder über dramatische Elemente reden?«

Orvy hob die Hände. »Nein. Ich bitte dich.« Orvy war zwölf Jahre und zwei Monate alt; Thed hatte bereits zwölf Jahre und fünf Monate hinter sich. Der Altersunterschied zeigte sich besonders deutlich bei theoretischen Diskussionen. »Es ist schon recht spät. Sollen wir zurückkehren?«

»Auf keinen Fall. Die Leute würden uns ohnehin

nicht bemerken. Sind viel zu sehr mit dem verdammten Plan C beschäftigt.«

»He, der Plan ist wichtig.«

»Für diejenigen, die darin eine Rolle spielen«, brummte Thed. »Wir gehören nicht dazu.« Sie sah auf. »Wer kommt denn da?«

Orvy wandte sich um. Drei Gestalten in Weiß näherten sich von den Hügeln. »Keine Ahnung. Plan-Typen?«

»Glaube ich nicht.« Thed versuchte, leise zu sprechen. Es fiel ihr nicht leicht. »Einer von ihnen hat *Flügel.*«

Thed und Orvy mochten sich ein wenig fürchten, aber sie waren auch fasziniert, als sie die drei Fremden beobachteten. Einer schien sehr groß und dünn zu sein, hatte tatsächlich Flügel — aus roten Federn. Die beiden anderen wirkten wie gewöhnliche Leute. Wenn man von der grünen Haut und den spitzen Ohren der einen Frau absah.

»Aliens«, sagte Thed.

»Ja«, pflichtete ihr Orvy bei.

»Hallo«, sprach die zweite Frau. Man hätte sie für völlig normal halten können. »Seid ihr Einheimische?«

»Und ob«, bestätigte Thed.

Die Aliens unterhielten sich leise, und dann fragte die Frau: »Könntet ihr uns den Weg zur nächsten Siedlung zeigen?«

Orvy wollte den Arm in Richtung Ort ausstrecken, aber Thed kam ihm zuvor. »Gehen Sie zu den beiden großen Felsen.« Sie deutete auf zwei Granitblöcke in der Ferne — der Ort befand sich ganz woanders. »Sie erkennen erst etwas, wenn Sie fast dort sind, weil ... Nun, es ist eine unterirdische Stadt. Aber von den Felsen aus können Sie die Siedlung nicht übersehen, in Ordnung?«

»Großartig«, entgegnete die Fremde. »Herzlichen Dank.« Die drei Aliens sprachen erneut miteinander, und dann meinte einer von ihnen: »Derzeit haben wir keine Geschenke, aber später möchten wir euch gern mit etwas belohnen. Wie heißt ihr?«

»Ich bin Macmain«, sagte Thed. »Und das ist Libra, mein treuer Kumpel.« Orvy starrte Thed groß an. Die Fremde runzelte verwirrt die Stirn. »Nun, ich danke euch. Bis später.« Sie winkte. Thed und Orvy erwiderten den Gruß.

Die Aliens wanderten zu den fernen Felsblöcken. Als sie etwa hundert Meter zurückgelegt hatten, fragte Orvy: »Was soll der Unsinn? Sie haben sich verirrt, und du hast ihnen den falschen Weg gezeigt. Bei den Felsen gibt's nur alte Höhlen.«

»Es sind Invasoren aus dem Weltraum«, verkündete Thed. »Ist dir das nicht aufgefallen? Jetzt gehören wir zum Plan C, ob es den Leuten im Ort gefällt oder nicht.«

Orvy dachte darüber nach. »Na schön. Sollen wir heimkehren und Bericht erstatten?«

»Ich habe eine *viel* bessere Idee.«

»He, einen Augenblick. Als du zum letztenmal eine viel bessere Idee hattest ...«

»Sie hätte bestens funktioniert, wenn das Gummiband nicht gerissen wäre.«

»Hm. Und wie lautet die Idee?«

»Wir holen unsere Rucksäcke und suchen nach dem Raumschiff.«

»Nach welchem Raumschiff?«

»Ich fasse es nicht. Wir haben es mit Aliens zu tun, stimmt's? Und sie sind wohl kaum *zu Fuß* hierhergekommen, oder?« Thed zögerte. »Es sei denn, es handelt sich um kosmische Angriffsandroiden, so wie in *Die Janus-Invasion.*«

»Ich dachte, kosmische Angriffsandroiden sehen immer genauso aus wie die Bewohner des Planeten, den sie erobern wollen.«

»Guter Hinweis. Also gut, es sind keine Androiden. Was bedeutet, daß hier irgendwo ein Raumschiff gelandet ist. Habe ich recht?«

»Ich glaube schon.«

»Hier eine brillante Schlußfolgerung, und dort ein schlichtes ›Ich glaube schon‹. Manchmal frage ich mich, wie ich dich überhaupt ertrage.«

»Weil ich es ertrage, daß du mich erträgst.«

»Genau«, sagte Thed. »Sollen wir jetzt aufbrechen, Libra?«

Orvy holte tief Luft. »Ich schätze, wir müssen eine Sache klarstellen. Du bist nicht *wirklich* Macmain. Wenn du *wirklich* Macmain wärst, müßte ich Libra sein, und das will ich nicht. Ich sehe nicht wie Libra aus. Ich bin nicht einmal ein *Mädchen,* Thed.«

»Schon gut, schon gut. Wer möchtest du sein?«

»Aramis.«

»*Aramis?* Er will überhaupt kein Musketier werden. Er wünscht sich vielmehr das Amt des Bischofs.«

»Ja, und er überlebt in allen Büchern.«

Thed nickte ernst. »Dein Standpunkt ist nicht ohne eine gewisse Logik.« Solche Worte wählte Macmain, wenn er in eine aussichtslose Situation geriet. In seinem Fall erforderten aussichtslose Situationen acht auf ihn gerichtete Konsortiumsphaser und mindestens eine unschuldige Geisel. Damit gestand er keineswegs eine Niederlage ein. Thed nahm den neuesten Ross Red-Roman, warf einen kurzen Blick aufs Titelbild und steckte das Buch in die Tasche. »Macmain und Aramis — ein multidimensionales Abenteuer. Nicht schlecht. In Ordnung, Aramis. Machen wir uns nun auf die Suche nach dem Raumschiff.«

»›Raumschiff‹, *mon amie? Je ne comprends pas* diesen Ausdruck.«

Thed lachte. Ja, wirklich nicht übel. »Ein Schiff, das durch die schwarzen Gezeiten der Nacht segelt, mein Freund, beladen mit Beute aus exotischen Ländern. Komm!«

»*Mais oui*«, sagte Orvy. Ein weiteres großes Abenteuer begann.

Flyter saß an dem langen, langen Tisch im Saal des Schlosses, umgeben von Papierstapeln, Grafiken mit gekritzelten Notizen, einem Grundriß mit numerierten Spielmarken darauf, und zwei Computern. Er griff nach einer Grafik, schrieb eine weitere Zeile und kicherte. Dann nahm er ein Blatt, las, lachte laut, zerknüllte das Papier mit beiden Händen und warf es in einen von fünf Körben, der noch nicht ganz gefüllt war.

Estervy kam herein. »Deine Schwester hat angerufen«, sagte sie. »Thed wird schon wieder vermißt.«

Flyter seufzte. »Und vermutlich auch Orville.«

»Ja.«

»Tja. *Ich* habe sie nicht gesehen.«

»Dachte ich mir. Nach ihrem letzten unerlaubten Besuch habe ich den Code der Schlösser geändert. Andererseits ... Vielleicht läßt sich Thed davon nicht aufhalten. Manchmal glaube ich, sie ist *tatsächlich* Macmain.«

»Was soll ich deiner Schwester mitteilen?«

»Oh, die Wahrheit genügt. Ich habe keine Ahnung, wo Theodora steckt. Derzeit bin ich sehr beschäftigt, und Thed kommt auch gut allein zurecht — das hat sie mehrmals bewiesen. Ganz zu schweigen von Orvy. Außerdem: Was könnten sie schon anstellen?«

Estervy bedachte ihn mit einem sehr ernsten Blick.

»Du hast recht«, sagte Flyter müde. »Also gut ... Telefon.« Er suchte auf dem Tisch. »Telefon, Telefon, wo ist das — aha.« Mindestens zweihundert Blätter fielen zu Boden, als Flyter triumphierend das Telefon hob. Estervy wirkte skeptisch, doch während er wählte, meinte Flyter: »Keine Sorge, es sind alles gestrichene Szenen ... Hallo? Lizzy? Ja, natürlich bin ich es. Hör mal, meine liebe Nichte und ihr Komplize ... Ach, wirklich? Hervorragend. Nein, ich meine es ernst. Ich mag Theodora sehr. Ich möchte auf keinen Fall, daß sie von Löwen gefressen wird ...« Flyter zögerte, legte den Hörer auf die Schulter und schrieb hastig.

Estervy griff nach dem Telefon. »Liz? Estervy. Oh, du

hast sie gesehen? Gut. Ach, du weißt doch, daß sie ihm viel bedeutet, und dir dürfte auch klar sein, wie er ist, wenn er arbeitet. Ja, genau ... Nein, in der letzten mir bekannten Version brauchen wir dich nur, um für die ... du weißt schon ... zu kochen. Es ist nicht einmal nötig, daß du an der Besprechung teilnimmst. Hm? Sie findet statt in ...« Estervy blickte auf die Uhr. »Lieber Himmel, sie beginnt in vier Stunden. Ich muß jetzt los, Liz. Bis später.«

Sie legte auf. »Ich nehme an, du weißt, daß die Besprechung ...«

»Ich bin nicht taub«, sagte Flyter. »Ich mag verrückt sein, vielleicht auch total übergeschnappt, aber warum glaubst du, ich sei taub? Bis zur Besprechung ist alles fertig.«

»Die Fremden treffen in höchstens zwölf Stunden ein.«

Flyter klopfte auf eine Taste, und der Drucker summte. Stolz hob er den Kopf. »Wenn sie sich so verhalten wie im Manuskript, geht alles glatt über die Bühne«, erwiderte er fröhlich.

Gemeinsam sammelten sie die Blätter ein und lachten.

KAPITEL 4

OUVERTÜREN

Die bunten Streifenmuster auf dem Wandschirm verwandelten sich in langsam dahingleitende Sterne, als die *Enterprise* den Warptransfer beendete.

»Direidi voraus, Captain«, meldete Sulu. Der Wandschirm zeigte den Planeten. »Die Sensoren orten einen klingonischen Kreuzer. Entfernung eine Million Kilometer und konstant.«

»Übermitteln Sie unsere Grüße, Lieutenant Uhura«, sagte Kirk.

»Sir, ich habe gerade eine, äh, freundliche Nachricht empfangen. Das Schiff heißt *Feuerblüte,* sein Kommandant Kaden vestai-Oparai.«

»Dann *erwidern* Sie die Grüße, Lieutenant.«

»Natürlich, Sir. Allerdings erscheint mir die Formulierung der Botschaft ein wenig ... seltsam.«

»Kom-Lautsprecher ein, Uhura«, sagte Kirk.

»Ja, Captain.«

»Klopf-klopf!« erklang die volltönende Stimme eines Mannes. *»Wer ist dort, zum Teufel?«* Der Unbekannte sprach mit einem vagen schottischen Akzent.

»Orson ... Welles?« murmelte Uhura.

Die Stimme fuhr fort: *»Wahrlich, hier ist ein Wortverdreher, der schwören kann auf dieser Seite und auch jener, der in Gottes Namen genug Verrat begangen hat und doch den Himmel nicht täuschen kann: O komm herein, Wortverdreher!«*

Die Tür des Turbolifts öffnete sich, und Botschafterin Charlotte Sanchez betrat die Brücke. Sie trug einen hellgrünen Hosenanzug samt Halstuch und blickte sich um. »Sie wirken alle so angespannt. Liegt es an mir?«

»Kann irgend jemand etwas mit dieser Nachricht anfangen?« fragte Kirk verwirrt.

»Bestimmt gehört der Bursche nicht zu *meiner* Sippe«, brummte der schottische Chefingenieur.

»Der Wortlaut ...«, begann Spock.

»Den Wortlaut habe ich ebenfalls gehört. Ich möchte eine Analyse.«

»Ich fürchte, dazu reichen die Daten nicht aus, Captain.«

Kirk seufzte. Klingonen waren schon schlimm genug, aber *verrückte* Klingonen ... »Na schön. Es wird jetzt Zeit, daß wir uns auf den Planeten beamen.«

»Wenn Sie erlauben, Captain ...«, warf Spock ein. »Ich möchte an Bord bleiben und mit den Sensoren eine Oberflächensondierung Direidis vornehmen, um die Besatzung der *Smith* zu lokalisieren.«

»In Ordnung, Spock.« Kirk aktivierte das Interkom. »Hier spricht der Captain. Lande ...«

»Bitte entschuldigen Sie, Captain«, sagte Sanchez betont förmlich. »Für diesen Einsatz bin ich verantwortlich.« Sie beugte sich vor. »Hier ist die Botschafterin. An die diplomatische Gruppe: Ich erwarte Sie in dreißig Minuten im Transporterraum. Galauniform, keine Waffen. Danke.«

»Es ist üblich, daß mindestens zwei Mitglieder einer Landegruppe mit Handphasern ausgerüstet sind«, wandte Kirk ein.

»Ja, das ist üblich.«

»Und Klingonen sind immer bewaffnet«, fügte Sulu hinzu. »Selbst bei ›diplomatischen‹ Missionen.«

»Das ist mir bekannt«, erwiderte die Botschafterin. »Nun, ich habe Sie bereits auf Galauniformen hingewiesen. Ich ziehe mich in meiner Kabine um.«

Sanchez verließ die Brücke. Kirk ließ seinen Blick durch den Kontrollraum schweifen und sah unbewegte Mienen. Uhura drehte sich rasch zu ihrer Konsole um, bevor er ihren Gesichtsausdruck erkennen konnte.

»Sie haben die Botschafterin gehört«, sagte der Captain. »Mr. Kyle, Sie vertreten mich hier. Chekov, Sulu, Uhura — ich schlage vor, wir wählen angemessene Kleidung für den Empfang.«

»Maglus ...«, begann Kaden.

»Zu Befehl, Captain«, erwiderte der Sicherheitsoffizier.

»Lassen Sie den Kommunikationsoffizier los.«

Maglus hatte Aperokei an der Kehle gepackt, und die andere Hand schwebte über dem Kopf des Klingonen am KomPult. Der Sicherheitsoffizier sah wie jemand aus, der den Korken aus einer Flasche ziehen wollte.

»Ja, Captain«, erwiderte er und ließ Aperokei in den Sessel vor der Konsole fallen.

Kaden beobachtete, wie sich die Brückencrew mit einer Mischung aus Erleichterung und Enttäuschung entspannte. Mindestens eine Wette war abgeschlossen worden, und Geld wechselte den Besitzer.

»*Zan* Aperokei«, sagte der Captain. »Seit einiger Zeit herrscht an Bord dieses Schiffes kein voller Alarmzustand. Außerdem glaube ich, daß junge Offiziere besonders gute Leistungen vollbringen, wenn sie auf ihre eigene Weise handeln können. Unser Flug ist nicht ohne Ehre gewesen — stimmen Sie mir da zu, *Zan* Aperokei?«

»Ja, Captain«, antwortete Proke nervös.

»Ausgezeichnet. Nun, würden Sie mir bitte erklären, was es mit der Grußbotschaft auf sich hat, die Sie dem Föderationsschiff geschickt haben?«

»Sie sollte ...« Aperokei räusperte sich und fuhr eine halbe Oktave tiefer fort: »Sie sollte unsere Föderationsrivalen in Sicherheit wiegen. Die Nachricht brachte keineswegs offizielle imperiale Politik zum Ausdruck.«

»Woher stammt der ... Text?«

»Ich habe aus einem Werk der klassischen terranischen Literatur zitiert«, sagte Proke so ernst, daß es nur eine Lüge sein konnte.

Aber die Kom-Signale waren gesendet — sie mußten sich damit abfinden und das Beste daraus machen. »Na schön. Wenn Ihre Mitteilung tatsächlich zur Folge hat, daß die Aufmerksamkeit der Föderationsrepräsentanten nachläßt, so dürfen Sie mit Anerkennung rechnen.«

»Ja, Captain«, antwortete Proke. Nichts entsetzte junge klingonische Offiziere mehr als die Aussicht, von älteren klingonischen Offizieren ›Anerkennung‹ zu bekommen.

Truppenführer Memeth betrat die Brücke. »Die Ausrüstung ist für den Transfer vorbereitet«, meldete er knapp.

»Rish?«

»Ich habe unseren Transporter synchronisiert«, sagte Arizhel. »Wenn man sich in der *Enterprise* an die normale Prozedur hält, wird niemand den zweiten Transferstrahl bemerken.«

»Gut«, kommentierte Kaden. »Landegruppe in den Transporterraum.«

Kirk, Botschafterin Sanchez, Lieutenant Uhura und Dr. McCoy materialisierten in frischer, kühler Nachmittagsluft. Sie traten vor, um die Transferkoordinaten freizugeben, stellten dabei fest, daß sie auf einem kleinen Podest standen, geschmückt mit roten und goldenen Wimpeln sowie kleinen Fahnen, die klingonische Wappen zeigten. Licht schimmerte hinter ihnen, und ein Transporterfeld sirrte — Scott, Sulu und Chekov erschienen.

»Ein interessanter Empfang«, sagte Kirk leise und betrachtete die Dekorationen.

Sanchez deutete zu einer anderen Plattform, die etwa hundert Meter entfernt sein mochte. Dort hingen Föderationsfahnen über einigen ziemlich erregt wirkenden Klingonen. Sie lachte leise. »Offenbar hat man hier irgend etwas verwechselt.«

Die Podeste waren auf einem weiten Rasen errichtet

worden. Einige Kilometer weiter vorn ragten niedrige, felsige Berge auf, und in der Nähe erstreckte sich eine Stadt aus kleinen Häusern. Eins der Gebäude fiel sofort auf.

Es wirkte wie ein gotisches Schloß, das zu zwei Dritteln aus einem Märchen und zu einem Drittel aus der Phantasie eines wahnsinnigen Wissenschaftlers zu stammen schien. Ein schlanker Turm wuchs zehn Stockwerke hoch daraus empor. Andere Eindrücke gesellten sich hinzu: Hier fühlte man sich an eine viktorianische Villa erinnert, mit zierenden Laubsägenarbeiten unter den Dachvorsprüngen, dort an ein Treibhaus: Bei einem Flügel bestand das Dach vollständig aus Glas. Darüber hinaus gab es noch viele andere, weitaus schwerer zu identifizierende architektonische Komponenten. Vor dem Schloß stand ein kleiner, pagodenartiger Glaspavillon, und dicht daneben sah Kirk einen Wagen; er verglich ihn mit den alten Straßenbahnwaggons in einigen Museen von San Francisco. Die Geleise reichten fünfzig Meter weit und endeten an einem Schild mit der Aufschrift: HIER ARBEITEN IHRE STEUERN — DIE HANDELSKAMMER VON DIREIDI.

Menschen strömten sowohl aus dem schloßartigen Gebäude als auch aus der Stadt. Sie alle waren bunt gekleidet, und Stimmen wurden lauter. Plötzlich pochte eine große Trommel im Pavillon, und eine Blaskapelle spielte.

Die Menge sang:

»Vielleicht möchten Sie gern wissen,
Daß wir Ihnen einen herzlichen Empfang bereiten
In unserer kleinen Stadt.
Wir hoffen, Sie nie zu vermissen,
Denn es ist gut dran,
Wer Fremde zu Besuch hat.
Sehen Sie unsere freundlichen Nachbarn.
Weichen Sie beiseite, nach Maß.

Werfen Sie Abfälle in die Körbe.
Und betreten Sie nicht das Gras.
Dies ist ein Hinweis auf richtiges Gebaren,
Und wir glauben, Sie möchten davon erfahren.«

»Auf diese Weise hat man mich noch nie zuvor empfangen«, sagte Kirk.

Uhura summte zu der beschwingten Melodie. Sulu winkte den Leuten zu.

»Wie war das mit den Körben?« fragte McCoy.

»*Ich* finde es bezaubernd«, meinte Botschafterin Sanchez.

»Vielleicht möchten Sie gern hören,
Daß wir Sie unterhalten wollen,
Auf unsere fröhliche Weise.
Wir schüren das Feuer, ohne zu stören,
Und nichts wärmt so sehr
Wie Ketzer im Flammenmeer.
Seit Ihrer Ankunft
Sitzen wir wie auf heißen Kohlen.
Wir hoffen, daß Sie nichts
Seltsames anstellen wollen.
Wir sind sehr aufgeschlossen,
Aber dies ist ein Hinweis auf richtiges Gebaren,
Und wir glauben, Sie möchten davon erfahren.«

Als die Musik verklang, begann Sulu zu singen, wenn auch nicht sehr laut.

»Von häuslicher Wonne,
Direkt ins Licht der Sonne.
Ein Wechsel voller Pracht,
Über den man gerne lacht.«

Sulu war kaum verstummt, als Uhura in einem anderen Rhythmus begann:

»Durch einen Zufall, den kaum
Ich erwarten konnte hier,
Kam der gleiche Gedanke mir,
Als ich verließ meinen Raum.«

Chefingenieur Scott grinste von einem Ohr zum anderen und fügte hinzu:

»Zum Bankett wir drängen nun,
Zu Eier, Schinken und Schrot,
Zu Kresse und Huhn,
Zu Erdbeermarmelade auf Brot!«

Eine Mischung aus Ehrfurcht und Verblüffung prägte Kirks Gesichtsausdruck. McCoys Brauen hingen von den Wolken herab.

»Gilbert und Sullivan«, sagten die drei Sänger und verneigten sich vor dem Captain.

»Ja, natürlich«, murmelte Botschafterin Sanchez. Sie klang nicht ganz sicher. »Sie haben recht. Wenn die hiesige Kultur von den Direidi verlangt, gelegentlich zu, äh, singen, so müssen wir diesen Brauch respektieren.«

Kirk räusperte sich, holte tief Luft und öffnete den Mund. Doch bevor er einen Laut von sich geben konnte, trat ein dicklicher Mann vor. Er trug einen Frack, eine gestreifte Hose und Halbgamaschen. *»Kai, kai kassai, duymey«*, verkündete er. *»Flyter sutai-Direidi jikh ...«*

»Entschuldigen Sie bitte«, sagte Sanchez. »Wir repräsentieren die Föderation.«

»Ach?« Der Mann zögerte, holte ein kleines Buch aus der Jackentasche und blätterte darin. »Oh, natürlich! *Achtundsechzig*, und nicht sechsundachtzig. Dafür werden Köpfe rollen, das steht fest. Nun, bitte hier entlang.«

Die Menge teilte sich, und der Dicke führte die Föderationsgruppe zum schloßartigen Gebäude. Unterwegs summte er vor sich hin und stolzierte wie ein Tambourmajor.

Der glasüberdachte Saal war mit bunten Bändern, exotischen Blumen und langen weißen Kerzen in gußeisernen Haltern geschmückt. An den Wänden ruhten fast zwei Meter große Skulpturen mit sonderbar geschwungenen Konturen, und sie schienen nicht recht zu der Umgebung zu passen, bestanden aus einem rötlich schimmernden Kristall ...

»Dilithium?« flüsterte Botschafterin Sanchez.

»*Unmöglich*«, raunte Sulu.

»Es sieht wie Dilithium aus«, meinte Chekov.

»Scotty ...«, sagte Kirk.

»Aye, Sir. Wenn das Zeug echt ist, dürfte es ausreichen, um Starfleet ein Jahr lang mit Energie zu versorgen.«

Der dickliche Mann im Frack drehte sich um. »Und nun!« rief er so laut, daß Sulu blinzelte und McCoy zusammenzuckte. »Erlauben Sie mir, Sie herzlich auf dem freien, unabhängigen und blockfreien Planeten Direidi willkommen zu heißen. Ich heiße Flyter. Hallo.« Er drückte Kirks Hand. »Hallo.« Sanchez kam an die Reihe, dann Uhura und die anderen. »Hallo. Hallo. Hallo.« Der Mann zögerte, wischte sich mit einem riesigen Taschentuch aus roter Seide den Schweiß von Händen und Stirn. »Dem Himmel sei Dank — das ist überstanden.« Er sah auf. »Oh, Sie sind immer noch da?«

»Wir repräsentieren die Vereinte Föderation der Planeten ...«, sagte Sanchez.

»Natürlich, völlig klar, verstehe. Ich hab's einfach nur vergessen — in dieser Woche war viel los. Ich bin Flyter, und wer sind Sie?«

»Captain James T. Kirk, Kommandant des Starfleet-Schiffes USS *Enterprise.*«

»›T‹?« fragte Flyter.

»Für Tiberius«, erklärte Kirk. »Wie der römische Kaiser.«

»Im Ernst?«

»Ich erhielt den Namen von meinem Urgroßvater.«

»Oh«, antwortete Flyter und schien ein wenig enttäuscht zu sein. »Und Sie sind die Botschafterin, vermute ich.«

»Charlotte Sanchez vom diplomatischen Dienst der VFP. Sehr erfreut.«

»Warum?« erkundigte sich Flyter erstaunt.

Sanchez ließ sich nicht aus der Ruhe bringen. »Weil es mir großes intellektuelles Vergnügen bereitet, neue Personen kennenzulernen. Deshalb bin ich Diplomatin geworden.«

»Oh, gut! Wir sind hier fast vierzehntausend und sollten daher imstande sein, Sie sehr, sehr glücklich zu machen.« Er legte eine kurze Pause ein und schürzte besorgt die Lippen. »Ihre Spezies stellt doch nichts, äh, *Scheußliches* an, wenn sie glücklich ist, oder? Neigen Sie in einem solchen Fall dazu, irgendwelche Dinge zu zertrümmern?«

»Ganz und gar nicht«, erwiderte Sanchez mit nur einem Hauch Unsicherheit.

»Nun, dann ist ja alles in Ordnung. Ich möchte Ihnen jetzt jemanden vorstellen, der in unserer Gesellschaft eine ganz besondere Rolle spielt.« Flyter drehte sich um, bewegte den Arm in einem weiten Bogen und verbeugte sich aus der Hüfte. »Estervy.«

Eine Frau näherte sich. Sie war kräftig gebaut und schritt mit erhabener Würde. Kirk musterte ein glattes, markantes Gesicht, sah dunkles Haar mit grauen Strähnen, darauf erlesene schwarze Spitze.

»Mein Gott«, brachte der Captain hervor. »Königin Viktoria.«

»Der Meinung bin ich auch«, pflichtete ihm Sanchez leise bei. »Sei jetzt still, Jim.«

»Wer sind diese Besucher, Flyter, Teuerster?« fragte die Frau. Sie sprach mit hoher Stimme und rollte das *R*.

»Die Repräsentanten der Föderation, Estervy. Dies ist

Captain James Kirk. Sein Urgroßvater war römischer Kaiser.«

»Oh! Hoffentlich keiner der bösen.«

»Nun, nicht unbedingt ...«

»Von solchen Dingen halten wir hier nämlich nichts: Menschen von Löwen fressen zu lassen und so. Übrigens: Wir haben gar keine Löwen. Stimmt's, Flyter?«

»Jedenfalls *nicht mehr.* Früher hatten wir welche, aber jemand ließ sie über Nacht draußen und ... Nun, du weißt ja.«

Estervy wandte sich an Kirk. »Wenn Sie auf einer Liege essen wollen — dagegen haben wir nichts. Wir sind hier sehr aufgeschlossen. Aber erwarten Sie keine Damen, die Ihnen Trauben schälen.« Sie lächelte. »Wir haben doch Trauben, nicht wahr, Flyter?«

»Selbstverständlich, Estervy. Nun, Captain, möchten Sie eine Liege fürs Essen?«

»Nein, danke.«

»Es bereitet uns keine Mühe.«

»Schon gut.« Kirk spürte eine gewisse Benommenheit. »Verzeihen Sie bitte, aber ... Was ist mit Ihren Löwen passiert?«

»Wir haben keine Löwen«, erwiderte Flyter verärgert. »Ich dachte, darauf hätte ich deutlich genug hingewiesen. Ich fürchte, Sie müssen sich mit der Liege begnügen.«

»Aber früher gab es hier Löwen ...«

»Früher gab es auf der Erde Dinosaurier, nicht wahr?« entgegnete Flyter scharf. »Aber wenn ich bei Ihnen um einen Dinosaurier bäte, müßte ich wahrscheinlich eine Enttäuschung hinnehmen, oder? Ebenso verhält es sich mit den Walen. Oder den Mammuts. Ist es meine Schuld, daß Sie nicht auf Ihre großen Tiere achtgeben können?«

Flyter sah die Föderationsdiplomatin an. »Estervy«, sagte er mit plötzlich samtweicher Stimme, »das ist Botschafterin Charlotte Sanchez.«

»Guten Tag, Estervy«, grüßte Sanchez. »Ich bin entzückt, Sie kennenzulernen.«

»H-hallo«, antwortete Estervy beunruhigt. Flyter flüsterte ihr zu: »Sei unbesorgt. Keine …« Seine Lippen formten ein stummes *Bumm,* und die Hände vollführten eine entsprechende Geste. Estervy ließ den angehaltenen Atem entweichen. »Nun, ja. Ich bin ebenfalls erfreut.«

Sanchez deutete eine Verneigung an. »Ich möchte den Verhandlungen nicht vorgreifen, aber würden Sie mir bitte erklären, welches Amt Sie bekleiden?«

»Bekleiden? Nun, wenn Sie meine Garderobe interessiert — ich bin gern bereit, sie Ihnen bei Gelegenheit zu zeigen.«

»Flyter meinte eben …« Sanchez sah erst Estervy an, dann den Dicken und Kirk. Sie klappte den Mund zu, und der Captain fühlte sich erleichtert.

»Bitte entschuldigen Sie uns jetzt«, sagte Flyter. »Die Klingonen sind eingetroffen. Man hat Bowle und Kekse aufgetragen — bedienen Sie sich.« Summend marschierte er fort. Estervy nickte kurz und folgte ihm.

»Pille …«, brummte Kirk, während Neugier und Verzweiflung in ihm um Vorherrschaft rangen. »Enthält das hiesige Wasser vielleicht eine Substanz, die direkt aufs Gehirn wirkt?«

»Die Sensoren haben nichts in der Art festgestellt«, entgegnete McCoy. »Andererseits: Niemand weiß, welche Folgen Dilithiumstrahlung über einen längeren Zeitraum hinweg hat.« Er bedachte den Chefingenieur mit einem bedeutungsvollen Blick.

Scott runzelte verwirrt die Stirn und knirschte dann mit den Zähnen. »Aye?«

Kirk beobachtete, wie Flyter das Gebäude verließ, um die Klingonen zu begrüßen. Er sprach Klingonisch und gestikulierte ausladend. Der Captain (Kaden, erinnerte sich Jim) schnitt eine Grimasse; ein oder zwei Sekunden später glätteten sich seine Züge, und er verbeugte sich kurz — ein Gebaren, das Respekt zum Ausdruck brachte. Kirk wußte nicht, wie sich Klingonen jemandem gegenüber verhielten, dem sie vertrauten.

Flyter eilte in den Saal zurück. »Ladies und Gentlemen, Mädchen und Jungen, hier entlang, bitte. Ich weiß, daß Sie hungrig sind, aber niemand erwartet von ihnen, vom Boden zu essen.«

Estervy lächelte und nickte still vor sich hin.

»Stimmt es, daß Sie erst seit einer Generation hier sind?« fragte Botschafterin Sanchez.

»Heutzutage ist das viel Zeit, Verehrteste.«

»Ja, mag sein, aber ... Ich meine, es hat doch sicher viele Jahre gedauert, dieses massive Gebäude zu errichten, oder?«

»Oh, der größte Teil besteht aus Normplatten und Fertigteilen«, sagte Flyter. »Es ist wirklich erstaunlich, was man heute per Post bestellen kann. Hier entlang.« Er führte die Besucher zum Ende des Saals.

Etwas schrillte. Eine breite Tür schwang auf, und ein langer, schmaler Tisch rollte herein. Porzellanteller und Kristallgläser standen darauf, zwanzig Gedecke an jeder Seite. Hinzu kamen Blumenvasen, daneben kleine Ziergegenstände aus buntem Glas. Ein ganzes Heer aus Kellnern in schwarzen Jacken trug Stühle herein, bewegte sich mit militärischer Präzision im Takt der nun wieder erklingenden Blasmusik, folgte dem Tisch und setzte die Stühle ab, als er verharrte. Nicht ein Weinglas fiel um.

»Essenszeit!« rief Flyter, rieb sich die Hände und schlenderte zur Bankettafel. »Tischkarten sind bereitgelegt. Wenn Sie Ihren eigenen Namen nicht richtig buchstabieren können, so erheben Sie keine Vorwürfe gegen mich!«

Die Direidi suchten sofort nach ihren Plätzen. Menschen und Klingonen musterten sich gegenseitig, bevor sie ebenfalls zur Tafel schritten.

Kirk bemerkte, daß an einer Stelle ein Stuhl fehlte —

statt dessen sah er dort eine mit rotem Plüsch gepolsterte Liege. Irgend etwas in ihm krampfte sich zusammen, als er die betreffende Tischkarte las: JAMES CALIGULA KIRK. Er seufzte und nahm Platz.

Die Mahlzeit begann mit einer Suppe, die Morcheln zu enthalten schien, und der nächste Gang erwies sich als großer, gefüllter und an einer Seite zugeschnürter Braten.

Während des Hauptgerichts sagte Chefingenieur Askade wie beiläufig: »Die Skulpturen sind faszinierend …«

Flyter schob sich eine Olive in den Mund. »Was Sie hier sehen, ist das normale Zubehör des Fertigbausatzes.«

»Ich meine die Statuen an den Wänden. Sie scheinen aus Dilithium zu bestehen. Handelt es sich dabei um eine auf Ihrem Planeten weit verbreitete Kunstform?«

»Früher einmal«, erwiderte jemand, und die Direidi lachten. Selbst die Kellner kicherten.

Flyter nahm eine Serviette und betupfte sich umständlich die Lippen. »Bitte verzeihen Sie. Ein bei uns gebräuchlicher Witz. Wir stoßen immer wieder auf solche Dinge — wenn wir Gruben für Fundamente ausheben oder die Kanalisation erweitern. Niemand weiß genau, wann die Skulpturen hergestellt wurden. Dilithium nutzt sich sehr langsam ab — das wissen Sie sicher.«

»Es sind Artefakte?« vergewisserte sich Botschafterin Sanchez.

»Mir gefällt die Vorstellung, daß ein altes Volk hier einst zu Hause war«, ließ sich Estervy vernehmen. »Dadurch fühlt sich die Welt … eingelebt an.«

»Aber was geschah mit jener Spezies?« fragte Lieutenant Sulu. »Wohin ist sie verschwunden?«

»Oh, nicht schon wieder«, sagte Flyter verärgert. »Hören Sie, das mit den Löwen bedauere ich sehr, in Ordnung? Es war ein Fehler. Aber *hierfür* sind wir nicht verantwortlich.«

Kirk hüstelte.

»Wir haben ausgezeichnete historische Analytiker, die sich mit derartigen Dingen auskennen«, meinte Arizhel. »Das klingonische Imperium nimmt die galaktische Geschichte sehr ernst.«

»Nicht weniger ernst als die Föderation«, kommentierte Sanchez freundlich. »Wir würden uns freuen, dabei zu helfen, alle Geheimnisse der Vergangenheit dieses Planeten zu lüften.«

»Nun, da wären die Tafeln«, sagte Estervy.

»O ja, die Tafeln, natürlich«, bestätigte Flyter. Er wandte sich an einen Kellner. »Arvin, würden Sie Pam bitten, zu uns zu kommen, nur für einen Augenblick?«

Der Kellner verbeugte sich und verschwand in der Küche. »Pam ist eine Art Philologin«, erläuterte Flyter. »Sie liest die Tafeln in ihrer Freizeit und hat unseren Vorgängern sogar einen Namen gegeben: Wir nennen sie jetzt Eldireidi.«

Kurz darauf kam eine Frau mit Toque und Schürze in den Saal. »Bitte fassen Sie sich kurz, Flyter. Wir haben es mit einem sehr widerspenstigen Lachs zu tun.«

»Natürlich, Pam. Unsere Gäste interessieren sich für die Eldireidi-Inschriften. Wissen Sie zufällig, wo sich der große Runenstein befindet?«

»*Welcher* große Runenstein?«

»Ja, das stimmt«, sagte Estervy nachdenklich. »Die Eldireidi haben ziemlich viele Notizen hinterlassen.« Sie seufzte. »Sie müssen gute Bürohilfen gehabt haben. Daran mangelt es uns leider.«

Die Küchentür öffnete sich, und eine Frau blieb auf der Schwelle stehen. Sie trug einen weißen Kittel, von dem etwas tropfte, das wie Tatarsoße aussah. »Er zappelt schon wieder, Pam!«

Memeth stand halb auf und schloß die Hand fest um ein Steakmesser. »Was geschieht dort drin?«

»Ich bin Köchin, keine Ichthyologin«, erwiderte Pam scharf. Und zu Flyter: »Welchen Stein meinen Sie?«

»Den großen.« Als Pam die Stirn runzelte, fügte Flyter hinzu: »Rechteckig. Schräge Kanten. Sie wissen schon.«

»Oh, die Kartentafel.« Die Köchin beugte sich zum Tisch vor, nahm einen spachtelartigen Gegenstand mit silbernem Griff und schob den Braten zum Rand der langen Platte.

Dunkler Saft sammelte sich in eingemeißelten Zeichen, und rotes Dilithium reflektierte das Licht. »Da ist sie ja.«

»Dieser Teller stellt ein fremdes Artefakt dar?« erkundigte sich Kirk ungläubig.

»Glauben Sie etwa, hier wird jeden Tag für vierzig Personen gekocht? Zuerst werden die Backbleche knapp. Außerdem ist dies ein außerordentlich widerstandsfähiges Material. Einige Stunden in einem normalen Ofen machen ihm bestimmt nichts aus.«

In der Küche heulte eine Sirene, und hinter der Tür glühte es rot. Einer der Köche öffnete sie. »Pam! *Er läßt sich nicht einmal erschießen!*«

Pam seufzte. »Entschuldigen Sie, Flyter.« Und zu den anderen: »Greifen Sie herzhaft zu.« Sie zog die Küchentür auf, verschwand in einem Durcheinander aus Rauch, Licht und Lärm.

Kirk sah sich am Tisch um. Sanchez starrte auf ihren Teller. Die Klingonen — insbesondere Truppenführer Memeth — schienen bereit zu sein, jederzeit aufzuspringen. Auch die Repräsentanten der Föderation wirkten nicht gerade entspannt. Außerdem: Jims Ellbogen schmerzte, weil er sich dauernd auf der Liege abstützte.

Flyter war eifrig dabei, mit einem Servierlöffel Fleisch auf andere Platten zu schaufeln, und unter dem Braten kamen fremde Schriftzeichen zum Vorschein. Mit einem Stück Blumenkohl strich er Saft beiseite, deutete dann auf klar erkennbare Symbole und Diagramme.

»Du hast dich ebenfalls damit beschäftigt, Estervy«,

sagte er. »Berichtet diese Tafel von Leuten, die aus dem Himmel kamen?«

»Nein, Teuerster. Du meinst den Untersetzer der Suppenschüssel. Dieser Runenstein erzählt von einem großen Schatz aus Sonnenlicht.«

»Von einem Schatz aus Sonnenlicht?« wiederholte Sulu verträumt.

»Ja, junger Mann«, antwortete Estervy. »Wir haben uns bei der Übersetzung große Mühe gegeben. Wenn du gestattest, Flyter...« Sie stand auf.

»Selbstverständlich, Estervy.«

Sie griff nach einem Messer und folgte damit der Inschrift:

»Wenn erstes Licht vertreibt die Sorgen
Und du den Zeitpunkt für gekommen hältst,
So reite entgegen dem Morgen,
Bis du aus dem Sattel fällst.
Dort liegt der Schatz des Sonnenlichts.
Und wenn er ist dein Ziel,
So achte auf den Pfannkuchen.
Nicht das Loch darin sollst du suchen.«

»Ist das eine, äh, freie Übersetzung?« fragte Uhura.

»Ich fürchte, es mangelt uns auch an Dichtern, Verehrteste.«

»Und auf einer anderen Tafel heißt es, die Eldireidi kamen von den Sternen?« warf Sulu ein.

»Junger Mann«, sagte Estervy forsch, »die Inschriften enden nicht unbedingt mit dem Hinweis ›Fortsetzung auf der nächsten Platte‹. Soweit ich weiß, gibt es auch einige, die für Rasiercreme werben.«

»Sie haben konkrete Beweise für die Existenz eines Volkes, das Ziergegenstände aus Dilithium herstellte?« stieß Kaden hervor. »Und Sie fangen mit Ihren Informationen überhaupt nichts an? Das ist...« Arizhel zupfte diskret an seinem Ärmel. Der klingonische Kommandant zögerte und fuhr fort: »... erstaunlich. Wir helfen Ihnen gern dabei, mehr herauszufinden.«

»Kampfarchäologen, erstes Bataillon«, murmelte Kirk. Sanchez kniff ihn in den schmerzenden Arm.

»Nun, um ganz ehrlich zu sein ...«, sagte Flyter. »Vor einer Weile waren einige von uns recht versessen darauf, die Eldireidi zu finden. Sie brachen auf und begannen mit der Suche, kehrten jedoch nie zurück. Angesichts der relativ geringen Anzahl von Kolonisten auf dieser Welt können wir es uns nicht leisten, daß Leute einfach verschwinden.«

»Sie haben weitere Nachforschungen verboten?« fragte Maglus.

»Gesetze gegen die Beschädigung oder Zerstörung von Dingen sind recht nützlich«, erwiderte Flyter leichthin. »Im Gegensatz zu Gesetzen gegen Dummheit. Nein, die Suche nach den Eldireidi geriet aus der Mode. Ah, da kommt der Nachtisch.«

Die Gespräche verstummten, während das Dessert serviert wurde — Pekantorte, so dicht und schwer wie die Materie eines Zwergsterns. Anschließend nippte Kirk an starkem Kaffee. »Eine ausgezeichnete Mahlzeit«, lobte er.

»Es hat hervorragend geschmeckt«, brummte Kaden.

»Ja, nicht übel«, sagte Flyter und drehte den Kopf. »Die Rechnung, bitte.«

Der Kellner reichte ihm ein silbernes Tablett, auf dem ein langer Papierstreifen lag. »Hmm.« Der dickliche Mann las einige Sekunden lang. »Wer hatte die gebakkene Seezunge?«

Peinliche Stille schloß sich an. »Oh, ich *bitte* Sie — bestimmt wissen Sie, wie es in solchen Restaurants zugeht: Bei einer so großen Gruppe werden keine Einzelrechnungen ausgestellt. Na schön ...« Er warf etwas aus Kunststoff aufs Tablett. »Sie sorgen doch dafür, daß ich Quittungen und Durchschläge bekomme, nicht wahr?«

»Natürlich, Sir«, antwortete der Kellner.

Die übrigen Bediensteten räumten den Tisch ab. »Sollen wir jetzt gehen?« fragte Flyter und stand auf. Die anderen folgten seinem Beispiel.

Feuerwerk flackerte und krachte am Himmel, als sie den Bankettsaal verließen, am Pavillon vorbeiwanderten — der Straßenbahnwagen stand nicht mehr daneben — und sich dem viktorianisch wirkenden Teil des schloßartigen Gebäudes näherten. Ein Mann in Gehrock und mit hohem Hut stand vor einer Doppeltür aus buntem Glas. Der Portier trug weiße Handschuhe, hob den Zeigefinger zur Hutkrempe und öffnete die Tür.

Dahinter erstreckte sich ein großes, elegant eingerichtetes Foyer, das drei Etagen weit emporreichte, bis zu einer Decke mit Oberlichtern. Eine breite, mit Läufern ausgestattete Treppe führte nach oben. Offene Türen gewährten Blicke auf Schaufenster und in eine einladend schummerige Taverne. Der Empfangstresen war fast zehn Meter lang und bestand aus dunklem Eichenholz. Dahinter, vor einem schrankartigen Gebilde mit vielen Fächern, warteten ein großer Mann und eine kleine Frau in taubengrauen, uniformähnlichen Anzügen.

Als die Gesandten der Föderation und des Imperiums eintraten, entrollte sich von ganz allein ein roter Teppich zu ihren Füßen. Mehrere Pagen tanzten die Treppe herunter. Becken erklangen, und Stimmen ertönten, als der Bar-Pianist eine fröhliche Melodie spielte.

Der Mann und die Frau hinter dem Tresen führten den Chor an.

»Wir heißen Sie herzlich willkommen, ohne Hast
  In unserem Hotel, so klein.
Wir quartieren Sie gerne ein.
Und Sie sollten wissen, daß wir fast
  Mit dem Umbau fertig sind, so fein.
Wenn es Ihnen schon jetzt gefällt,
So warten Sie ab, bis hier ist alles rein.
In den Fluren liegen Teppiche, dick.

Modern ist die Einrichtung der Zimmer.
Und Sie werden feststellen immer,
  Daß alle Wände sind schalldicht und schick.
Einige Gäste waren einst indiskret,
Doch dies ist ein ruhiges Hotel,
An einer ruhigen Straße.

Einen ausgezeichneten Ruf wir genießen hier,
  Und nicht zu Unrecht es heißt,
Daß man Ihnen bei uns alle Wünsche erfüllt.
Hier gibt es niemanden, der stört.
Entspannung bieten wir,
  Für Körper und Geist.
Alle Gerüchte, die man hört
Völlig ungerechtfertigt sind sie.
An heißem Wasser fehlt es nie,
Und ausgezeichnete Speisen liefert der Koch.
Außerdem zweifeln wir nicht daran,
Daß wir Ihre Reservierung empfingen, irgendwann.
Warten Sie ein wenig noch,
Bis wir sie finden.
Dies ist ein gutes Hotel,
Und bei uns braucht sich niemand zu schinden.«

Botschafterin Sanchez sah Captain Kaden an, der mit den Schultern zuckte. Die beiden Gruppen — inzwischen eigentlich nur noch eine — schritten über den Teppich zum Tresen. Der große Mann schob ihnen ein geradezu riesiges Buch entgegen.

»Hier ist das Gästebuch,
Bitte tragen Sie sich ein.
Für Ihr Gepäck hat er Zeit,
  Der Page,
Während wir Ihren Wagen parken.
  In der Garage.
Besuchen Sie den Souvenirladen oder die Bar.

Halten Sie Scheine für das Trinkgeld bereit.
Wir bringen alle Koffer in Ihr Zimmer, die ganze
  Schar,
Sofort nach Bestätigung Ihrer Kreditwürdigkeit.
Wenn Ihnen mitten in der Nacht knurrt der Magen,
So brauchen Sie nicht zu verzagen.
Rufen Sie uns einfach an —
Wir bringen Ihnen etwas zu essen dann.
Und wenn Sie morgen
  Jemanden erfreuen wollen mit einem Blumenstrauß,
So machen Sie sich keine Sorgen,
  Denn wir haben alles im Haus.
Es könnte allerdings etwas dauern.
Rom wurde nicht erbaut an einem Tag.
Wir sind ein gemütliches Hotel,
Und gemütlich es geleitet werden mag.
Ja, dies ist ein erstklassiges Hotel,
(Wir hoffen, Sie teilen diese Ansicht schon),
Geeignet für das Ziel einer jeden Reise,
(Nobel ist auch die Dekoration),
Geleitet auf eine erstklassige,
  Ausgelassene,
    Fröhliche
      Was-soll's-denn-Weise.«

»Bezahlen Sie bar oder per Scheck?« donnerte der Mann, als die Musik mit einem letzten Tusch endete und alle Tänzer erstarrten.

Niemand sprach ein Wort. Schließlich griff die Frau — während des Banketts hatte sie die Küche verlassen, um Flyters Frage nach dem großen Runenstein zu beantworten — nach einer Glocke und läutete. »Page!« rief sie, und dann: »Guten Abend, meine Damen und Herren. Willkommen im Hotel Direidi. Ich bin Pam, und zusammen mit meinem Gatten Davith ...« — sie deutete auf den Mann an ihrer Seite — »... werde ich versuchen, Ihnen den Aufenthalt so angenehm wie möglich zu gestalten. Nun, mal sehen, welche Unterkünfte wir für Sie vorbereitet haben.« Sie strich mit dem Finger über einen zerknitterten Zettel. »Botschafterin Sanchez, Zimmer 21. Davith?«

Der Mann griff in ein Fach, holte einen Schlüssel daraus hervor und reichte ihn der Diplomatin.

»Die Treppe hoch, auf der linken Seite. Captain James Kirk, Zimmer 22. Oben rechts. Commander Arizhel, Zimmer 31, im dritten Stock links. Captain Kaden, Zimmer 32. Die übrigen Gäste werden im neuen Flügel untergebracht ...« Davith verteilte die Schlüssel.

Anschließend sagte Pam: »Bestimmt wollen Sie so schnell wie möglich Ihre Quartiere aufsuchen. Möchten Sie mir vorher noch irgendwelche Fragen stellen?«

Angespanntes Schweigen folgte, und alle Besucher fühlten sich von profundem Unbehagen erfaßt. Jeder von ihnen hatte gleich Dutzende von Fragen, aber niemand wußte, welche er zuerst stellen sollte.

»Ist die hübsche kleine Taverne noch geöffnet?« fragte Chefingenieur Scott schließlich.

»Tut mir schrecklich leid, Sir«, erwiderte Davith, und er klang sehr zerknirscht. »Aber der größte Teil unseres Restaurantpersonals befindet sich noch im Schloß und räumt dort nach dem Bankett auf. Der Zimmerservice steht jedoch zu Ihren Diensten. Darf ich eine Flasche unseres ausgezeichneten Single Malt vorschlagen? Mit den besten Empfehlungen des Hotels.«

Scott schien den Tränen nahe zu sein. »Durch und durch erstklassig, Sir. Herzlichen Dank.«

Kirk wandte sich an Botschafterin Sanchez. »Was hältst du von einem kleinen Schlummertrunk?«

»Danke, Jim, aber Commander Arizhel und ich ... Wir möchten uns noch ein wenig unterhalten. Über Frauensachen, die dich sicher sehr langweilen würden.«

»Nun, ich ...« Der Captain nickte, als Sanchez und die Klingonin nach oben gingen. »Himmel, was soll *das* denn bedeuten?«

»Wenn wir jemals eine Antwort auf diese Frage finden, Kirk«, ertönte Kadens Stimme hinter ihm, »herrschen wir übers ganze Universum.« Der klingonische Kommandant deutete zur Treppe. »Auch ich bin noch nicht müde. Lassen Sie uns ebenfalls ein Gespräch führen. Ich kann Ihnen viele ruhmvolle Lügen über Schlachten erzählen.«

Kirk setzte zu einer Erwiderung an, doch dann bemerkte er Kadens Blick. Beide Männer lachten und traten die Stufen hoch.

KAPITEL 5

BEI LIEBE UND DILITHIUM IST ALLES ERLAUBT

Und dann meinte er: ›Hast du dich jemals gefragt, wie die Sterne aussehen, wenn man sie vom Panoramadeck eines Lichtbootes der Klasse Roter Schwan beobachtet?‹ Das ist ein exaktes Zitat, ich schwöre es ...«

Es klopfte an der Tür. Botschafterin Sanchez stellte ihr Brandyglas beiseite und sagte zu Arizhel: »Haben Sie etwas beim Zimmerservice bestellt?«

Die Klingonin griff zur zweiten Flasche und füllte ihr Glas. »Nein.«

Sanchez ging zur Tür. »Ja?«

»Darf ich hereinkommen?« fragte eine Frau.

Die Botschafterin sah Arizhel an, die eine bedeutungslose Geste vollführte. Und dann öffnete sie die Tür.

Eine junge Frau stand im Flur, etwa so groß wie Sanchez und sehr schlank. Sie trug ein hellblaues Seidenkleid und hatte lockiges Haar. Die großen Augen leuchteten. »Hallo«, sagte sie. »Ich bin Prinzessin Deedee. Könnte ich Sie sprechen?«

»Die offiziellen Verhandlungen haben noch nicht begonnen, und in meinem derzeitigen Zustand ...«

»O nein, es geht nicht um die Föderation, Dilithium oder so. Ich habe in erster Linie an den Umstand gedacht, daß Sie von, äh, Außenwelt kommen. Wissen Sie, ich muß unbedingt mit jemandem reden, der nicht von hier stammt.« Sie hob eine Flasche mit Direidi-Brandy. »Ich habe etwas zu trinken mitgebracht.«

»Willkommen bei der Party«, sagte Sanchez und zog die Tür weit auf.

»Oh, vielen Dank. Sie haben Besuch? Um so besser.« Deedee nahm Platz, lehnte sich zurück und begann damit, die Schuhe abzustreifen. »Darf ich?«

»Sieht das hier nach einem förmlichen Empfang aus?«

»*Großartig.*«

Sanchez setzte sich. »Sie sind Prinzessin? Ich wußte gar nicht, daß es hier eine Monarchie gibt.«

»Eigentlich ist das auch nicht der Fall. Nun, als Direidi besiedelt wurde, erfand man ein ziemlich kompliziertes System der Landverteilung. Ich meine, es stand mehr als genug Land zur Verfügung — immerhin kamen nur etwa zehntausend Kolonisten —, aber man wollte, äh, vorausplanen. Man bezeichnete die entsprechenden Regionen als ›Aufsichtsbereiche‹, und die für sie verantwortlichen Personen bekamen den Titel ›Bereichsaufseher‹. Aber die Leute brachten diese Begriffe immer wieder durcheinander, bis irgend jemand die einzelnen Distrikte scherzhaft ›Königreiche‹ nannte, so wie in dem Club auf der Erde, in der Vereinigung für Ritterlichen Atavismus oder so ähnlich. Tja, der Begriff bürgerte sich sofort ein.«

Rish wirkte ziemlich verwirrt, und auch Sanchez fiel es schwer, den Ausführungen der jungen Frau zu folgen. »Aber die ›Könige‹ waren keine echten absolutistischen Herrscher, oder?« fragte Arizhel.

»Sagen Sie das meinen Eltern«, entgegnete Deedee.

»Sie haben keine echte Macht«, murmelte Sanchez. »Es sind keine Tyrannen.«

»Man gab mir den Namen ›Prinzessin Deedee die Erste‹. Ist das etwa nicht tyrannisch?«

»Ich verstehe, worauf Sie hinauswollen.«

»Es kommt noch schlimmer. Da ich Prinzessin bin, soll ich einen Prinzen heiraten. Aus einem alten Adelsgeschlecht«, fügte Deedee kummervoll hinzu. »Wirklich toll. Ich kann Prinzen nicht ausstehen, und Prinzen aus einem alten Adelsgeschlecht sind *gräßlich.*«

Arizhel schenkte drei Gläser voll. Als sie tranken, drang leise Flötenmusik aus dem Lautsprecher hinter Deedee. Sanchez haßte Flötenklänge und wollte sich vorbeugen, um das Gerät auszuschalten. Aber plötzlich stand Deedee auf, hob ihr Glas und sang:

»Eigentlich sollte ich Prinzessin sein,
So ätherisch wie Dunst,
Mit einer Stirn, die bleibt immer glatt,
Und einem Mund, der nie Küsse bekommen hat.
Bis ein schöner Prinz, um mir zu schenken seine Gunst,
Kommt mit Vierergespann und einer Kutsche voller Pracht
Und mich in seine starken Arme schließt —
Dies ist des Unsinns Macht!«

Der Takt wurde schneller, und nun ertönten auch Blasinstrumente.

»Wenn jemand um mich wirbt,
Und dabei auf der Mandoline zirpt,
Wenn er vor mir senkt den Kopf,
Mit würdevollem Schopf,
Dann erstarrt zu Eis mein blaues Blut,
Und mir sinkt der Mut,
Weil ich mich fühle wie ein Handelsgut,
Angeboten zu einem günstigen Preis obendrein.
Zu seinem Reichtum sage ich nein.
Offen und ehrlich muß er sein.
Attraktivität ist nur ein äußerer Schein.
Auf den Text kommt es an,
Nicht den Umschlag daran.
Deshalb wünsche ich mir einen normalen Mann,
Aufmerksam und nett,

Für das Mädchen im Buch mit den Geschichten.
Davon würde ich gern berichten.

Wenn man aus dem Fenster sieht in einem Schloß,
So sieht man Ritter kommen, auf hohem Roß,
Und viele Stunden lang hört man von edlem Ruhm.
Alles falsches Heldentum!
Ich würde die Werbegaben, oft erlesene Tücher,
Gern eintauschen gegen einen Mann, der gelesen hat
Einige Bücher.
Ich verabscheue dumme Narren,
Die dauernd bei
Langweiligen Drachengeschichten verharren.

»*Langweilige* Drachengeschichten?« wiederholte Sanchez skeptisch.

»Es geht dabei dauernd um Schuppen, Feuerodem und Schwerter«, erklärte Arizhel.

»Es ist mir gleich, ob er Leder trägt oder Seide,
Pelz oder Brokat, außerdem des Schwertes Scheide,
Oder eine Rüstung aus Stahl.
Ich treffe eine ganz andere Wahl.
Ich möchte einen einfachen Mann,
Der mich von Herzen lieben kann,
Für die Frau in mir,
Nicht die Prinzessin hier.

Wenn ein würdiger, ehrenvoller Ritter,
Mir anbietet die Ehe,
So höre ich ihn und sehe,
Wie er anhält um meine Hand,
Vielleicht geschickt und gewandt.
Doch nie ich ihm Liebe gestehe.
Ich sitze hier allein, wie ein Schwert im Stein,
Und hoffe, daß ein Er zu mir eilt,
Dem es ebenso ergeht, der mein Schicksal teilt,

Der uns beide befreien kann.
Ich warte auf einen schlichten, ruhmlosen Mann,
Mit einem warmen Fleck in sich.
Für das Mädchen in der Ginevra-Kleidung.
Für mich!«

»Ich meine ...«, sagte die Prinzessin. »Manchmal ist Paps ein echter *Trottel.*«

Sanchez lachte. Rish stimmte mit ein.

»Mit meinem Vater hatte ich ähnliche Schwierigkeiten«, kommentierte Arizhel. »Er sagte immer: ›In deinem Blut fließt das taktische Genie von hundert Generationen, aber du möchtest Steine umdrehen und nach irgendwelchen Strahlungen Ausschau halten?‹ Er wünschte sich, daß ich Truppenführer werde, so wie meine Onkel, oder daß ich eines Tages den Befehl über ein Schlachtschiff bekomme.«

»Tatsächlich?« fragte Sanchez. »Auch mein Dad war ein alter Flottentyp. Zu *mir* sagte er: ›Charlie, irgendwann verlieren die eingebildeten Lamettafritzen ... äh, das Oberkommando der Flotte ...‹«

»Ich verstehe diesen Ausdruck«, warf Rish ein. »Aperokei hat ihn des öfteren verwendet. Zu seinem Glück können die meisten klingonischen Offiziere nichts damit anfangen.«

»Hm. Nun, mein Dad sagte: ›Irgendwann verliert das Oberkommando seine Engstirnigkeit und läßt auch Frauen als Raumschiffkommandanten zu. Das ist deine große Chance.‹ Ach, zum Teufel damit — und auch mit dem verdammten Dilithium, das man für Warptriebwerke braucht!«

»Warum?« erkundigte sich Deedee. »Es klingt doch *so* aufregend.«

»Lassen Sie sich nicht von den Videos täuschen, Mädchen. Mit Jim Kirk ist soweit alles in Ordnung — wenn man nichts dagegen hat, daß einem sein Blick alle fünfzehn Minuten in den Allerwertesten kneift. Aber die meisten Kommandanten von Raumschiffen neigen dazu, früher oder später auszurasten. Zum Beispiel Garth, der nun in der Klapsmühle steckt und die übrigen Patienten dauernd auffordert, Phaserkanonen abzufeuern. Oder Wie-hieß-er-noch, der fast einen Krieg auf Omega ausgelöst hätte, weil er nicht zwischen den Cowboys und Rothäuten unterscheiden konnte. Himmel, ich möchte nicht einmal an jenen Burschen denken, der glaubte, Cäsar zu sein ...«

»Ich dachte, das sei bei Captain Kirk der Fall«, hauchte Deedee verdutzt.

»Es fehlt nicht viel, Schätzchen. Wenn man die Sache aus der richtigen Perspektive sieht, sind alle Kommandanten ... Teilen Sie meine Ansicht, Rish?«

»Aufgeblasene, arrogante Diktatoren, die sich für Götter halten«, verkündeten die beiden Frauen wie aus einem Mund.

»Sie könnten an Bord eines Frachters arbeiten«, schlug Rish vor. »Nun, Sie sind nicht kräftig genug, um Container zu schleppen, aber bestimmt eignen Sie sich gut dafür, in kleinen Wartungsnischen tätig zu sein. Wir nennen solche Leute *Agaantwikh.*«

»Vermutlich meinen Sie Jeffries-Jockeys«, erwiderte die Botschafterin. »Klar. Meine Güte, wenn man sich an Bord eines Sternenbummlers versteckt, so *muß* einem die Besatzung Arbeit geben. Es kostet zuviel, umzukehren und blinde Passagiere zurückzubringen.«

»Eine interessante Vorstellung«, sagte Arizhel. »Bei imperialen Schiffen wäre so etwas nicht angeraten.«

»Würde man mich über Bord werfen?« fragte die Prinzessin. »Sie wissen schon — wie in den Geschichten von Macmain und Libra?«

»Aack«, antwortete Rish.

Deedee runzelte die Stirn. »Ich verstehe nicht. Was bedeutet dieses Wort?«

»Oh, nichts. Es bringt nur Abscheu zum Ausdruck.«

»Wie *aaaaack*«, meinte Sanchez.

»Nein, man würde Sie nicht über Bord werfen«, sagte Arizhel. »Um zu vermeiden, daß Ihr im Vakuum auseinandergeplatzter Körper häßliche Flecken an der Außenhülle zurückläßt. Nein, nach Ihrer Entdeckung müßten Sie damit rechnen, daß man von Ihnen verlangt, nützliche Arbeit zu leisten. Die Gefahr besteht darin, daß die *Sliketh* Sie zuerst finden.«

»Die *Sliketh?*« wiederholte Deedee.

Rish zuckte mit den Schultern. »Sie leben in nicht überwachten Sektionen großer Frachter und sind etwa so groß ...« Eine unsichere Geste folgte, deutete eine Größe von anderthalb bis zwei Meter an. Anschließend wedelte Arizhel mit den Händen — eine Bewegung, die zwei verschiedene Interpretationen zuließ. Entweder hatten die *Sliketh* ziemlich lange Zähne, oder sie waren mit einem stachelbesetzten Schwanz ausgestattet. »Wenn sie organische Materie wittern ...« Noch eine Geste, die nur einen Schluß zuließ.

»Aaack«, machte Deedee.

»In der Tat.«

»Davon einmal abgesehen ...«, sagte Sanchez. »Es ist ein großes Universum. Arizhel und ich sind nicht den Wünschen unserer Eltern gerecht geworden, aber wir kamen trotzdem gut zurecht — ohne auf einen Prinzen oder Captain zu hoffen. Wir haben keinen Grund, uns zu beklagen.«

Die Prinzessin schüttelte den Kopf. »Sie verstehen nicht ... Ich *hatte* ein Ticket. Nach Deneva in der zweiten Klasse, ohne Rückkehr.«

»Deneva?« entfuhr es Sanchez. *»Aack.«*

Deedee riß die Augen auf. »Wird man auf Deneva gefressen?«

»Nein, nein, nein. Die dortigen Bewohner sind ein Haufen von Halsabschneidern und erbarmungslosen Laissez-faire-Kapitalisten, die einen ständig übers Ohr hauen wollen. Obwohl, wenn ich jetzt darüber nachdenke ... Schon gut. Sie hatten also ein Ticket?«

»Ja. Aber dann kam er. Mein Prinz.«

»Oh«, flüsterten Rish und Sanchez gleichzeitig.

»Er heißt Pete Blackwood ...«, sagte Deedee.

»Die Prinzessin und Pete«, murmelte Sanchez. Sie trank rasch einen Schluck, um nicht zu kichern. Niemand schien etwas bemerkt zu haben.

»... und er ist Videoproduzent. Er hat sein eigenes Studio und alles. Seine Spezialität sind Kunstfilme.«

Die Botschafterin füllte ihr Glas. »Oh-oh. Hat er Ihnen eine Rolle angeboten, Kindchen?«

»Was? Nein! Ich meine, er produziert *Kunst*filme. Zum Beispiel hat er eine halbe Stunde lang über Picasso berichtet. Das Werk trägt den Titel: *Eine Periode in Blau.* Und in *Ich glaube, Gravitation war ein Fehler* stellte er den rykosianischen Bildhauer Lenkahn Resteis dem hiesigen Publikum vor.«

»Oh.« Sanchez seufzte erleichtert und verlegen. »*Kunst*filme.«

»Handelt es sich um ein einträgliches Geschäft?« fragte Rish.

»Oh, Pete verdient recht gut. Die Picasso-Dokumentation lief einige Wochen lang im Ersten Videokanal der Föderation. Aber genau darin besteht das Problem. Für meine Eltern gäbe es nichts auszusetzen, wenn Pete reich wäre und die Videos nur aus Spaß produzierte. Mama und Paps sind der Ansicht, daß der Spaß an erster Stelle stehen sollte.« Deedee fügte ironisch hinzu: »Mama und Paps sind immer sehr lustig.«

»Vielleicht sollten Sie und Pete Ihre Sachen packen und einfach von hier verschwinden. Es ist ein großes ... Nein, das habe ich schon gesagt. Aber es stimmt trotzdem.«

»Sie scheinen zu glauben, daß man alle Probleme löst, indem man einfach wegläuft«, erwiderte die Prinzessin sehr ernst.

Sanchez biß sich auf die Lippe. »Eins zu null für Sie, Deedee.«

Rish kratzte sich am Kinn. »Ich bezweifle, ob Sie nur gekommen sind, um uns von Ihren Problemen zu berichten, Prinzessin D'di. Vermutlich sind Sie hier, weil Sie uns um Hilfe bitten möchten.«

»Nun ... ja. Ich wollte ... Tja, ich dachte dabei an einen, äh, Streich. Wissen Sie, hier gibt es niemanden, der bereit ist, bei Mama und Paps ein gutes Wort für Pete einzulegen. Aber wenn ihn ein Außenweltler dabei beobachtet, wie er etwas Heldenhaftes vollbringt, etwas, das einem Prinzen gebührt ... Meinen Eltern bliebe gar nichts anderes *übrig,* als *Ihnen* zu glauben.«

»Was schlagen Sie dann vor?« fragte die Botschafterin.

»Ich glaube, ich verstehe, was Sie meinen«, sagte Rish behutsam. »Aber Klingonen lügen nicht.«

»Das ist mir n ...« Sanchez unterbrach sich gerade noch rechtzeitig, stellte das Glas ab und räusperte sich. »Das gilt auch für Föderationsbürger. Unsere Gesetze stellen Strafe für jeden in Aussicht, der einen Meineid leistet.«

Arizhel nickte. »Bei uns schneidet man solchen Leuten die Pulsadern auf, um das Blut für medizinische Zwecke zu verwenden.«

»O nein, nichts in der Art!« versicherte Deedee hastig. »Ich dachte an ... Nun, angenommen, die beiden Kommandanten Mr. Kirk und Mr. Kaden sehen, wie Pete zu einem Helden wird. Wenn sie anschließend Paps davon erzählen — das wäre doch keine Lüge, oder?«

»Sie planen wahrscheinlich eine gründliche Vorbereitung, nicht wahr?« erkundigte sich Rish. »Und dabei sollen wir Ihnen helfen.«

»Wenn Sie dazu bereit sind. Natürlich unter der Voraussetzung, daß niemand lügen muß.«

»Wenn die Kommandanten Tatsachen schildern, sehe ich keinen Schwindel darin«, sagte Rish.

»Dem schließe ich mich an«, pflichtete ihr Sanchez bei.

»Dann helfen Sie mir?«

Die Botschafterin nickte. »Abgemacht. Verbündete bei einer guten Sache. Stimmt's, Rish?«

»Wenn Liebe einer Pflicht gleichkommt, so ist es die Pflicht, die unser Bündnis schafft. *Ael kai* darauf.« Arizhel fügte ein leises *Hick* hinzu. »Entschuldigen Sie. Ich habe zitiert ... Nun, D'di, kennt Pete Ihre Absicht?«

»Natürlich nicht! Ich könnte ihn unmöglich darum bitten, an etwas teilzunehmen, das in Szene gesetzt ist. Das wäre doch ... Schwindel.«

»Na schön. Aber eins müssen wir klarstellen: Wenn er die Chance bekäme, zum Helden zu werden — würde er sie nutzen?«

»Jetzt klingen Sie wie *Paps*«, sagte Deedee.

»Ich schätze nur die Möglichkeiten des Kriegers ein, bevor ich auf dieser Grundlage einen taktischen Plan entwickle«, erklärte Arizhel geduldig und trank einen großen Schluck. »Worin *besteht* der taktische Plan eigentlich?«

»Wie bitte?«

»Auf welche Weise soll Pete zum Helden werden?« erkundigte sich Sanchez.

»Ich weiß.« Rish hob die Hand. »Im Hotel bricht ein Feuer aus und zerstört das ganze Gebäude, aber Pete rettet kühn einige Leute aus den Flammen.« Ihr Arm beschrieb einen weiten Bogen, und Deedee fing die Brandyflasche auf.

»Das erscheint mir recht ... extrem, finden Sie nicht?« entgegnete Sanchez. »Ganz zu schweigen von den Personen, die Pete *nicht* rettet.«

»Es soll doch alles überzeugend wirken, oder?«

»Ich verstehe.« Es besorgte die Botschafterin ein wenig, daß sie tatsächlich verstand. »Doch ich halte es trotzdem für übertrieben. Warten Sie ... Deedee, kam es hier jemals zu einem Einbruch?«

»Das habe ich doch gerade vorgeschlagen: Jemand bricht ein und legt Feuer.«

»Nein, Rish. Jemand bricht ein, um zu *stehlen.* Klauen. Stibitzen.«

Deedee überlegte, und plötzlich erhellte sich ihre Miene. »Ja! Ein Räuber, den man Schwarze Katze nannte. Beziehungsweise nennt. Er — vermutlich war oder ist er ein *Er* — trug schwarze Kleidung mit Maske und Kapuze. Man hat ihn nie erwischt. Oder sie.« Die Prinzessin bekam einen Schluckauf und verdünnte ihren Brandy mit Sodawasser.

»Da haben wir's. Peter schnappt die Schwarze Katze ...«

»Und während der Folter gesteht sie eine Verschwörung gegen D'dis Eltern«, sagte Rish begeistert. Dann zögerte sie. »Nein, das klappt nicht. Wenn der Dieb gefoltert wird, verrät er unseren Plan. Das muß unter allen Umständen vermieden werden. Also gut: Pete bringt die Katze um. Ah! Die Empfangshalle in diesem Hotel ist sehr hoch und hat viele Balkons. Pete stößt die Katze von ganz oben herab, und alle sehen es.«

»Niemand wird getötet«, betonte Sanchez, schenkte Brandy nach und trank.

Rish setzte ihr Glas ebenfalls an die Lippen. »Offenbar glauben Sie, es sei nicht schwer, die Zuschauer zu überzeugen.«

»Esch kommt dabei auf die richtige In ... Insche ...« Sanchez holte tief Luft. »Es kommt dabei auf die richtige Inszenierung an. Man kann die Leute von allem überzeugen, wenn man ... wenn man sie ...« Sie hob den Kopf, begegnete den überaus neugierigen und erwartungsvollen Blicken der beiden anderen Frauen. »Nun, Sie wissen schon.«

»Commander Arizhel hat recht«, sagte Deedee. »Wer auch immer in die Rolle der Katze schlüpft — er darf nicht gefaßt werden. Pete muß ihn verscheuchen, während die Kommandanten zugegen sind.«

»In Ordnung«, brummte Sanchez. »Angenommen, ich kehre morgen abend in mein Zimmer zurück und überrasche die Katze dabei, wie sie meine ... Hm, was könnte sie mir stehlen? Irgend etwas. Sie sieht mich und beschließt ...«

»Und beschließt, Sie wütend niederzustechen, um ... Entschuldigung.«

»Nein, Sie liegen gar nicht mal so falsch. Der Dieb ist wirklich sauer, weil er bei mir nichts Stehlenswertes gefunden hat, und deshalb entscheidet er, mich zu entführen und ein Lösegeld zu verlangen. Er bringt mich in die Empfangshalle, hält mir ein Messer an den Hals ...«

»Und Pete rettet Sie!« triumphierte Deedee. »Allerdings ... Beim Kampf entkommt die Katze.«

»Die Wächter im Saal reißen ihn nicht in Stücke?« fragte Rish. »Oh. Das habe ich ganz vergessen. Andere Kulturen, andere Sitten. Verzeihung.«

»Dieser Punkt ist sehr wichtig«, meinte Sanchez. »Wir müssen sicherstellen, daß die Katze entkommt.«

»Gibt es hier irgendwelche Strahlwaffen?« Rish sah erst Deedee an und dann die Botschafterin. »Manche von ihnen lassen sich auf Betäubung justieren.«

»Ausgezeichnet!« sagte Sanchez. »Wenn mich die Katze mit einem Strahler bedroht, braucht Pete nicht zu befürchten, bei meiner Rettung ein zu großes Risiko einzugehen.«

Arizhel öffnete den Mund, klappte ihn wieder zu und schwieg.

Sanchez nickte. »Also gut. Wer hängt der Katze die Schelle ... Ich meine, wer spielt die Katze?«

»Ich«, antwortete die Prinzessin. »Ich bin ziemlich gut, soweit es Akrobatik betrifft, und dadurch wirkt der Kampf echt. Außerdem: Mit über den Kopf gezogener Kapuze erkennt mich niemand.«

»Ein Aspekt dieses Plans gefällt mir nicht«, wandte Rish ein. »Die Föderationsbotschafterin wird vor Beginn der Verhandlungen von jemandem entführt, der nicht identifiziert werden kann. Angenommen, man glaubt, das klingonische Imperium stecke dahinter ...«

»Oh, *Himmel!*« brachte Deedee hervor.

»Ich muß leider zugeben, daß Arizhel recht hat«, sagte Sanchez langsam. »Die meisten Föderationsbürger sind sicher bereit, einen Klingonen für den Schuldigen zu halten.«

Eine Zeitlang herrschte Stille, und die drei Frauen dachten angestrengt nach. »Keine Entführung, aber ein Diebstahl«, meinte Rish schließlich. »Nachdem die Katze geflohen ist, entdeckt man mich im Kleiderschrank meines Zimmers. Ich erzähle, wie ich vom Dieb überwältigt und eingesperrt worden bin.«

»Hervorragend!« freute sich Deedee. »Aber ist das nicht ein bißchen, äh, geflunkert?«

»Was?«

»Eine Lüge.«

»Ganz und gar nicht.« Arizhel blickte über den Rand ihres Glases und lächelte. »Sie *stoßen* mich in den Schrank und schließen ihn ab. Und das werde ich später berichten.«

»*Kai* der Taktikerin!« rief Sanchez und prostete der Klingonin zu. »Und die übrigen Details?«

»Den Schauplatz kennen wir, und die Zeit ...« Rish überlegte. »Morgen abend, und zwar recht spät. Dann sind weniger Gäste in der Empfangshalle, und wir brauchen nicht mit Komplikationen zu rechnen. Sie und ich, Charlotte ... Wir leisten den beiden Kommandanten bei einem langen Abendessen Gesellschaft. Das wird ihnen doch gefallen, oder?« Die Klingonin schmunzelte.

»Und ob.« Sanchez stand auf, schwankte und ging zum Schreibtisch. Dort öffnete sie den Hotelprospekt. »Das Restaurant schließt eine halbe Stunde nach Mitternacht.«

»Ist das spät genug?« erkundigte sich Deedee. »Sie sind sehr wichtige Gäste. Bestimmt wirft man Sie nicht einfach raus.«

»Nein, das Restaurant sollte zur üblichen Zeit geschlossen werden können«, sagte Rish. »Captain Kirk und Captain Kaden dürfen nicht glauben, daß wir sie mit Absicht aufhalten. Anders ausgedrückt: Sie dürfen es nicht *bemerken.*« Sie lachte.

»Wie wär's mit der Eisdiele?« schlug die Prinzessin vor.

Sanchez blätterte im Prospekt. »Sie wird hier nicht erwähnt.«

»Weil sie ganz neu ist. Und sie hat die ganze Nacht geöffnet.«

Sanchez drehte sich um, und ihre Lippen formten ein seltsam starres Lächeln. Nach einigen Sekunden gluckste sie. »O ja. Ja. Eine gute Idee. Einfach prächtig.«

Arizhel musterte die Botschafterin skeptisch. »Stimmt was nicht?«

»Aufgrund der Direidi-Verhandlungen wird es notwendig, daß ich mir von Jim Kirk Sodawasser mit Speiseeis spendieren lasse.«

Deedee verließ das Zimmer, ging die breite Treppe hinunter und durchquerte die Empfangshalle. Sie trat hinter den Tresen und durch eine Tür mit der Aufschrift:

ZUTRITT
NUR FÜR ANGESTELLTE!

Hinter der Tür erstreckte sich ein langer, schmaler Raum, dessen Decke sich in Dunkelheit verlor. Helles Lampenlicht beleuchtete den Tisch, und dort lagen Diagramme, Karten und Grundrisse. Ein braunhaariger Mann — er trug Jeans und ein kariertes Hemd — saß am einen Ende, trank Kaffee und las in einem Typoskript. An der Wand glühten mehrere Videoschirme, zeigten die Empfangshalle und verschiedene Hotelflure. Neben den Monitoren befand sich eine mobile Telefonzentrale, und davor hockte ein Vermittler.

Die dritte Person im Zimmer war ein drahtiger junger Mann, ganz in Schwarz gekleidet — vom Rollkragenpullover bis zu den Schuhen. Er hatte langes, struppiges blondes Haar, blickte durch Brillengläser, die in einem metallenen Gestell ruhten. Das Gesicht wirkte auffallend blaß, und Stimmen flüsterten aus seinem Kopfhörer, der auch über ein Mikrofon verfügte. Mit der einen Hand kritzelte er Notizen, und in der anderen hielt er einen Kaffeebecher. Nach einer Weile ließ er den Stift sinken und betätigte eine Taste an der Seite des Kopfhörers. »Inszenierungsleiter ... ja, wir brauchen Tischler, so viele wie möglich. Das Frühstückszimmer muß zu einer Eisdiele umgebaut werden. Nein, sie *sollte* ganz neu aussehen und bis um acht fertig sein ... Ja, deshalb haben wir sie in ihren Zimmern eingeschlossen — um auf Improvisationen im letzten Augenblick vorbereitet zu sein. Natürlich bleibe ich hier. Zur gleichen Zeit auf dem gleichen Kanal.« Er wandte sich an den Vermittler. »Rufen Sie die Eisdiele in der Stadt an. Wir brauchen ihre Einrichtung, Plan C-Priorität. Fordern Sie anschließend Davith auf, uns einen Wagen und einige Männer zu schicken, die ordentlich zupacken können ... Weisen Sie die Eisdielenleute auf folgendes hin: Je mehr Hilfe wir von ihnen bekommen, desto vorsichtiger werden ihre Sachen behandelt. Alles klar?«

Der Mann am Tisch war aufgestanden, umarmte Deedee und hob sie hoch. »Das war wirklich gut, Schatz«, sagte er. »Dein Auftritt hat selbst Flyter gefallen.«

»Danke, Pete«, erwiderte die junge Frau. »Was ist mit dir? Bleibt's bei der Verlobung?«

»Und ob es dabei bleibt.« Er küßte sie.

»Wir dürfen nicht zulassen, daß die Dinge außer Kontrolle geraten«, warnte der Mann in Schwarz. »Zumindest in Hinsicht auf das Manuskript ... Pete, Sie wollen doch keine großen Improvisationen vornehmen, oder? Keine Kathedralen, Kunstgalerien oder Kegelbahnen?«

»Ich muß zwei Raumschiffkommandanten dazu bringen, dem gegenwärtigen Plan zuzustimmen«, entgegnete Pete. »Da ist kein Platz für Ausschmückungen. Abgesehen von der Erweiterung des einen oder anderen Details, um alles glaubwürdiger zu gestalten ...«

Der Mann in Schwarz klopfte auf den Tisch. »Vielen Dank. Sie brauchen nicht anzurufen. Wir rufen *Sie* an.«

»Flyter übermittelt uns neue Szenen«, verkündete der Vermittler. Ein Drucker summte, und beschriftetes Papier rutschte ins Ausgabefach. Der Mann in Schwarz bewegte sich wie eine Marionette, deren Fäden durcheinandergeraten waren, als er an den Drucker herantrat und die einzelnen Blätter löste. Die Originale reichte er Pete; einen Durchschlag nahm er selbst, und den anderen schob er in eine Mappe, die bereits viele Kopien in unterschiedlichen Farben enthielt. Er warf einen Blick auf den Text. »Hm«, brummte er und wandte sich an den Vermittler. »Rufen Sie den Kostümverleih an.« Er sah auf eine der beiden Armbanduhren am linken Handgelenk. »Eine halbe Stunde nach dem ersten Whisky. Mr. Blackwood, es geht los.«

»Scheint gut zu sein.« Pete legte den Durchschlag des Manuskripts beiseite. »Der typische Flyter-Stil.«

»Mr. Blackwood ... *auf die Bühne.*«

Pete drehte sich zu Deedee um. »Wünsch mir Glück.«

»Hals- und Beinbruch.«

Als sich die Tür hinter ihm geschlossen hatte, musterte die ›Prinzessin‹ den Mann in Schwarz. »Warum hast du ihm kein Glück gewünscht?«

»Ich bin der Regisseur, Schatz«, lautete die freundliche Antwort. »Ich *bestimme,* was geschieht.«

»Na schön«, sagte Captain Kirk zu dem Mann im karierten Hemd. »Erzählen Sie uns davon.«

»Nun, es begann, als ich den Palast ihrer Eltern für einige Schnappschüsse aufsuchte ...«

»Haben Sie das Ziel verfehlt?« fragte Kaden und goß noch einen doppelten Scotch in sich hinein.

»Nun, ich ... oh. Nein, ich meine Aufnahmen mit der Videokamera.«

Der Klingone öffnete eine Flasche Bier. »Manchmal benutzt der imperiale Geheimdienst Videokameras mit einem Intervaller hinter der Linse.«

»Ich glaube, Sie verstehen nicht ganz, Captain Kaden. Es geht mir keineswegs darum, Deedees Eltern aus dem Weg zu räumen. Ich möchte nur vermeiden, daß sie mich weiterhin ablehnen ...« Der junge Mann wirkte plötzlich sehr nachdenklich.

»Sie erkennen also einen gewissen Zusammenhang — gut.« Kaden trank sein Bier.

Kirk sah ihn ernst an. »Wollen Sie ihm wirklich nahelegen, seine künftigen Schwiegereltern umzubringen?«

»Das erspart einem viele Probleme.«

Die Hintergrundmusik im Zimmer wurde lauter. Pete Blackwood summte leise dazu, und dann sang er:

»Wahrscheinlich ist Ihnen die Geschichte bekannt
Des armen aber ehrlichen Burschen,
Der ein Mädchen bitten wollte um seine Hand,
Dessen Vater gehörte zum hohen Stand.
Ein Vermögen erringt er dann,
Und vielleicht war er ein Prinz von Anfang an.
Ende gut, alles gut, behaupten die Leute.
Aber sie irren sich, damals wie heute.

Nun, meine Liebste, königliches Blut fließt in
ihren Adern,
Doch die Zugbrücke kommt nicht herab, und vor
dem Schlosse muß ich hadern.
Ihre Familie glaubt, ich sei unter ihrer Würde,
Und das ist eine schwer zu überwindende Hürde.
Deshalb gedulde ich mich, vertreibe mir die Zeit
Und warte auf eine Gelegenheit.
Wie kann ich gelangen zu jenem Ort?
Schließlich denke ich an Königsmord ...
Na schön, sie mag Prinzessin sein, aber ist das
wichtig?

Ich sehe nicht die Krone, und das erscheint mir
richtig.
Licht geht aus von der Frau
Und sagt dem Mann, der ich sein könnte: Schau!
Ach, soll mich der Bund der Ehe mit ihr vereinen,
Mit jenem Mädchen, das funkelt und lacht.
Das wünscht sich der Junge im gewöhnlichen Leinen,
Der voller Sehnsucht wacht.«

Kaden beobachtete den jungen Mann stumm und neigte den Kopf zur Seite. Kirk merkte, wie er zu summen begann. Um sich daran zu hindern, füllte er sein Whiskyglas und hob es an die Lippen.

»Ich bin mehr als nur passabel,
Aber ich gelte nicht als akzeptabel,
Denn die höhere Gesellschaft hat keinen Platz
für mich.
Viele Typen aus dem Adel haben ein großes Maul,
Aber sie sind ein abgeschlaffter Haufen,
träge und faul.
Ich würde Ihnen gern das Fell über die Ohren
ziehen,
Aber eine solche Möglichkeit ist mir noch nicht
gediehen.
Die Romeo-Sache kommt für mich nicht in Frage.
Außerdem wissen wir, wie sie endet, diese Sage:
Mit Schwertkampf und Krawall am Tage,
Abends mit einem Giftgelage.
Aber die Rolle des Helden zu spielen — ich nehme
es mir vor,
Für das Mädchen, an das ich mein Herz verlor.
Für den Jungen, in dem man sieht einen Tor.
Für mich.«

»Das ist meine Geschichte, Captain Kirk, Captain Kaden«, sagte Pete Blackwood. »Ich bin so erfolgreich, wie man es erwarten kann, aber für Deedees Eltern reicht das nicht. Für sie kommt nur reiche Muße in Frage, sonst nichts.«

»Und Sie glauben, wir können Ihnen helfen?« fragte Kirk. Er ließ sich von Pete Scotch nachschenken.

»Ihr Plan gegen die bornierten Adligen beweist Mut und Tapferkeit«, lobte Kaden und öffnete den Verschluß der vierten Flasche Bier. »So handelt ein ehrenvoller Mann, der eine ehrenvolle Familie gründen will. Doch wenn man entdeckt, daß wir uns in die inneren Angelegenheiten dieses Planeten einmischen ... Vielleicht provozieren wir damit eine Intervention der Glühbirnen.« Er betrachtete den Verschluß in seiner Hand und warf ihn fort, als sei er plötzlich glühend heiß geworden.

»Glühbirnen?« wiederholte Pete.

»Organianer«, erklärte Kirk. »Sie haben da so eine Angewohnheit. Wie dem auch sei. Ich glaube nicht, daß sie etwas dagegen hätten. Immerhin versuchen wir keineswegs, die Entscheidung Ihrer Welt in Hinsicht auf den Dilithiumabbau zu beeinflussen.«

»Nein«, sagte Kaden hastig.

»Natürlich nicht«, erwiderte Pete.

»Auf keinen Fall«, betonte Kirk.

»Derartige Absichten liegen uns fern«, fügte Kaden hinzu.

»Ich bin froh, daß wir diesen Punkt geklärt haben«, meinte Kirk.

»Ich habe dabei an folgendes gedacht«, begann Pete Blackwood ernst. »Wenn ich etwas Wichtiges oder sogar Heldenhaftes leisten könnte ... Nun, dann akzeptieren mich Deedees Eltern vielleicht nicht als Gleichgestellten, aber sie würden uns keine Hindernisse mehr in den Weg legen. Und das genügt völlig.«

»Wo kommen wir dabei ins Spiel?« erkundigte sich Kirk.

»Sie sind Außenweltler. Niemand wird vermuten, daß es irgendeine Absprache zwischen uns gibt.«

»Obwohl genau das der Fall ist«, brummte Kaden. »Mit anderen Worten: Die Zeugen müssen sterben. Ich fürchte, auf diese Weise kommen wir nicht weiter.«

»*Sie* sollen nicht als Augenzeugen Bericht erstatten.« Pete beugte sich vor. »Wenn die Botschafterin und Captain Kadens Erster Offizier etwas beobachten, das wir vorbereitet haben ...«

Kirk lachte. »Und was hat es mit dem ›Etwas‹ auf sich?«

»Vor einigen Jahren trieb sich hier ein Dieb herum: schwarze Kleidung, schwarze Maske, schwarze Kapuze. Man hat ihn einige Male gesehen, doch er wurde nie gefaßt. Angenommen, er kommt erneut hierher, morgen abend. Angenommen, ich verscheuche ihn, während Ihre Begleiterinnen zugegen sind ...«

»Sie wissen, daß der Dieb zurückkehrt?« knurrte Kaden. »Sind Sie mit ihm identisch?«

Pete schmunzelte und schüttelte den Kopf. »Nein. Aber ein Freund von mir, Zack, ist ein guter Akrobat. Er schlüpft in die Rolle der Schwarzen Katze und bricht in die Zimmer der Damen ein.«

»In beide?« vergewisserte sich Kirk. »Aber wenn er heimlich umherschleicht ... Wie wollen Sie ihn erwischen, um den Ruhm einzustreichen?«

»Hier ist der Plan. Morgen abend speisen Sie mit den Damen im Restaurant des Hotels. Da alle wissen, wo Sie sind, glaubt die Katze, in aller Ruhe arbeiten zu können. Aber Sie kehren früher als erwartet zurück, in Gesellschaft von Botschafterin Sanchez und Commander Arizhel ... Das ist doch möglich, oder?«

»Ich sehe dabei keine besonderen Schwierigkeiten«, sagte Kirk. »Fahren Sie fort.«

»Nun, Commander Arizhels Zimmer befindet sich im dritten Stock, und deshalb schlägt die Katze dort zuerst zu. Der Dieb kämpft gegen Captain Kaden und braucht eine Geisel, um zu entkommen. Er führt Arizhel nach unten, und dort begegnet er der Botschafterin und Ihnen, Captain Kirk. Sie können natürlich nichts gegen ihn unternehmen. Zack und die Commander erreichen den Empfangssaal. Der Portier und die Pagen der Nachtschicht sind viel zu entsetzt, um einzuschreiten. Aber wie es ein glücklicher Zufall will, bin ich mit Deedee gerade zur Eisdiele unterwegs. Ich zögere nicht und stürze mich auf die Katze. Es geht drunter und drüber, der Dieb entkommt, aber alle sind gesund und munter. Happy-End.«

»Ich kämpfe mit dem Dieb?« fragte Kaden.

»Ja.«

»Und ich soll den Kampf verlieren?«

»Andernfalls funktioniert der Plan nicht besonders gut.«

»Es ist natürlich kein fairer Kampf«, stellte Kirk fest. »Pete, kann sich Ihr Kumpel einen Strahler besorgen?«

»Ich glaube schon. Aber wäre das nicht zu gefährlich? Ich meine, wenn die falsche Person betäubt wird ... Das könnte recht peinlich sein.«

»Raten Sie Ihrem Freund, alle Energiekapseln zu entfernen — bis auf eine. Die Akustik der Entladung bleibt davon unberührt.«

»Gut«, sagte Pete.

»Schlecht«, widersprach Kaden. »Auf geringe Entfernung lähmt selbst Minimalenergie. Der Kollimatorregler muß auf ›Null‹ eingestellt werden.«

Kirk starrte den Klingonen verblüfft an. »Woher wissen Sie das?«

»Ich wollte gerade eine ähnliche Frage an Sie richten. Nun, so etwas ist recht nützlich, wenn man auf einen Gefangenen schießt, der entkommen *soll.* Ein alter Trick.«

»Den wir ebenfalls verwenden.«

»Aber eine Niederlage ... Diese Vorstellung gefällt mir noch immer nicht. Was wird nur meine ... Äh, was wird *Arizhel* davon halten?«

»Kaden«, sagte Kirk mit viel Geduld. »Rish hat gesehen, wie Sie Siege errangen, nicht wahr?«

»Wir haben Seite an Seite gekämpft und sind noch immer am Leben.«

»Ich schätze, das bedeutet *ja.* Ergaben sich dadurch positive Folgen für Ihre Ro ... für Ihre Beziehung? Vielleicht ist eine andere Taktik angebracht.«

»Eine Niederlage wäre tatsächlich einmal etwas anderes.« Kaden klang noch immer skeptisch.

Kirk leerte sein Glas und streckte die Hand aus — sie zitterte überhaupt nicht. »Sehen Sie es einmal so: Wenn Rish durch einen heimtückischen Angriff von hinten verletzt wird — welche Reaktionen riefe ein solcher Zwischenfall bei Ihnen hervor?«

»Ich würde den Angreifer töten.«

»Ja, und *dann?* Was empfänden Sie in Hinsicht auf Rish?«

Kaden nippte an seinem Bier. »Oh, ich verstehe. Sie vermuten, daß meine Niederlage Respekt in ihr wachruft, weil sie mich als siegreichen Krieger kennt.«

»Etwas in der Art, ja.«

Kaden rieb sich das Kinn. »Kein schlechter Plan, Kirk. Er enthält wahre Strategie.«

»Danke. Ist noch Bier da, Pete?«

»Eine Flasche.«

»Halt, Kirk!« entfuhr es dem Klingonen.

»Möchten Sie das letzte Bier? Nehmen Sie es ruhig.«

»Ihr Plan, Kirk. Er ist nicht so perfekt, wie es zunächst den Anschein haben mag. Wenn Arizhel sieht, wie ich überwältigt werde ... Vielleicht tötet sie den Angreifer.«

»Wäre sie dazu fähig?«

»Bestimmt. Und ich würde mich freuen, wenn sie versuchen würde, meinen Gegner umzubringen.«

»Offenbar mögen Sie Commander Arizhel sehr«, bemerkte Pete.

Kaden hüstelte. »Sie ist ein ausgezeichneter Offizier. Wir haben gut gekämpft, Rish und ich.«

»Und das ist alles?« Kirk hob die Brauen.

»Ich habe eine Idee«, sagte Pete. »Angenommen, Zack greift Sie und Arizhel nicht gleichzeitig an. Wenn Sie im Bad sind, während der Dieb hereinkommt und sich die Commander schnappt ... Dann hat er nicht nur Rish festgenagelt, sondern auch Sie.«

»Festgena ... Ja, ich verstehe. Nicht schlecht. Aber es besteht trotzdem die Möglichkeit, daß Arizhel Ihren Freund ins Jenseits schickt.«

»Ich *bitte* Sie, Kaden«, ächzte Kirk.

»Na schön. Es könnte sich so abspielen. Da fällt mir ein ...« Der Klingone stand auf und öffnete die Tür des Badezimmers. »Die hiesigen Hygienezellen haben Fenster. Wenn ich hier drin bin, gebe ich der Schwarzen Katze ein Zeichen; dann weiß sie, daß der richtige Zeitpunkt gekommen ist. Anschließend verwickle ich Arizhel in ein Gespräch, um sie abzulenken.«

»Gut«, stimmte Pete zu.

Kirk legte den Flaschenöffner beiseite und trank einen Schluck Bier. »Zack sollte nicht zu leise sein, wenn er die Commander nach unten bringt. Ich höre ihn und verlasse das Zimmer der Botschafterin. Der Dieb schießt auf mich — haben Sie sich notiert, wie der Strahler justiert werden muß? —, und daraufhin kommt auch Charlotte in den Flur, um festzustellen, was vor sich geht. Zack droht damit, Arizhel zu erschießen, wenn ihn die Botschafterin nicht ebenfalls als Geisel begleitet.«

»Wäre sie dazu bereit?« fragte Kaden.

»Da bin ich ganz sicher. Pete, Sie stehen hinter der Treppe und stürzen sich auf Zack, wenn er die Empfangshalle erreicht. Ein wilder Kampf beginnt. Vielleicht ›betäubt‹ der Dieb Sie und flieht dann. Sie sind ein Held. Kaden ist ein Held. Ich bin ein Held. Und alle klopfen sich glücklich auf die Schulter.«

»Sie beide sind wirklich großartig«, erwiderte Pete begeistert. »Ich werde Ihnen dies nie vergessen.« Er hob sein Glas. »Obwohl Ihre Hilfe ohne Einfluß auf die Dilithium-Verhandlungen bleiben muß ...«

»Natürlich.«

»Selbstverständlich.«

Sie stießen an.

KAPITEL 6

DIE DÄMMERUNGS-PATROUILLE

Es dauerte noch eine Weile, bis die Morgendämmerung begann. Im neueren Flügel des Hotels Direidi herrschte diffuses Halbdunkel. Ein Mann ging über den dicken Teppich, und seine Schritte verursachten kaum ein Geräusch.

Schließlich blieb er stehen und klopfte an eine Tür. Es klang wie Donner.

Stille. Neuerliches Klopfen.

Die Tür schwang einige Zentimeter weit auf und verharrte abrupt, als sich die Sicherheitskette spannte. Dr. med. Leonard McCoy starrte aus trüben Augen durch den Spalt. »Werisda?« fragte er.

»Ich bin's, Hikaru«, antwortete der Mann im Flur.

»*Wer?*«

»Lieutenant Sulu, Doktor.«

»Lieutenant«, wiederholte der Arzt langsam und versuchte, deutlich zu sprechen. »Ich frage Sie gleich, wie spät es ist. Wenn Sie die Uhrzeit kennen, bringe ich Sie um. Wenn sie Ihnen aus irgendeinem Grund unbekannt sein sollte, nehme ich an, daß mich Ihr jugendlicher, äh, Übermut aus dem Schlaf gerissen hat, und auch dafür haben Sie den Tod verdient.«

»Doktor, erinnern Sie sich nicht an die Legende, die wir gestern beim Bankett gehört haben? Über den Schatz? In der Inschrift hieß es, daß wir beim ersten Licht des Morgens zur Stelle sein müssen.«

»*Sie* müssen vielleicht beim ersten Licht des Morgens irgendwo zur Stelle sein. *Ich* ziehe es vor, beim ersten Licht des Morgens in einem weichen, warmen Bett zu liegen *und von niemandem gestört zu werden.*« McCoy wollte die Tür schließen, aber Sulu stemmte sich dagegen.

Der Arzt seufzte. »Na schön, kommen Sie rein. Vielleicht finden Sie meine Jacke. Und bestellen Sie Kaffee beim Zimmerservice.« Er griff nach der Medo-Tasche, wankte in Richtung Bad und murmelte: »Ich brauche jetzt eine gehörige Dosis Vitamin B ...«

Kurze Zeit später war McCoy rasiert und angezogen. Zwei große Tassen mit sehr starkem schwarzem Kaffee hatten zumindest einen Teil der Müdigkeit aus ihm vertrieben. Als er zusammen mit Sulu durch den Flur stapfte, brummte er: »Ich bin zwar nicht ganz sicher, ob ich eine Antwort möchte, aber ich frage Sie trotzdem. Was hat Sie dazu veranlaßt, ausgerechnet *mich* zu bitten, an dieser kleiner Expedition teilzunehmen?«

»Mr. Scott reagierte nicht, als ich an seine Tür klopfte. Und Lieutenant Uhura wollte ich nicht belästigen.«

»Hin und her gerissen zwischen Ritterlichkeit und der Leber eines Schotten«, sagte McCoy. »Was ist mit Chekov? Für einen solchen Ausflug bringt er doch genau die richtigen Voraussetzungen mit. Er ist jung, stark, nicht übermäßig intelligent ...«

»An Pavels Tür habe ich es zuerst versucht«, gestand Sulu ein. »Ich bekam nur einige russische Worte zu hören, aber die Bedeutung war mir sofort klar.«

Sie verließen das Hotel und traten in den kühlen Morgen. Ein rötlicher Streifen glühte am Horizont. McCoy holte tief Luft, murmelte: »Ich muß übergeschnappt sein«, und drehte sich prompt um.

»Sie haben es sich doch nicht anders überlegt, Doktor ...«

»Nein, ich sterbe nur. Doch das ist kein Problem; schließlich bin ich Arzt.« McCoy wandte sich erneut dem Sonnenaufgang zu. »Also los.«

Sie wanderten etwa fünfzehn Minuten lang. »Sehen Sie.« Sulu streckte den Arm aus — der obere Sonnenrand kroch über den Horizont. »Dort befindet sich unser Ziel, wo das Licht die Berggipfel berührt. ›Reite entgegen dem Morgen‹ — so heißt es in der Legende.«

»Ja, genau«, bestätigte McCoy. »Von ›zu Fuß gehen‹ war darin nicht die Rede. He, was ist das?« Er deutete auf zwei Gestalten in mittlerer Entfernung. »Allem Anschein nach sind wir nicht die einzigen Frühaufsteher.«

Einer der beiden anderen Wanderer zeigte in Richtung McCoy, und dann schritten sie den *Enterprise*-Offizieren entgegen. Kurz darauf entpuppten sie sich als der klingonische Chefingenieur Askade und Truppenführer Memeth. Sie trugen Expeditionsanzüge mit vielen Taschen und Instrumentengürtel — mit dieser Ausrüstung unterschieden sie sich kaum von Sulu und McCoy.

Menschen und Klingonen standen sich stumm gegenüber und bliesen kondensierenden Atem in die kalte Luft. »Was machen *Sie* hier, *Doktor?*« beendete Askade das argwöhnische Schweigen.

»Eine neue Behandlungsmethode gegen Schlaflosigkeit«, erwiderte McCoy. »Man bleibt die ganze Nacht auf den Beinen.«

Sulu neigte den Kopf zur Seite.

»Davon einmal abgesehen«, fügte der Arzt hinzu. »Mir stand der Sinn nach einem nächtlichen Spaziergang.«

»Mit einem Begleiter?« entgegnete Askade skeptisch. »Und wie Forscher gekleidet?«

»Wir suchen eine auch nachts geöffnete Eisdiele«, sagte Sulu. »Übrigens: Was führt *Sie* hierher? Sie sind ebenfalls ziemlich herausgeputzt. Haben Sie ein bestimmtes Ziel?«

»*Wir* sehen keinen Grund, irgend etwas vor Ihnen zu verbergen«, knurrte Memeth. »Unsere Absicht besteht darin, dieses Land zu inspizieren.«

»Es gehört Ihnen nicht«, meinte McCoy.

»Es gehört niemandem, wenn ich die Direidi richtig verstanden habe«, sagte Askade ruhig. »Deshalb erheben sie sicher keine Einwände, wenn wir hier eine schlichte, friedliche Inspektion vornehmen. Außerdem ist dies auch nicht *Ihr* Planet. Sie können also kaum unser Recht in Frage stellen, hier unterwegs zu sein.«

McCoy nickte, und dünne Falten bildeten sich in seiner Stirn. »Sie inspizieren, wie? Auf Schusters Rappen?«

Memeth grollte leise.

»Zu Fuß«, übersetzte Sulu.

»Uns steht ein Fahrzeug zur Verfügung.«

»Dann sind Sie vielleicht bereit, den Fähnrich und mich mitzunehmen. Ich hätte jetzt wirklich Appetit auf ein leckeres Eis.«

Memeth sagte etwas auf Klingonisch. Askade antwortete mit einigen knappen Worten und sah McCoy an. »Wir haben nichts dagegen.« Er klang recht freundlich. »Vielleicht ist es sogar ganz gut, wenn wir gemeinsam unterwegs sind — in unbekanntem Territorium werden immer zusätzliche Hände und Augen gebraucht. Fähnrich Sulu, Sie sind Navigator, nicht wahr? Wir heißen Ihre Kenntnisse und Fähigkeiten willkommen. Und Doktor McCoy... Ich glaube, Sie verstehen etwas von Medizin, oder?«

»Ich habe Vulkanier, Withiki, Cilbaru-Gruppen und gelegentlich auch schwangere Felsen behandelt. Ich werde mir alle Mühe geben, wenn Sie mich brauchen.«

»*Kai* dem Heiler!« rief Askade und klatschte in die Hände. »Lassen Sie uns nun das Land ausspionieren.«

»Eine interessante Redewendung«, bemerkte McCoy und folgte den Klingonen. Sie schritten noch weiter vom Hotel fort, hielten auf einen gewaltigen Felsen zu.

»Wollen Sie zuerst auf der anderen Seite nachsehen?« fragte der Arzt. »In Georgia haben wir ein altes Sprichwort, bei dem es darum geht, mit Fremden hinter große Felsen zu gehen, aber leider erinnere ich mich derzeit nicht an den Wortlaut.«

Memeth sagt etwas zu Askade. Der klingonische

Chefingenieur zuckte mit den Achseln und setzte den Weg fort.

Es befand sich nichts hinter dem Felsblock. Memeth knurrte und schloß die Hand um etwas an seinem Instrumentengürtel. Das Objekt erweckte nicht den Eindruck, als Waffe konzipiert zu sein, doch der Truppenführer schien eine Improvisation zu erwägen.

»*Yirokh!*« zischte Askade, sprach dann etwas ruhiger auf Klingonisch und gestikulierte. Offenbar beschrieb er Entfernungen.

»Ich glaube, sie haben Transporterkoordinaten erörtert«, flüsterte Sulu McCoy zu. »Gestern sind wir auf dem falschen Podest materialisiert, erinnern Sie sich?«

Das mußte die Erklärung sein. Die vier Männer wanderten zu einem anderen großen Felsen und sahen dahinter nach.

Dort stand ein ziemlich massiv wirkendes, kastenförmiges Fahrzeug auf zwölf geradezu riesigen Reifen. Scheinwerfer und Winden ragten daraus hervor; angeflanschte Frachtkammern für Ausrüstungsteile gesellten sich hinzu. Oben zeigte sich eine drehbare Plattform, die vermutlich kein Schiebedach darstellte.

Der Wagen steckte bis zu den Radnaben im Schlamm. Braune Streifenmuster reichten an der Karosserie empor, und Spritzer hatten überall Flecken entstehen lassen. Transportersysteme sorgten automatisch dafür, daß der Retransfer auf Bodenniveau erfolgte: Das Fahrzeug war auf einer Höhe mit der Schlammlache materialisiert — und dann hineingefallen.

Memeth starrte, holte tief Luft und versuchte, möglichst ruhig und langsam zu sprechen. »Zählen Sie bis zwanzig — das hilft«, riet ihm McCoy.

Memeth musterte den Arzt. »Ja, Sie haben recht. Der Schmutz hat sicher keine Schäden verursacht.« Er deutete auf den Wagen. »Dies ist ein planetares Erkundungsvehikel Modell 21«, behauptete er nicht ohne Stolz.

»Es handelt sich um eine planetare Angriffseinheit Modell 18 mit erweitertem Besatzungsabteil«, erwiderte Sulu.

»Sie sind sehr gebildet«, stellte der Truppenführer fest und nickte zufrieden.

»Es gibt noch einige weitere Modifikationen«, warf Askade ein. »Sie betreffen zum Beispiel leistungsfähigere Sensoren.«

»Gehört das Zwillings-Intervallergeschütz nach wie vor zur Ausstattung?« erkundigte sich Sulu.

»Natürlich«, antwortete Memeth.

»Und die Raketenabwehrwaffen?«

»Welcher Narr würde sie demontieren?«

»Was ist mit den Granatwerfern?«

Memeth winkte. »Durch zusätzliche Suchscheinwerfer ersetzt. Aber ich kann sie erneut installieren, wenn Sie das für erforderlich halten.« Der Truppenführer lächelte wie ein glücklicher Hai, öffnete die Fahrertür und schwang sich in die Kabine. Die anderen kletterten ebenfalls in das Fahrzeug. Drinnen erwies es sich als erstaunlich geräumig, obgleich Scanner und andere Geräte von den Wänden herabhingen. Die Sessel waren gut gepolstert.

Memeth betätigte einige Tasten auf der Pilotenkonsole, und der Motor des Wagens brummte. »Darf ich?« Sulu zeigte auf die Navigationssensoren.

»Warum nicht?« entgegnete Askade, und daraufhin schaltete Sulu die Instrumente ein.

»Wahrscheinlich gibt's hier keinen Kaffee«, meinte McCoy und schnallte sich an.

»Der *Kafei*-Synthetisierer steht rechts von Ihnen«, sagte Askade. »Für mich schwarz mit zwei Würfeln Zucker.«

»Was für eine nette Überraschung.« McCoy strahlte. »Wenigstens brauchen wir hier nicht ganz auf Zivilisation zu verzichten.«

Memeth murmelte etwas, das nicht einmal Askade

verstand. Dann griff der Truppenführer nach dem Steuerknüppel, und das Fahrzeug rollte der aufgehenden Sonne entgegen.

Die Besatzung der *Jefferson Randolph Smith* frühstückte im Freien, auf einer weiten Ebene von Direidi. Tellihu briet eine Eidechse über einem kleinen Lagerfeuer. T'Vau schälte Borke von einem dürren Ast und wählte einige leckere Brocken. Captain Trofimow versuchte zu entscheiden, an welcher der beiden Mahlzeiten sie teilnehmen sollte.

Die beiden Kinder hatten sie absichtlich in die falsche Richtung geschickt — daran konnte überhaupt kein Zweifel mehr bestehen. Oder war diese Annahme unfair? *Vielleicht haben wir uns unterwegs verirrt. Vielleicht sind dies die falschen Felsen.* An diesem Morgen fiel es Trofimow schwer, klar zu denken. Sie wußte nicht genau, ob es am Hunger lag oder dem aktuellen Nahrungsmittelangebot.

T'Vau hob den Kopf. »Ein Fahrzeug nähert sich.« Sie streckte den Arm aus, deutete zu einer Staubwolke in der Ferne. Trofimow mußte zugeben, daß vulkanisches Sehvermögen und Gehör in der Wildnis durchaus von Vorteil waren.

Sie stand auf und ruderte mit den Armen. T'Vau knabberte an der Borke. Tellihu erhob sich ebenfalls und streifte seine Überlebensdecke über die Flügel. »Ich möchte vermeiden, Einheimische zu erschrecken«, erklärte er.

»Gute Idee«, lobte Trofimow, fragte sich jedoch, was die Einheimischen mehr erschrecken mochte: ein geflügelter Mann oder ein Buckliger, der sich in eine Art Laken hüllte.

Der Wagen hielt einige Dutzend Meter entfernt. Die Luke klappte auf, und ein Humanoide stieg aus. Er trug einen Parka der Föderation, und an seinem Gürtel hingen mehrere Ausrüstungsbeutel.

Trofimow trat einen Schritt vor. Der Mann ging krummbeinig und rieb sich die Augen, als sei er gerade erst erwacht.

»Hallo«, grüßte Trofimow.

»H'lo«, erwiderte der Fremde. »Was machen Sie hier?«

»Wir suchen nach der nächsten Siedlung.«

Der Mann hob die Hand. »Dort entlang. Einige Kilometer weit. Sie können den Ort nicht übersehen.«

Etwas Ähnliches hatten auch die beiden Kinder behauptet. »In *die* Richtung?« vergewisserte sich Trofimow. »Bestimmt?«

»Tut mir leid, Ma'am. Ich habe im Wagen geschlafen. Aber ich bin sicher, daß Sie sich in jene Richtung wenden müssen. Es sei denn, Sie möchten uns begleiten.«

»Einen Augenblick.« Trofimow eilte zu ihren Gefährten. »Der Mann hat angeboten, uns in dem Fahrzeug mitzunehmen. Vielleicht kommt er aus der Föderation.«

»Wir müssen ablehnen«, sagte T'Vau sehr ernst.

»Warum denn?«

»Schicken Sie den Fremden fort«, drängte die Vulkanierin.

»Himmel, wenn Sie solchen Wert darauf legen ... Versuchen *Sie*, ihn loszuwerden.«

T'Vau legte die abgeschälte Borke beiseite, klopfte Staub vom Overall und ging zu dem wartenden Mann, der sich verwirrt am Kopf kratzte. Trofimow beobachtete, wie sie mit ihm sprach und gestikulierte. Schließlich zuckte der Fremde im Parka resigniert mit den Schultern und kletterte wieder ins Fahrzeug. Der Wagen rollte fort.

»Wir sollten von hier verschwinden, bevor sie zurückkehren«, sagte T'Vau und ging los. Tellihu sah gleichgültig auf und biß ein Stück von der gebratenen Eidechse ab.

»He, warten Sie!« rief Trofimow der Vulkanierin

nach. »Zunächst einmal: Der Mann hat in eine andere Richtung gezeigt. Zweitens, und das ist vielleicht noch wichtiger: Warum sind Sie dem Fremden mit solchem Misstrauen begegnet?«

»Haben Sie das Fahrzeug nicht erkannt?«

»Nein, ich glaube nicht. Ich hatte leider keine Gelegenheit, einen Blick aufs Kennzeichen zu werfen.«

»Eine planetare Angriffseinheit der Klingonen, Modell 18. Und die Granatwerfer sind durch Suchscheinwerfer ersetzt worden.«

»Der Mann war kein Klingone. Nicht einmal ein halber.«

»Er sah nicht wie ein Klingone aus, das stimmt«, sagte T'Vau, und für eine Vulkanierin klang sie dabei erstaunlich selbstgefällig.

Tellihu ließ die Reste der Eidechse sinken und zirpte.

»Na schön«, seufzte Captain Trofimow. »Brechen wir auf.«

Lieutenant Nyota Uhura saß allein in einer sonnigen Ekke des Hotelrestaurants und schlug gerade ein weichgekochtes Ei auf, als jemand vors Fenster trat: ein klingonischer Offizier, der zivile Kleidung trug, wie auch Uhura. Am Jackenaufschlag bemerkte sie Kommunikationsinsignien.

»Darf ich mich zu Ihnen setzen?« fragte er. Sein Englisch war perfekt und ohne Akzent.

»Nehmen Sie Platz.«

»Ich bin Aperokei. Meine Freunde nennen mich Proke.«

»Ich heiße Uhura. Sie sprechen gutes Englisch. *Ja'chukh sokh taykekh Div'yan, tay'Tlhingan?*«

»*Batih.*« Aperokei deutete eine Verbeugung an. »Ihr *Tlhingan* ist erstklassig. Das bringt unser Job mit sich, stimmt's? Kellner! Ich möchte Adam und Eva auf einem Floß, versenkt, dazu eine Tasse mit heißem Joe.«

»Sehr wohl, Sir.« Der Kellner ging zur Küche.

Uhura lächelte, als sie den amerikanischen Slang hörte. »Die Grußbotschaft stammt von Ihnen.«

»Ich bekenne mich schuldig.«

»Haben Sie viele terranische Filme gesehen?«

»*Hunderte.*« Aperokei lachte. »Sie sind sehr aufmerksam, Lieutenant. Oh«, fügte er hastig hinzu, als Uhura auf ihren Ärmel blickte. »Sie tragen keine Rangabzeichen, und leider fehlen mir hellseherische Talente. Ich habe mich nach Ihnen erkundigt. Außerdem erinnere ich mich an Ihre Stimme. Ich wollte feststellen, wer saßet am anderen Ende des Kom-Kanals.«

Uhura ließ ihren Löffel sinken. »Es sollte eigentlich heißen: ›wer am anderen Ende des Kom-Kanals saß‹. Aber das wissen Sie sicher.«

»*Raw*-tha«, sagte Aperokei, und sie lachten beide, als der Kellner Prokes mit Fett begossene Eier samt Kaffee brachte. »Ich möchte mich in der Stadt umsehen. Was halten Sie davon, mich zu begleiten?«

»Es wäre mir eine Freude, Proke.«

»Prächtig.«

Irgendwo auf der Ebene, etwa zehn Kilometer von den Bergen entfernt, fuhr ein klingonischer Erkundungswagen Modell 21, gehüllt in eine dichte Staubwolke, die er selbst aufwirbelte. Memeth lenkte das Fahrzeug mit Hilfe des Radars. McCoy trank Kaffee und starrte ins Leere. Sulu und Askade beobachteten die Anzeigen der visuellen Sensoren.

»Wir haben Gesellschaft«, sagte Sulu nach einer Weile. »Sehen Sie sich das an.«

Askade schwang die Projektionslinsen eines elektronischen Periskops herum. Auf beiden Seiten des Fahrzeugs ritten Leute auf großen Eidechsen — sie trugen Speere und kupferrote Schilde. Die Echsen liefen bemerkenswert schnell, und die Speerträger kamen nun von allen Seiten, umringten den Wagen.

»Intervaller!« befahl Askade.

Memeth drückte eine Taste. Oben summte und surrte es, als der Geschützturm die Ergzellen lud, sich drehte und in Schußposition brachte.

»Ziel erfaßt«, meldete der Truppenführer.

»Schießen Sie auf meinen Befehl hin.« Askade spähte auch weiterhin durchs Elektronenperiskop.

»Ich glaube, wir sollten etwas unternehmen«, wandte sich McCoy an Sulu.

Sulu sah durch den Sichtschlitz der visuellen Sensoren und beobachtete ebenfalls die Horde. »Ich weiß nicht, Doktor. Die Burschen dort draußen erscheinen mir eher unfreundlich.«

»Sie unternehmen *nichts!*« donnerte Askade. Und dann: *»Auf keinen Fall das Feuer eröffnen!«*

»Was ist denn nun los?« fragte McCoy.

Sulu zeigte auf die Sensoren. »Sehen Sie sich die Schilde der Reiter an, Doktor.«

McCoy beugte sich vor und blickte zu den Speerträgern. Ihre runden Schilde schienen aus poliertem Kupfer zu bestehen und funkelten rubinrot. Nein, der Vergleich mit Rubinen stimmte nicht ganz. Das Schimmern war ein wenig zu gelb ...

»Dilithium?«

»G'daya tlhol cha'puj«, sagte Memeth.

McCoy richtete den Zoom auf einen Schild. Das Ding wies einzelne Facetten auf, die im Morgenlicht gleißten und den Arzt blendeten, bis er den Helligkeitsfilter aktivierte. »Eigentlich recht hübsch.«

»Mhm«, pflichtete ihm Sulu grimmig bei.

»Oh, entschuldigen Sie, Mr. Sulu. Sie kennen sich mit Waffen besser aus als ich. Würden Sie mir bitte die militärische Bedeutung der Schilde erklären? Ich meine, ganz gleich, was auch geschieht: Wir haben bessere Waffen als die Typen dort draußen, oder?«

Sulus Mund stand einige Sekunden lang offen, bevor er sagte: »Zwei Intervaller im Geschützturm, nicht wahr, Memeth?«

»Ja.«

»Keine Granatwerfer.«

Der Klingone knurrte.

Sulu sah McCoy an. »Uns stehen nur Energiewaffen zur Verfügung. Dilithiumkristalle verstärken Energiestrahlen — auf diese Weise verwendet man sie in Raumschiffen.« Er deutete auf die Fremden; rote Schilde umgaben das Fahrzeug. »Wenn Strahlen auf die Schilde treffen, werden sie verstärkt und in mehrere Richtungen reflektiert. Niemand kann vorhersagen, in wie viele. Wenn einige davon andere Kristalle erreichen ...«

»Ein angezündetes Streichholz in einer Fabrik für Feuerwerkskörper«, kommentierte McCoy.

Sulu nickte. »Wir sollten besser kein Risiko eingehen.« Er warf Memeth einen kurzen Blick zu. Der Truppenführer schien bereit zu sein, trotzdem das Feuer zu eröffnen.

»In der Tat.« McCoy stöhnte leise. »Etwas in der Art dachte ich mir schon.« Er streckte die Hand nach dem Türgriff aus. »Sie können mich hier absetzen, meine Herren. Es ist ein schöner Morgen. Ich glaube, den Rest des Weges lege ich zu Fuß zurück.«

Dutzende von Echsenreitern näherten sich den Direidi-Vorbergen. Mitten in der Kolonne ritten Sulu, McCoy, Askade und Memeth: die Hände auf den Rücken gefesselt, die Füße fest in den Steigbügeln. Die großen Eidechsen liefen recht geschmeidig, aber ständige Erschütterungen, Sonne und Staub blieben nicht ohne Auswirkungen auf die vier Gefangenen.

Die Reiter murmelten im Takt der Echsenschritte. Schließlich begannen sie zu summen, und daraus wurde ein Lied:

»Reiten, reiten, reiten,
Damit die Kamele immer schreiten.
Gib den Offizieren Bescheid,

Wenn du spürst die Müdigkeit.
Ständig unterwegs zu sein — es ist sehr schwer,
Und nichts wünscht man sich mehr
Als eine Rente im Alter.«

»Warum müssen diese Leute dauernd singen?« fragte Sulu. Memeth knurrte; sonst antwortete niemand.

»Bewegung, schneller und weiter,
Das gilt für dich und die anderen Reiter.
Gib dir Mühe und scheue nie Gefahr.
Für Schlafen bleibt keine Zeit, fürwahr,
Wenn das Leistungskomitee des Heers
Angemessen beeindruckt sein soll,
Ebenso wie die Peers.

Schwing dich in den Sattel,
Hab es nie satt,
Stürme eine Brücke,
Plündere eine Stadt.
Gib erst deinem Kamel zu fressen;
Dann kannst du selbst etwas essen.
Und wenn du dir gerne
Einen hinter die Binden gießen magst,
So besuch die nächste Taverne,
Damit du nicht verzagst.
Nie den Stil sollst du vergessen.
Und denk daran:
In allen Steuerformularen gib deinen Wohnsitz an.

Brennen, brennen, brennen,
Sieh die Flammen, wie sie rennen,
Von Haus zu Haus,
Wie sie sich freuen auf den Zerstörungsschmaus.
Es ist ein hartes Leben, nicht ohne Not,
Und es garantiert nur eins: den Tod.

Kämpfe gegen den Feind,
Beim Klang der Fanfaren.
Wenn der Gegner noch nicht geschlagen,
So überrenn ihn nur,
So wie die Streitwagen
In Ben Hur.
Den Mond vom Himmel schieß,
Töte jemanden, der König hieß.
Das erwarten wir vom Leben;
Das soll es uns geben.«

Die Kolonne hielt an. Einige Nomaden traten auf die vier Außenweltler zu, und sie hielten Beutel aus schwarzer Seide in den Händen.

»Ich glaube nicht, daß mir dies gefällt«, sagte McCoy.

»Wir sind ebensowenig begeistert wie Sie, Doktor«, meinte Askade.

Einer der Echsenreiter intonierte: »Kein Fremder darf den Eingang des Palastes im Stein sehen.«

»Jetzt bin ich sicher, daß ich ...«, begann McCoy.

Man stülpte ihnen die schwarzen Beutel über den Kopf und schnürte sie am Hals zu — glücklicherweise nicht so fest, um sie am Atmen zu hindern. Anschließend ritten sie etwa eine Viertelstunde lang. Dann zog man sie von den Echsen, führte sie um mehrere Ecken, durch dumpf widerhallende, feuchte Tunnel, über Rampen und Treppen. Es hatte kaum einen Sinn, miteinander zu sprechen; wenigstens sangen die Reiter nicht.

Plötzlich befreite man die Gefangenen von den Kapuzen. Sulu blinzelte. Memeth grollte leise.

Sie standen Seite an Seite in einem großen Saal, und das Licht stammte von Fackeln, die in eisernen Haltern steckten. Die Decke verlor sich in der Finsternis. Im Boden zeigten sich Inschriften und komplexe Muster aus den Symbolen einer unbekannten Sprache. Im Zentrum der Halle bemerkte McCoy eine runde Grube, die etwa zehn Meter durchmaß. Dampf wogte daraus hervor, und rotes Glühen erhellte ihn von unten. Hinter der Grube erhob sich eine Plattform aus glattem Granit, und darauf stand ein Thron aus schwarzem Eisen, mit Tierfellen gepolstert. Dicke Dilithiumkristalle schmückten ihn.

»Die ›Ureinwohner‹ dieses Planeten, von denen wir beim Bankett hörten«, sagte Askade.

»Ich gebe zu, daß wir hier nicht in einer Gartenlaube sind«, entgegnete McCoy.

Soldaten führten die vier Außenweltler am Rand der Grube vorbei — sie wahrten dabei einen sicheren Abstand — und zum Podium.

Ein hünenhafter Mann mit rotem Bart betrat die Plattform. Er trug eine kupferne Rüstung mit grünen Patinaflecken und einen Stab aus Bronze. Neben dem Thron blieb er stehen, hob den Stab und verkündete: »Kniet alle vor Königin Janeka, vor ihr, die mächtig ist im Zorn, vor der Königin des Eisens, der Königin des Blutes, der Königin des Volkes vom Brennenden Stein! *Kniet und gehorcht!*«

»Davon habe ich noch nie viel gehalten«, murmelte McCoy, als die Soldaten auf die Knie sanken. Der Arzt und Sulu sahen ihre klingonischen Begleiter an, die den Blick trotzig erwiderten. Niemand von ihnen kniete.

Hinter dem Thron glitt ein Vorhang empor, und die Königin erschien. Sie trug ein fußlanges Gewand aus Stahlgewebe, an der einen Seite bis zur Hüfte offen, schwarze Stiefel mit breiten Schäften, eine schwarze Lederjacke mit ausgestopften Schultern und hohem Kragen. Ringe glänzten an allen Fingern, aus Eisen oder Silber, und Dilithiumkristalle funkelten darin. Ein Tuch aus Metallgeflecht ruhte auf ihrem Kopf, und die eisernen Ohrringe reichten bis auf die Schultern. An dem mit silbernen Beschlägen geschmückten Gürtel hing ein Schwert, und im Halfter steckte eine Pistole.

»Eine Steinschloßwaffe?« flüsterte McCoy Sulu zu.

»Ich glaube schon. Das heißt ... Nein. Sehen Sie den

Lauf? Ein synthetischer Diamant. Es handelt sich um einen Phaser.«

Die Schwarze Königin hatte ein blasses, kantiges, exquisites Gesicht und eine atemberaubende Figur; ihre Kleidung ließ keinen Zweifel daran. Sie reichte Sulu höchstens bis zum Schlüsselbein — wenn sie Schuhe mit hohen Absätzen trug.

Sie nahm auf dem Thron Platz, neigte sich zur Seite und stützte ihre Füße an die Armlehne. Ein nicht unerheblicher Teil des Gewands rutschte ihr von den Beinen.

McCoy hörte, wie Sulu nach Luft schnappte. »Immer mit der Ruhe, Junge«, raunte er.

»Nun«, sagte die Schwarze Königin eher sanft. »Sie knien also nicht. Ich weiß, daß Rik Sie zum Niederknien aufgefordert hat, und wenn Rik spricht, so überhört man ihn nicht. Selbst *Taube* hören ihn. Wo liegt das Problem?«

Memeth knurrte drohend. McCoy deutete auf die Klingonen. »Wissen Sie, Ma'am, diese beiden Herren haben bereits einen Diktator. Mr. Sulu muß die Vorschriften seiner Religion beachten, und was mich betrifft ... Ich bin Demokrat.«

Die Königin klopfte mit langen Fingernägeln auf ein nacktes Knie und lachte. Der Bärtige — Rik — hob erneut seinen Bronzestab, und daraufhin kicherten auch die Soldaten. Im ganzen Saal ertönte schallendes Gelächter. Von einem Augenblick zum anderen schwieg die Königin. Rik strich sich ruckartig mit dem Zeigefinger über die Kehle, und jähe Stille folgte.

»Sie gefallen mir«, sagte die Schwarze Königin. »Sie haben Humor. Wahrscheinlich halten Sie eine Zeitlang durch.«

»Äh, was meinen Sie mit *durchhalten?*« erkundigte sich Sulu.

»Auf dem Spannbrett«, sagte die Königin. »Mit den Zangen und dem Wie-heißt-es-doch-gleich ...« Ihr Kopf schwang von einer Seite zur anderen. »Pendel.

Wir haben das Zeug schon seit einer ganzen Weile nicht mehr benutzt. Ich hatte schon Angst, daß es verrostet.«

»Sie jagen uns keine Angst ein.« Memeths Stimme klang ihrerseits furchterregend.

Die Schwarze Königin hob den Arm. »Bitte versuchen Sie, mich zu verstehen.« Sie stand auf und streckte sich so hingebungsvoll, daß es in ihrem Rücken knackte. »Hier geht es nicht annähernd so lustig zu, wie Sie vielleicht annehmen.« Sie stemmte eine Hand in die Hüfte, streckte die andere aus und schnippte mit den Fingern. Irgendwo in dem riesigen Steinsaal schlugen Trommeln, und ein Becken folgte dem Rhythmus.

Die schwarze Königin sang:

»Von Geburt an, da nützt kein Jammern,
Muß man zu allem entschlossen sein, um sich
Am Leben festzuklammern.
Das möchte ich hier betonen.
Nichts kann uns verschonen.
Jeden erwartet Gefahr —
Das ist sicher auch Ihnen klar.
Wenn man sich behaupten will als Königin von
Piraten,
So muß die Mannschaft zufrieden sein und der
Säbel scharf — damit ist man gut beraten.
Doch wenn's ums Ganze geht,
Man plötzlich alleine steht.
Dann beginnt die letzte Schlacht,
Um nicht zu verlieren die Macht.
Aber ich bin recht erfolgreich und hart,
Auf meine nette tyrannische Art.

Sie glauben vielleicht, es sei schön
Allein über das zu herrschen, was Sie hier seh'n,
Aber Sie irren sich da.
Die ganze Zeit, die ist und war,

Wird man bedroht
Und gerät häufig in Not.
Jemand, der an Aufstand denkt hier,
Geht immer einen Schritt hinter mir.
Ich stürze Könige von Thronen und zerstöre
Ihre Reiche — ich kann es nicht vermeiden,
Denn meine Soldaten dürfen nie an Langeweile leiden.
Der Horde überlasse ich die halbe Beute.
Und was soll man machen, wenn sie ein wenig übertreiben, diese Leute?
Für kindische Streiche ist die Strafe zu streng, im Feuer zu verkohlen,
Und den durchschnittlichen Barbaren kann man nicht einfach versohlen.
Aber ich bin recht erfolgreich und hart,
Auf meine nette tyrannische Art.«

Sechs junge, muskulöse Männer — ihre Kleidung bestand aus weißen Hemden, Fliegen, schwarzen Hosen mit Hosenträgern und schwarzen Melonen — kamen hinter dem Thron hervor. Mit schwarzen Stöcken pochten sie im Takt der Musik auf den Boden.

»Nie gab es einen prächt'geren Palast, nimmer.
In siebzehn Etagen haben wir siebzig Zimmer.
Und die Aborte sind alle im Haus.
Ausgelassene Feste finden statt, mit
Fröhlichem Schmaus:
Zerbrochene Gläser gestern, fleckige Teppiche heut' —
Es werden keine Kosten gescheut.
Und immer wieder verirrt sich ein Gast,
Während er torkelt durch den Palast.
Um Heizung und Beleuchtung zu bezahlen,
Ist viel Geld nötig außer Macht.
Kilometerweit muß gehen, wer einen Imbiß wünscht in der Nacht.

Und alle Folterkammern, nicht nur zur Schau,
Sind gehalten in frühindustriellem Grau.
Aber kann ich erwarten
Von einem Potentaten,
Daß er einen Luxussalon sieht
Und vor mir kniet?
Nun, ich bin recht erfolgreich und hart,
Auf meine nette tyrannische Art.«

Sulu wandte sich an McCoy. »Glauben Sie ...«

»Wasser, Luft, die Hintergrundstrahlung des Dilithiums — alles ist möglich.«

»Meine Kleidung sollte Ihnen gefallen:
Modisches Schwarz, aus Chrom die Schnallen
Und alles andere als häßlich.
Sie halten's vielleicht für toll, darauf möchte
ich wetten,
Leder zu tragen, und dazu auch Ketten.
Aber ich find's gräßlich.
Das Eisen ist immer kalt und reibt.
Das Korsett drückt und einen langsam
zum Wahnsinn treibt.
Wenn zu Ende geht der Tag,
Man einen steifen Hals vom Helm haben mag.
Sie wissen bestimmt nicht, wie man sich fühlt
beim Plündern einer Stadt,
Wenn man nur Schuhe mit sechs Zoll hohen Absätzen
hat.
Aber ich bin recht erfolgreich und hart,
Auf meine nette tyrannische Art.«

Die Königin sprang, um von den Tänzern aufgefangen und hochgehoben zu werden.

»Einiges Tages erwischt mich ein Dolch
Oder das Gift von einem Strolch.

Aber wenn man all die Tage, so verrückt,
aneinanderreiht, so bin ich entzückt
Und empfinde kein Bedauern,
Erinnere mich ohne zu erschauern.
Dies ist nichts für Schüchterne und Nervöse;
Man stirbt jung, nach einem schnellen Leben
voll Getöse.
Aber ich bin recht erfolgreich und hart,
Auf meine nette tyrannische ...
Habe mich prächtig vergnügt,
Auf meine enorm romantische ...
Habe mich köstlich amüsiert,
Auf meine tyrannische Art.«

Ein Tusch erklang, und die Tänzer trugen ihre majestätische Last aus dem Saal. An der Tür verharrten sie kurz, und die Schwarze Königin sagte: »Donnerwetter, fast hätte ich's vergessen: *Führt die Gefangenen ab!*«

KAPITEL 7

FRÜHVORSTELLUNG

Direidis Sonne hatte gerade den Zenit erreicht und strahlte nicht mehr durch die breiten Fenster des Hotelrestaurants. Montgomery Scott verspeiste das letzte Roastbeef-Sandwich, rülpste leise und stand auf, mit sich und dem Rest der Welt zufrieden.

Als er zur Tür ging, vernahm er leises Ächzen von einem nahen Tisch. Fähnrich Pavel Chekov saß dort und starrte kummervoll auf einen Teller mit russischen Spezialitäten. Daneben stand ein großes Glas mit Mineralwasser.

»Das kommt davon, wenn man Wodka trinkt«, sagte Scott nicht ganz ohne Mitleid. »Scotch ist viel gesünder.«

»Mr. Scott«, brachte Chekov unsicher hervor, »glauben Sie an Gespenster?«

Der Chefingenieur musterte den jungen Fähnrich — er schien es ernst zu meinen. »Nun, Mr. Chekov, im Weltraum begegnet man vielen seltsamen Dingen, aber ich schätze, ich muß Ihre Frage mit einem klaren Nein beantworten. Ich kann mich nicht dazu durchringen, an Gespenster und dergleichen zu glauben.«

»Ich möchte mich etwas klarer ausdrücken, Sir. Irgendwann während der vergangenen Nacht, als es sehr, sehr dunkel war ... klopfte da ein Geist an Ihre Tür, um Sie zu bitten, kühn dorthin zu gehen, wo noch nie ein Mensch gewesen ist?«

»Auch in diesem Fall lautet die Antwort *nein*, Fähnrich.«

»Das habe ich befürchtet.«

»Kopf hoch, Junge«, sagte Scott. »Kommen Sie. Einen Kater kuriert man am besten, wenn man mit dem anfängt, womit man aufgehört hat.«

»*Dieser* Kater ist verdammt hartnäckig.« Chekov schob den Teller beiseite, erhob sich und folgte Scott in die Empfangshalle.

Zwei in Zivil gekleidete Klingonen kamen ihnen entgegen. »Haben Sie einen Augenblick Zeit, Terraner?« fragte einer von ihnen.

Chekov kaute auf der Unterlippe und sah sich nervös um. Scott lächelte freundlich. »Einen Augenblick können wir sicher erübrigen, Gentlemen.«

»Ich bin Maglus, Sicherheitsoffizier der *Feuerblüte.* Das ist Fähnrich Korth.«

»Montgomery Scott, Chefingenieur der *Enterprise.* Freut mich, Sie kennenzulernen.«

»Pavel Chekov, Fähnrich. Angenehm.«

Sie drehten sich um. Der Portier hatte die Augen zugekniffen und hielt sich die Ohren zu. Nach einigen Sekunden seufzte er, ließ die Hände sinken und fuhr damit fort, die Post zu sortieren.

»Wie wär's mit einem Gläschen?« Maglus zeigte zur Bar. »Wir möchten mit jemandem trinken.«

»Das ist eine *hervorragende* Idee«, entgegnete Scott. »Nach Ihnen, Gentlemen.«

Halbdunkle Stille erwartete sie in der Bar. Die Einrichtung bestand aus Holzmöbeln, und lange Gardinen hingen vor den hohen, schmalen Fenstern. Nur der Barkeeper war zugegen: Er trug Hemd und rote Weste, reinigte Gläser. Die vier Männer bestellten Drinks und nahmen in großen Plüschsesseln Platz.

Etwa eine Viertelstunde lang sprachen sie übers All, Heimathäfen, zu geringen Sold — die üblichen Themen. Dann senkte Maglus die Stimme und sagte: »Gibt es an Bord von Föderationsschiffen für einen Chefingenieur viel zu tun?«

»Genug«, erwiderte Scott aufgeräumt. »Gilt das auch

für den Sicherheitsoffizier an Bord von imperialen Kreuzern?«

»Ich sorge für Ordnung in meinem Schiff«, erklärte Maglus. »Das ist eine sehr wichtige Aufgabe.«

Korths Gesicht wirkte plötzlich verkniffen.

»Vorausgesetzt, die Besatzung benimmt sich daneben«, meinte Scott beiläufig. »Geschieht das häufig?«

»Nicht mehr als einmal.«

»Bestimmt sind Sie sehr beschäftigt, weil Sie dauernd neue Leute bändigen müssen.«

»Mr. Scott ...«, warnte Chekov. »Erinnern Sie sich an das letzte Mal, als Sie ...«

»Und womit vertreibt sich ein Chefingenieur die Zeit?« fragte Maglus. »Werden Sie von vielen Konstruktionsfehlern des Triebwerks auf Trab gehalten?«

»Mein Glas ist leer«, sagte Korth laut. »Möchte sonst noch jemand Nachschub?«

Chekov sah auf sein immer noch halb gefülltes Glas und trank es aus. »Ich. Gehen wir.«

Als sie zur Bar schritten, wurden hinter ihnen die Stimmen der Offiziere immer lauter. »Sklaventreiber!« »Müllschlepper!«

»Haben Sie so etwas schon einmal erlebt?« wandte sich Chekov an seinen klingonischen Kollegen.

»Bereits mehrmals«, sagte Korth. »Glauben Sie, es handelt sich um ein Symptom, das sich ab einem gewissen Alter einstellt? Vielleicht aufgrund der kosmischen Strahlung?«

»Möglich. Oder die Wirkung der künstlichen Schwerkraft auf Blutgefäße im Gehirn.«

»Wie dem auch sei: Maglus ist ein guter Offizier.«

»Mr. Scott ebenfalls. *Nastrowje.*«

»*Kai.*« Sie stießen an. »Da wir hier die einzigen Gäste sind, kann es glücklicherweise nicht zu einer ... zu einer ...«

»Schlägerei?«

»Ja. Dazu kann es nicht kommen.« Korth straffte die

Schultern. »Obwohl ich natürlich bereit bin, für die Ehre meines Schiffes zu kämpfen.«

»Nawerno.«

Chekov und Korth sahen sich an, blickten dann zu Scott und Maglus, die halb aufgestanden waren, sich vorbeugten und einander anschrien. Der klingonische Fähnrich deutete zur Empfangshalle, ließ Zeige- und Mittelfinger über den Bartresen wandern. Chekov nickte. Sie griffen nach ihrer Gläsern und gingen auf leisen Sohlen zur Tür.

»Ach, tatsächlich?« donnerte Maglus und richtete sich so plötzlich auf, daß sein Sessel fast umgestürzt wäre. »Und ich sage: Es gibt nur einen Grund, warum die *Enterprise* noch keinen Schrottplatz ziert — weil mit Kaugummi zusammengehaltene Pappe derzeit schlechte Preise erzielt!«

Die beiden Fähnriche blieben stehen und drehten sich um. »Es war nett, Sie kennenzulernen«, murmelte Chekov niedergeschlagen.

»Ganz meinerseits.«

Sie stellten ihre Gläser ab und näherten sich den Offizieren, die nun beide standen. Jeder von ihnen packte seinen Vorgesetzten am Hemd und holte zu einem K.o.-Schlag aus.

Ein schrilles, ohrenbetäubend lautes Pfeifen erklang, und alle erstarrten.

»Gentlemen!« ertönte eine Stimme. »Dies ist nicht — ich wiederhole: *nicht* — das Verhalten von Gentlemen in einem Gentleman-Club.«

Ein Mann in Trainingsanzug und mit Tropenhelm trat durch die Tür. Er hatte lange Koteletten und hielt eine silberne Pfeife in der Hand.

Scott richtete einen fragenden Blick auf Maglus. Der Sicherheitsoffizier nickte, und daraufhin ließen sie sich los. »Wer sind Sie?«

»Delmar, Sör. Professor Phineas Hale Delmar, Veranstaltungsdirektor des Hotels Direidi. Zu Ihren Diensten.

Ich möchte hinzufügen, daß diese — ich wiederhole: *diese* — Veranstaltung nicht auf dem heutigen Unterhaltungsprogramm steht.«

»So etwas plant man nicht im voraus, Verehrtester«, erwiderte Scott. »Aber wenn Sie mitmischen möchten — hier ist genug Platz.«

»Ich nehme nicht an den Meinungsverschiedenheiten anderen Leute teil, Sör. Ich *organisiere* sie. Nun, Sör, welche Art — ich wiederhole: welche *Art* — von Auseinandersetzung findet hier statt? Krach, Krawall, Prügelei? Geht es vielleicht um Ehre?«

Scott und Maglus musterten sich gegenseitig. »Ja, um Ehre«, bestätigte der Klingone.

»Aye«, sagte Scott.

»Also ein Duell. Und Sie haben Ihre Sekundanten mitgebracht. Sehr umsichtig von Ihnen, meine Herren. Bei uns herrscht Personalmangel.«

Chekov hustete leise.

»Wir brauchen also nur noch die Waffen zu wählen«, fuhr Delmar fort. »Nun, wer von Ihnen ist der Herausgeforderte?«

Stille. Der Mann mit dem Tropenhelm wartete eine Zeitlang. »Nun, wenn Sie nichts dagegen haben, eine *Münze* entscheiden zu lassen ...«

»Ich überlasse die Wahl der Waffen dem Terraner«, brummte Maglus. »Ich bin mit allen Kampfarten vertraut.«

Scott lächelte. »Ach, sind Sie das? Nun gut, Mister Maglus. Dann tragen wir das Duell mit den traditionellen Waffen der Schotten aus.« Er drehte sich um. »Professor, ich glaube, es gehört auch ein Golfplatz zum Hotelgelände, nicht wahr?«

»Achtzehn Löcher und ein ausgezeichneter Rasen, Sör.«

»Unser Feld der Ehre. Mr. Chekov, setzen Sie sich mit der *Enterprise* in Verbindung und sorgen Sie dafür, daß man meine Golfschläger runterbeamt.«

Uhura und Aperokei verbrachten einige herrliche Stunden damit, durch die Stadt zu schlendern, Schaufenster zu betrachten und einem Zauberkünstler zuzusehen, der Münzen hinter Uhuras Ohr hervorholte und eine Taube aus Prokes Jacke zog. Anschließend kauften sie Kuchen an einem Kiosk. Aperokei bekam einen Schwips vom Puderzucker, und sie tranken einen Kräutertee, bevor sie weitergingen.

Über einem Erkerfenster hing ein Schild mit der Aufschrift: INTERESSANTES UND FASZINIERENDES. Hinter der Scheibe lagen seltsame und bizarre Dinge: silberne Schmuckstücke, Kutschen-Uhren, kristallene Briefbeschwerer in der Form von Millefiorigläsern oder mit wirbelndem Schnee gefüllt, komplex gewebte Läufer und etwas, das wie eine Violine mit drei Hälsen aussah.

»Sollen wir hineingehen?« fragte Proke.

»Scheint recht teuer zu sein.«

»Die besten Dinge im Leben sind gratis«, meinte Aperokei. »Aber die teuren Aspekte verdienen zumindest einen Blick.« Er öffnete die Tür für Uhura, und über dem Zugang läutete eine kleine Glocke.

Das Innere des Ladens war vollgestopft mit Objekten aller Art: Holz, Metall, Porzellan, Kristall. Weiter hinten teilte sich ein Perlenschnurvorhang, und ein dicklicher, mittelgroßer Mann kam zum Vorschein. Er hatte einen sorgfältig gestutzten Bart, und eine Lesebrille ruhte tief auf dem Nasenrücken. »Sir, Madam, — guten Tag«, sagte er. »Suchen Sie nach etwas Besonderem?«

»Wir möchten uns nur umsehen«, erwiderte Aperokei.

»Wie Sie wünschen.« Der Ladeninhaber lächelte. »Wenn Sie nach speziellen Gegenständen Ausschau halten ... Ich wüßte gar nicht, wo ich sie hier finden soll. Sehen Sie sich ruhig um.«

Uhura bemerkte eine kleine Harfe aus Silber, nicht größer als ihre Hand, mit bunten Edelsteinen verziert.

Vorsichtig berührte sie die Saiten und vernahm ein angenehmes Klimpern. »Wieviel kostet dieses Musikinstrument?«

»Es müßte eigentlich ausgezeichnet sein. Der Preis ist in unserer Währung angegeben, aber ich rechne gern für Sie um.«

Uhura drehte die Harfe, las das Etikett an der Rückseite und schnappte nach Luft. »Eintausendeinhundertvierzig. Ich schätze, das ist zuviel für mich.«

»Einen Augenblick.« Der Ladeninhaber holte einen Taschenrechner hervor und drückte Tasten. »Ah, in der Föderationswährung beträgt der Preis zwei Credits.«

»Zwei Credits?« entfuhr es Uhura.

»Ich feilsche gern, Madam. Machen Sie mir ein Angebot.«

»Aber ... nur zwei Credits für *dies?*«

Der Mann schüttelte den Kopf. »Nein, nein, Madam, Sie verstehen nicht ganz. Ich sage: ›Zwei Kredite.‹ Und Sie antworten: ›Für diesen Flitter, diesen Tand, diese Bagatelle? Fünfzig Centicredits und mehr nicht.‹ Ich sage: ›Für ein Kunstwerk von so einzigartiger Schönheit? Sie belieben zu scherzen, Madam. Eins fünfundneunzig.‹ Sie erhöhen auf sechzig. Und so geht es weiter, bis wir uns bei etwa dreiundneunzig Centicredits einigen.«

Uhura drehte die Harfe hin und her. »Ich habe einmal zehn Credits für einen kleinen Pelzball bezahlt ...«

»Sprechen Sie von Tribbles, Madam? Schreckliche Biester, vom Standpunkt eines Geschäftsmanns aus betrachtet. Bestimmt erkennen Sie das Problem: Man kann nur *einen* Tribble verkaufen. Anschließend, äh, ist der Markt innerhalb kurzer Zeit gesättigt. Tribbles sind ausgesprochen antikapitalistisch.«

»Ich finde diese Harfe wunderschön«, sagte Uhura. »Und ich verstehe nicht, wieso Sie einen derartigen Preis dafür verlangen.«

»Schon besser, Madam! Sie wollen mich ruinieren, zweifellos. Aber ich habe ein weiches Herz für Leute, die Schönheit erkennen und bewundern. Einundneunzig Centicredits.«

»Entschuldigen Sie bitte«, warf Aperokei ein. Er hielt ein in Leder gebundenes Buch und flüsterte heiser: »Haben Sie eine, hmmm, Erstauflage von *Ben Hur* mit einer fehlenden Zeile auf Seite 126?«

»Nein, ich bin ziemlich sicher, das ist nicht der Fall.«

»Hmmm. Wie wär's mit Kushners *Swordspoint* in der Mapback-Ausgabe?«

»Ich fürchte, da muß ich ebenfalls passen, Sir. Versuchen es bei Howard, dem Buchhändler, zwölf Türen weiter.«

»Er hat sie auch nicht«, sagte Aperokei, und nun klang seine Stimme wieder normal. »Solche Bücher haben nie existiert.«

»Nein?« Der Ladeninhaber runzelte verwirrt die Stirn.

»Nein.« Proke wandte sich an Uhura. »Wissen Sie, was dieser Witzbold ist, Engelchen?«

»Was ist er?«

»Was bin ich?« fragte der Mann gefährlich leise.

»Ein Hehler. Alle Sachen in diesem Laden sind gestohlen.«

»Oh, dem Himmel sei Dank.« Der Ladeninhaber ließ den angehaltenen Atem entweichen. »Ich dachte schon, Sie hielten mich für einen Pfandleiher.«

Uhura blickte auf die kleine Harfe hinab. »Was durchaus einen gewissen Sinn ergäbe.«

»Aber es ist natürlich Unsinn«, versicherte der Mann. »Ich gebe zu, daß ich für die Gegenstände in diesem Geschäft nichts bezahlt habe ...«

»Ah-*ha!*« sagte Aperokei.

»... doch sie sind mein legitimes Eigentum. Ich glaube, ich sollte Ihnen etwas erklären.« Der Ladeninhaber trat hinter dem Tresen hervor. »Der Einzelhandel ist nur ein Hobby für mich. Ich bin in erster Linie Frachtbroker und habe Kontakt zu allen wichtigen interstellaren Börsen. In diesem Teil der Galaxis wird kaum etwas transportiert, ohne daß ich Prozente bekomme.«

Er öffnete einen Schrank aus Holz, und darin stand ein uralter Phonograph mit großem Schalltrichter. Als er eine Kurbel drehte, geriet die schwarze Scheibe auf dem antiken Gerät in Bewegung. Der Mann senkte einen Metallarm darauf herab, und blecherne Musik erklang aus dem Trichter. Dann sang er:

»Als ich ein junger Bursche war, teilte mir mein
 Vater mit:
›Wirf dein Leben nicht fort, indem du immer nur
 strebst nach Profit.
Um an den blühenden Blumen zu schnuppern,
 mach die Runde.
Vergeude an jedem Tag mindestens eine Stunde.‹
Ich habe versucht, zu beherzigen meines Vaters
 Rat.
In der Stadt trieb ich mich herum, ohne Tat.
Bis ich eines Tages die *Bank* sah, und etwas in
 mir begann zu tanzen.
Es schlug mich in seinen Bann der Sirenengesang
 von Bilanzen.
Ich fütterte nicht mehr im Park die Taubenschar,
Griff nach Krawatte und Hut, und Buchhalter ich
 war.

An jenem Tag von Prozenten und Anteilen ich
 erfuhr,
Jenem kleinen Extra, das beim Abschluß von
 Geschäften fällig wird nur.
Manche nennen es Provision, Courtage oder
 Vermittlungsgebühr.
Warum sollte nicht ich das Geld bekommen dafür?

Ich begann mit einfachen Dingen, mit Weizen
und Korn, das lag nah.
Ich betätigte mich auch als Reeder, wenn ich eine
Gelegenheit dazu sah.
Mehrere Frachter gehörten mir sodann,
Und ich bot auch Versicherungen an.
Gebühren für den Versand, beim Empfang der
Zoll,
Zusätzliche Zahlungen für den Transport
man verlangen soll.
Dann die Wertminderung, und Spesen sich
hinzugesellen.
Ich muß darauf achten, mir selbst nicht zuviel in
Rechnung zu stellen.
Es mag kompliziert sein und kaum elegant,
Aber was ich nicht entwirren kann, bleibt
auch dem Steuerbeamten unbekannt.
Prozente für den Handel, Prozente fürs Geschäft
man einbehält.
Etwas hier und etwas dort — auf diese Weise kommt
man schnell zu Geld.
Böse Zungen sprechen von Korruption,
Aber es läßt sich nicht leugnen: Das Leben macht
weitaus mehr Spaß mit Provision.

Mein Vater versteht mich nicht, und er sagt
mir ganz offen,
Ich sei ein herzloser Geschäftemacher und die
Familie betroffen.
Wenn ich ihn besuche, so höre ich immer: ›Kehr
heim alsbald
Und nimm Platz, wo Tauben gurren und die Nächte
sind sauber und kalt.‹
Ich gerate in Versuchung, doch dann denke ich
wieder ans Verdienen und möchte nach Haus'.
Mit einem Taxi fahre ich zurück, und ich steige
nicht ohne Quittung aus.

Ich hasse es, undankbar zu sein, aber mir gefällt
meines Daches Segen.
Es hält den Mondschein fern — und auch den Regen.
Doch es ist noch etwas übrig von meinem einstigen
Leben:
Mir gehören die blöden Tauben, und der verdammte
Park ist mir mit Pacht gegeben!

Sie behaupten, daß mein Leben nur aus Prozenten
und Gebühren besteht,
Und vielleicht haben Sie recht, sofern es darum
geht.
Wenn ich tatsächlich nur bin ein klimpernder
Mammonhaufen,
So kann ich einen Teil der Zinsen nutzen, um
Interesse an mir zu kaufen.«

Die Nadel kratzte zur Scheibenmitte, und der Ladeninhaber hob den Metallarm des Phonographen.

»Was Sie hier sehen ...« — er vollführte eine umfassende Geste, die allen ausgestellten Objekten galt —, »... sind Extras. Geschenke. Zeichen der Anerkennung für gelungene Transaktionen. Gegenständlicher Ausdruck für Dankbarkeit.« Er griff nach einer Ballettänzerin aus Porzellan. »Kleine Dinge, die angeblich sehr halsstarrige und sture Frachterkommandanten zu Kompromissen veranlaßten. Nun, in manchen Fällen dienten sie direkt zur Bestechung. Sir, Madam ... Bei jedem Geschäftsabschluß bekomme ich eins dieser hübschen und völlig nutzlosen Artefakte. Und ich schließe sehr *viele* Geschäfte ab. Ich habe *Tonnen* davon. Deshalb der Laden — um das Zeug loszuwerden.«

»Und deshalb Ihre niedrigen Preise«, fügte Uhura hinzu.

»Sie haben es erraten, Madam. Die Differenz setze ich als Verlust von den Steuern ab, was eine *erhebliche* Ersparnis bedeutet. Ganz zu schweigen davon, daß es mir der Einzelhandel ermöglicht, interessante Leute wie Sie kennenzulernen.« Er berührte die Harfe in Uhuras Hand. »Haben Sie zufällig eine Zehntelcredit-Münze dabei, Madam, Sir? Mit anderen Worten: Wollen Sie einen Groschen dafür springen lassen?«

Aperokei lachte. »Einverstanden.« Er warf die Münze hoch und schnippte sie dann dem Ladeninhaber zu. Der Mann fing sie auf, hielt sie ins Licht und biß auf das Metall. »An die Dame verkauft, für zehn Centicredits. Ich packe die Harfe rasch ein — dadurch entstehen Ihnen keine zusätzlichen Kosten.«

Uhura stopfte die kleine braune Papiertüte in ihre Umhängetasche. Proke öffnete die Tür für sie, die kleine Glocke darüber läutete — und sie verließen den Laden.

Einen halben Block weiter taumelte ihnen jemand entgegen, der eine braune Lederweste trug. Der Mann hatte blaue Haut, und zwei Fühler mit flachen, scheibenförmigen Erweiterungen wuchsen ihm aus dem Kopf: ein Andorianer. Er stieß gegen Aperokei.

»Fast da ...«, brachte der Andorianer hervor und brach in Prokes Armen zusammen.

Der Klingone ließ ihn behutsam zu Boden sinken, und dabei löste sich ein andorianischer Fühler. Darunter kam ein Fleck rosaroter Haut zum Vorschein. Aperokei starrte auf seine Hände. An der einen klebte Blut, an der anderen blaues Make-up.

Er drehte den ›Andorianer‹ herum: Der Griff eines Messers ragte aus dem Rücken der Leiche. Proke sah Uhura an; sie hatte entsetzt die Augen aufgerissen. Mehrere Passanten kamen näher. Einer von ihnen keuchte. Ein anderer schrie.

»Was ist hier los?« ertönte es. Eine Frau in blauer Uniform bahnte sich einen Weg zu Uhura und Aperokei, die neben dem Toten knieten.

»Sind Sie Polizistin?« fragte der Klingone und stand auf.

»Ja. Wer sind Sie? Und was haben Sie hier angestellt?«

»Wir sind völlig schuldlos«, sagte Uhura. »Der Mann taumelte auf uns zu ...«

»Weshalb?«

»Keine Ahnung.«

»Ach? Er kam näher, und Sie haben ihn einfach umgebracht?« Die Polizistin musterte Uhura und Proke aus zusammengekniffenen Augen. »Gehören Sie zu den Außenweltlern?«

»Ja.«

Ein großer, sehr schlanker Mann in einem schwarzen Regenmantel schob sich an den Passanten vorbei und zeigte der Uniformierten einen Ausweis. »Skorner, vom Bureau. Was geht hier vor?«

»Sir, diese Frau hat gerade zugegeben, daß sie den Andorianer ermordet hat.«

»Das ist nicht wahr!«

»Leugnen Sie etwa, ›ja‹ gesagt zu haben?«

»Ja! Nein, ich meine ... Er ist überhaupt kein Andorianer!«

»Wechseln Sie nicht das Thema.«

»Ich bin sicher, hier liegt ein Mißverständnis vor«, sagte Skorner höflich. »Diese Leute sind Gäste der Regierung. Wir sollten Aufsehen vermeiden.« Er hob die Hand, und eine Taxikutsche hielt in der Nähe.

»Es handelt sich um eine Regierungsangelegenheit«, sagte der Dürre. »Wir kümmern uns darum.«

»Wie Sie meinen«, erwiderte die Polizistin. »Die beiden Verdächtigen gehören Ihnen.«

Zusammen mit Skorner half sie Uhura und Aperokei, in die Kutsche einzusteigen. Dort saßen sich die beiden Außenweltler gegenüber.

»Wenn ich mir das von Ihnen ausleihen könnte, Wachtmeisterin ...«, sagte der Dürre. »Danke. Ich wünsche Ihnen einen guten Tag.«

Uhura beugte sich vor, um festzustellen, was draußen

geschah. Der dünne Mann sah zur Kutsche auf. »Entschuldigen Sie bitte«, meinte er freundlich. »Haben Sie es beide bequem?«

»Einigermaßen«, erwiderte Proke.

»Gut, gut. Würden Sie mir bitte helfen?«

Uhura und Aperokei streckten die Hand aus, um dem Dürren das Einsteigen zu erleichtern. Aber Skorner wollte ihnen gar nicht Gesellschaft leisten: Er schloß Handschellen um Prokes rechtes und Uhuras linkes Handgelenk. Dann lächelte er zufrieden, warf die Tür der Kutsche zu und rief: *»Los!«* Der Mann auf dem Kutschbock schwang seine Peitsche, und das Gefährt setzte sich in Bewegung.

McCoy, Sulu, Askade und Memeth befanden sich in einer Zelle, irgendwo unter dem Palast der Schwarzen Königin. Die Kammer wies sogar einen gewissen Komfort auf und verfügte über eine Hygienezelle in einer halb abgetrennten kleinen Nische. Memeth und Sulu erwogen verschiedene Möglichkeiten, jene geringfügige Privatsphäre zu nutzen, um aus dem Verlies zu fliehen — es ging dabei um akrobatische Sprünge und die Überwältigung von einem halben Dutzend Wächtern. McCoy hörte eine halbe Stunde lang zu und schlug vor, sie sollten in den Abfluß tauchen, durch die Kanalisation schwimmen und Hilfe holen.

Auf der anderen Seite des Korridors gab es eine weitere Zelle, und darin ruhte ein humanoides Skelett. Am Ende des Ganges stand ein hünenhafter Mann, der einen Brustpanzer trug. Eine Kapuze reichte ihm tief in die Stirn und ließ nur seinen Mund erkennen, der in einem fröhlichen Grinsen erstarrt zu sein schien. Der Wächter stützte sich auf ein riesiges Schwert mit krummer Klinge, und alle zehn Sekunden strich er mit dem Daumen über die Schneide. »... aber im Vergleich mit anderen Kerkern, in denen man mich untergebracht hat, ist es hier gar nicht so schlecht«, sagte McCoy.

»Wollen Sie zu unseren Fluchtplänen auch weiterhin nur sinnlose Kommentare beisteuern?« erkundigte sich Memeth.

»Nun, wenn Sie mich so fragen ...«

»Jemand kommt«, flüsterte Sulu.

Sie hörten, wie eine schwere Eisentür geöffnet wurde, und dann erklangen leichte Schritte. Eine Frau wanderte durch den Korridor, gekleidet in ein goldenes, exotisch wirkendes und außerordentlich knappes Gewand. Vor der Zelle blieb sie stehen und verneigte sich tief.

»Können wir Ihnen irgendwie helfen?« McCoy musterte die junge Dame interessiert.

»Ich bin Gladiola, Küchensklavin. Man hat mich beauftragt, Eure Nahrungswünsche entgegenzunehmen.« Sie griff in ihre winzige Schürze, holte grünes Papier und einen Stift hervor. »Habt Ihr bereits eine Wahl getroffen, oder möchtet Ihr lieber die Speisekarte zu Rate ziehen?«

»Spai'sekar'the?« wiederholte Memeth.

»Khidiolev«, sagte Askade, und der Truppenführer schüttelte den Kopf.

»Die Blaue Platte ist heute besonders empfehlenswert«, fuhr Gladiola fort. »Obwohl ich zugeben muß, daß mir der Grund für diese Bezeichnung ein Rätsel ist, denn die Mahlzeit für Eure Eminenzen wird keineswegs auf blauen Tellern serviert.«

McCoy räusperte sich. »Wenn Sie mir diese Frage gestatten ... Wer leitet Ihre Küche?«

»Oh, das ist eine wahrhaft faszinierende Geschichte«, erwiderte Gladiola.

»Etwas in der Art habe ich befürchtet«, murmelte McCoy.

»Vor vielen Jahren brachte Königin Janeka den Wunsch zum Ausdruck, ihre Küche sollte dem Beispiel der großen Häuser des Sternenvolkes folgen. Bei einem wagemutigen Überfall entführten ihre Soldaten einen berühmten Koch — das Restaurant trug sogar seinen Namen und hieß ›Jacks Mampfstube‹. Die Folterer der Königin rangen Jack alle kulinarischen Geheimnisse ab, die er und sein Orden hüteten.«

»Sein Orden?« entfuhr es Sulu neugierig.

»Fragen Sie nicht«, ächzte McCoy leise. »Um Himmels willen: Fragen Sie nicht!«

»Der Schnellimbiß-Orden, wahrlich«, entgegnete die junge Frau ernst.

»Das genügt«, brummte Memeth. »Ich nehme ein halbes Hähnchen.«

»Und ich Fleisch mit Soße, dazu Brot und Gemüse«, ließ sich Askade vernehmen.

»Das Sandwich des legendären Landes Manhatten?« hauchte Gladiola ehrfürchtig.

Sulu bestellte ein Steak.

»Nun, Schätzchen«, sagte McCoy, »diese Herren scheinen nicht zu wissen, was gut schmeckt. Ich möchte einen extra großen Cheeseburger, Pommes frites, ein Stück Torte und starken Kaffee.«

Gladiola bebte am ganzen Leib. »Seid Ihr der Bestimmte?«

»Hmm?«

»Seit einer Generation heißt es, eines Tages käme Er, um einen Schießbörger und Starken Kaffee zu bestellen. Und wahrlich, Er wird uns alle aus dem Reich des Backfetts in die Freiheit führen.«

»Ich mache jetzt ein Nickerchen, Jungs«, sagte McCoy. »Weckt mich, wenn die Fressalien kommen.«

»Und fürwahr«, raunte Gladiola, »der Bestimmte ist müde und schläft vor der Mahlzeit.«

»Sie planen einen Aufstand?« vergewisserte sich Askade. »Sie wollen sich gegen die Königin erheben? Stehen Ihnen Waffen zur Verfügung?«

Sulu deutete in Richtung des Wächters, der noch immer mit dem Daumen über die Schwertklinge strich, forderte seine Begleiter dann auf, leiser zu sprechen.

»Wir haben die Messer und Teigrollen unserer Zunft«, antwortete Gladiola. »Und wir schrecken nicht davor zurück, sie zu benutzen.«

»*Toy'wipu daw'moy?*« knurrte Memeth.

»*Kha'dibayh g'dayu ngem?*« erwiderte Askade und sah die junge Dame an. »Na schön. Bringen Sie uns das Essen. Und seien Sie für den Kampf bereit.«

»Euer Gnaden.« Gladiola verneigte sich, schob den Stift hinters Ohr und eilte fort.

Askade rüttelte McCoy an der Schulter. »Aufwachen, Heiler.«

»Ich schlafe gar nicht. Glauben Sie, wir können eine Revolte der Küchensklaven anführen?«

»Bedienstete sind aufgrund ihrer Kraft nützlich. Es wäre närrisch, diese Kraft zu vergeuden. Beabsichtigen Sie, uns zu helfen?«

McCoy setzte sich auf. »Nun, ich wollte mich mit einem entsprechenden Hinweis an Sie wenden, bevor wir unterbrochen wurden. Ich kann einen konkreten Beitrag für unsere Flucht leisten.« Er zog einen Injektor aus dem Ärmel. »Es ist mir gelungen, sechs Dosen Vergißschnell zu behalten. Das stärkste Betäubungsmittel in diesem Teil der Galaxis.«

»*Kai* dem Heiler«, sagte Askade und lachte. Der Wächter spähte in die Zelle, bemerkte nichts Verdächtiges und kehrte auf seinen Posten zurück.

Etwa dreißig Minuten lang wanderten sie in der kleinen Kammer umher und unterhielten sich leise — bis Gladiola mit einem Tablett kam. »Öffnest du bitte die Tür, o mächtiger Krieger der Königin, damit ich den Eminenzen Speis und Trank bringen kann?«

»Schieb das Zeug durchs Gitter«, grollte der Hüne.

Die junge Frau nahm den Steakteller und reichte ihn Sulu. »Was unternehmen wir jetzt?« flüsterte sie. »In der Küche warten alle auf das Zeichen.«

»Versuchen Sie, den Wächter abzulenken«, entgegnete Sulu leise.

Gladiola runzelte verwirrt die Stirn, nickte dann, griff nach dem Tortenstück und warf es dem Krieger mit einem zaghaften »Entschuldigung« ins Gesicht.

Der Wächter brüllte und stürmte los. Obststücke und Sahne klebten vor seinen Augen, und er taumelte unsicher. Mit der einen Hand hielt er sich an einer Gitterstange fest, und mit der anderen tastete er nach der zitternden Frau.

McCoy preßte das kleine Injektionsgerät an den Arm des Hünen. Es zischte, und ein dumpferes Seufzen wie von entweichender Luft erklang, als der Wächter zu Boden sank.

»Die Schlüssel«, sagte Memeth, und Gladiola nickte erneut. Unglücklicherweise hing der Schlüsselring vorn am Gürtel des Kriegers, und nun lag er unter einem hundertfünfzig Kilo schweren Körper. Gladiola versuchte, den Betäubten herumzurollen, während die Gefangenen ihre Hände durchs Gitter streckten, um ihr zu helfen.

»Was ist dort unten los?« ertönte eine Stimme von der Treppe.

»Nichts!« rief McCoy.

Stiefel pochten über die Stufen. Weitere Wächter näherten sich. »War einen Versuch wert«, brummte der Arzt.

Gladiola warf den Soldaten das halbe Hähnchen entgegen. Einer von ihnen rutschte auf der Sahne aus und ruderte mit den Armen, um das Gleichgewicht zu wahren. McCoy bekam einen zu fassen, hielt den Injektor daran ... Es zischte, und ein zweiter Mann schlief ein.

»*Hab* ihn!« triumphierte Sulu und zog den Schlüsselring unter dem Hünen hervor. Unterdessen verteidigte sich Gladiola mit Cheeseburger und Prommes frites.

Sulu steckte den richtigen Schlüssel ins Schloß, drehte ihn ... Die Tür schwang auf. Memeth war mit einem Satz über die beiden betäubten Wächter hinweg, duckte sich wie ein Baseballwerfer ... In seinem Körper *knackte* etwas, und der letzte Soldat sauste durch den Korridor, bis eine Mauer seinen unfreiwilligen Flug beendete.

Die Außenweltler nahmen den Bewußtlosen die Schwerter ab und liefen mit Gladiola durch den Gang. »Wo geht's nach draußen?« fragte Sulu.

»Nach draußen?« erwiderte die junge Frau verdutzt.

»Sie wissen schon ...« McCoy gestikulierte. »Ins Freie. An die frische Luft und so.«

»Ich bin nie ›draußen‹ gewesen«, sagte Gladiola. »Aber der Tunnel, den die Krieger der Königin bei ihrem wagemutigen Überfall benutzten — er befindet sich dort drüben.«

»In Ordnung«, knurrte Memeth. Er grüßte Sulu mit hoch erhobener Klinge, und dann hasteten die beiden Männer durch den Korridor. Die anderen folgten ihnen dichtauf.

»Jetzt!« rief jemand, und ein Seil spannte sich in Wadenhöhe.

Memeth stolperte. Sulu stolperte. McCoy stieß gegen Memeth. Gladiola versuchte, Sulu auszuweichen, brachte Askade zu Fall und prallte gegen McCoy. Alle fielen zu Boden.

Man warf ein Netz über den Haufen, dann noch eins. Stricke wurden festgezogen, Schwerter drohten.

»Das wird der Königin *nicht* gefallen«, sagte ein Wächter.

Sicherheitsoffizier Maglus und Chefingenieur Scott standen an der ersten Abschlagstelle des Golfplatzes hinter dem Hotel Direidi. Professor Delmar beobachtete Korth und rückte ebenfalls die Tasche mit den Golfschlägern zurecht. In der Ferne flatterte das Fähnchen am ersten Loch. Der Himmel war blau, der Rasen grün. Die Wasserhindernisse erschienen tief und einladend.

»Heute weht ein steifer Kentucky-Wind, Gentlemen«, sagte Delmar. »Wo — ich wiederhole: *wo* — ist Ihr Sekundant, Mr. Scott?«

»Wie ich Mr. Chekov kenne ... Wahrscheinlich steckt er bis zum Hals in Schwierigkeiten.«

»Hier bin ich«, verkündete der Russe und hob einen alten Lederbeutel mit Golfschlägern aus Hickoryholz. Er trug eine weite Knickerbockerhose und eine runde, karierte Wollmütze mit langer scharlachroter Troddel.

»Mich laust der Affe!« entfuhr es Scott. »Woher haben Sie diese Kleidung?«

»Als die Golfschläger heruntergebeamt wurden, kam es zu einem geringfügigen Koordinatenfehler«, erwiderte Chekov. »Sie landeten in einer großen Schlammlache. Die Hotelwäscherei ...«

Der Chefingenieur prüfte den Inhalt der Tasche. »Es scheint alles in Ordnung zu sein.«

»Danke, Sir.«

Scott zog einen Reißverschluß am Beutel auf und griff nach einem langen Schal. »Mein Jagdtartan«, erklärte er, wickelte sich ihn um den Hals und zupfte an Chekovs Mütze. »Wußte gar nicht, daß Sie zu einem Royal Stewart berechtigt sind.«

»Können wir jetzt beginnen?« fragte Maglus.

»Gewiß, Sör«, bestätigte Delmar. »Sollen wir eine Münze entscheiden lassen, wer den ersten Schlag führt?«

»Ich überlasse ihn Mr. Maglus«, sagte Scott großzügig.

»Nun gut, Sör. Wenn Sie mich jetzt entschuldigen würden ... Ich muß noch einige andere, äh, amüsante Veranstaltungen vorbereiten.« Er klopfte sich kurz an den Tropenhelm und schritt fort.

Maglus griff nach dem Schläger Nummer Eins. Mehrmals holte er damit aus, schwang das Ding wie eine Machete und wirkte dabei mindestens ebenso gefährlich.

Korth legte den Ball auf die Abschlagstelle. Maglus trat heran, blickte in die Ferne, zum mehr als vierhundert Meter entfernten ersten Loch. Er hob den Schläger wie eine Keule, schrie und schlug zu.

Der Ball flog in einer perfekten Kurve: nicht zu dicht an den Bäumen vorbei, über den Bunker hinweg. Schließlich fiel er auf den Rasen, rollte ein wenig und blieb kaum dreißig Meter vom Ziel entfernt liegen.

Scott blinzelte und sah Chekov an. Der Fähnrich hatte die eine Hand so fest um den Trageriemen der Golftasche geschlossen, daß die Knöchel weiß hervortraten, und mit der anderen hielt er die Wollmütze fest.

»Tja, Montgomery Scott«, sagte der Chefingenieur zu sich selbst. »Du solltest eigentlich wissen, daß es riskant sein kann, sich mit Fremden auf Wetten einzulassen.« Er legte Chekov die Hand auf die Schulter. »Kommen Sie, Junge. Legen Sie mir den Ball zurecht.«

Die schwarze Kutsche mit Uhura und Aperokei fuhr ziemlich schnell und wackelte dauernd. Die sich zwischen den Armen der beiden Gefangenen spannende Kette rasselte leise. »Was nun?« fragte Uhura.

»Ganz offensichtlich müssen wir hier raus — um anschließend festzustellen, wer uns in die Falle gelockt hat.«

»Glauben Sie, es handelt sich um eine abgekartete Sache?«

»Engelchen, ich habe jeden Hitchcock-Film mindestens dreimal gesehen, darunter auch die beiden Versionen von *Der Mann, der zuviel wußte.* Außerdem kenne ich *Der unsichtbare Dritte* in- und auswendig.« Proke deutete auf die Handschellen. »Robert Donat und Madeleine Carroll in *Die neununddreißig Stufen.*«

»Na schön.« Uhura war weitaus mehr verärgert als besorgt. »Sie kennen das Drehbuch. Wie lautet mein Text?«

Aperokei schien sich zu entspannen. »Das liegt ganz bei Ihnen, Engelchen. Ich improvisiere. Wie wär's mit: ›Meine Mutter hat mich davor gewarnt, mit Handschellen an einen Mörder gefesselt zu werden, ohne daß ich ihm in aller Form vorgestellt worden bin.‹?«

»Sie sind kein Mörder, oder?«

»Zumindest *noch* nicht. Aber das sollen Sie erst später herausfinden, wenn es keine Rolle mehr spielt. Derzeit halten Sie mich für einen verzweifelten Mann, der zu allem fähig ist. Es sei denn natürlich, dies ist der *Unsichtbare-Dritte-Plot.* In dem Fall wissen Sie, daß ich unschuldig bin, aber das dürfen Sie sich nicht anmerken lassen, um zu vermeiden, Ihre geheime Identität preiszugeben.«

Uhura lachte unwillkürlich. »Ich habe keine geheime Identität.«

»Schade. Mit einer geheimen Identität ist alles viel interessanter.«

»Heraus damit: *Sind* Sie ein verzweifelter Mann?«

»Ich werde es bald sein, wenn ich weiterhin so sitze. Darf ich neben Ihnen Platz nehmen?«

»Erst nachdem wir uns in aller Form vorgestellt haben.«

Proke lächelte, stand halb auf und hob die freie Hand zu einem imaginären Hut. »Aperokei tai-Rensa, unschuldiger Zuschauer und in einem tödlichen Intrigennetz gefangen. Zu Ihren Diensten.«

»Nyota Uhura, ebenfalls ohne Schuld. Setzen Sie sich, tai-Rensa. Aber wenn Sie etwas anstellen, breche ich Ihnen den Arm.«

»Ich bin entzückt.« Proke ließ sich neben Uhura sinken. Er hatte nicht viel Platz, doch wenigstens brauchten sie die Arme nicht mehr ausgestreckt zu halten. »Wenn ich hier drin etwas ›anstelle‹, breche ich mir das Genick.«

»Was *machen* wir jetzt?«

»Ist doch ganz klar: Wir fliehen. Anschließend ... hm. Wenn sich diese Sache an die übliche Hitchcock-Dramaturgie anlehnt, sollten wir vermutlich nach einem hohen Ort Ausschau halten. Sie haben nicht zufällig etwas gesehen, das dem Mount Rushmore ähnelt, oder?«

»Nein. Aber wahrscheinlich gibt's einen Glockenturm

im Schloß. Und ich nehme an, wir sollten Duschen meiden, stimmt's?«

»Von Duschen müssen wir uns *unbedingt* fernhalten.«

Aperokei zog die Gardine am Fenster beiseite. Die Kutsche rollte nun durch eine schmale Gasse; zu beiden Seiten waren die Mauern nur einen halben Meter entfernt. »Es scheint keine besonders gute Idee zu sein, nach draußen zu springen.«

»Freut mich, daß Sie diese Ansicht teilen.«

»He, wir sind ein Team, nicht wahr?« Proke deutete auf die Kette zwischen den Handschellen. »Niemand von uns geht allein irgendwohin.« Er strich mit der Stiefelspitze über den Boden. »Eine Flucht nach unten kommt offenbar nicht in Frage.« Er sah zu der kleinen Luke im Dach, die es erlaubte, mit dem Kutscher zu sprechen. Allerdings durchmaß sie nur etwa zwanzig Zentimeter und eignete sich kaum dazu, ins Freie zu gelangen.

Uhura nahm einen Kommunikator aus ihrer Umhängetasche. »Sollen wir um Hilfe rufen?«

»Ein ausgezeichneter Vorschlag.« Aperokei zog seinen eigenen Kommunikator vom Gürtel. »Wer als letzter eine Verbindung herstellt, bezahlt die Getränke.«

Sie öffneten die Geräte, und in beiden Fällen erklang nur ein zirpendes Pfeifen.

»Die Dilithiumstrahlung?« spekulierte der Klingone. »Oder sind die Frequenzen blockiert?«

»Es klingt nach der zweiten Möglichkeit. Hören Sie.« Uhura drehte einen Regler, und das Zirpen wiederholte sich.

»Mit einem guten Fokussierer wären wir imstande, die Störsignale zu überlagern.«

»Und mit einem Phaser könnten wir uns den Weg freischießen.«

»Ja. Hm, ich frage mich, ob die Direidi darüber Bescheid wissen ...«

»Wie meinen Sie das?«

»Kennen sich die Bewohner dieses Planeten mit Strahlern aus? Haben Sie jemals Direidi gesehen, die Phaser oder Intervaller benutzen? Weder die Polizistin noch der Skorner-Typ trug eine solche Waffe.«

»Da Sie es jetzt erwähnen ... Auch mir ist nichts dergleichen aufgefallen.« Uhura betrachtete ihren Kommunikator und blickte dann zur kleinen Luke. »Hmmm.«

»Meiner eignet sich besser dafür«, sagte Aperokei und drehte das dreieckige klingonische Kom-Gerät. »Sieht gefährlicher aus.«

»Der gefährliche Teil kommt erst noch.«

»Was kann schon passieren?« erwiderte Proke. »Höchstens lacht man uns aus.«

»Oder ›man‹ fühlt sich bedroht und schießt.«

»Zugegeben. Sollen wir's trotzdem versuchen?«

»Ja.«

Sie hoben die mit Metallschellen gefesselten Hände und klappten die Luke auf. Aperokei preßte seinen Kommunikator an den verlängerten Rücken des Kutschers. »Also gut, Freundchen. Dies ist ein Energieprojektor Modell Mark 34 — die leistungsfähigste Miniaturwaffe im bekannten Universum. Ich rate dir, an einer stillen Ecke zu parken, wenn du nicht mit Sternenlicht vollgepumpt werden willst.«

Der Kutscher nickte hastig und gehorchte. Uhura öffnete die Tür und stieg zusammen mit dem Klingonen aus. Proke wandte sich an den Mann auf dem Kutschbock. »Deine Hände bleiben hübsch oben. Wenn du glaubst, daß dich ein bißchen Holz vor diesem Ding schützt, so erlebst du eine *heiße* Überraschung.«

Sie traten hinter die Kutsche. Plötzlich griff der Mann vorn nach den Zügeln und rief *»Ho!«* Die Droschke sauste fort und verschwand auf zwei Rädern hinter der nächsten Ecke.

»Über was lachen Sie?« fragte Aperokei.

»Über Sie. Es tut mir leid — Sie hatten so großen Spaß daran.«

»Ja«, brummte Proke. »Sie haben recht.« Er starrte auf seinen Kommunikator. »Im Imperium bekommt man nur selten Gelegenheit dazu.«

»Und jetzt?« erkundigte sich Uhura nach einer Weile. »Der Kutscher flieht nicht ewig.«

»Ich weiß. Wenn er die Flucht beendet, sind sie wieder hinter uns her — wer auch immer ›sie‹ sind.«

»Eine Fahndung der Polizei? Ist jener Skorner tatsächlich ein Beauftragter der Regierung?«

»Mir sind ebenfalls einige Zweifel gekommen. Andererseits: Die Einheimischen haben sich von Anfang an ziemlich seltsam verhalten. Sollen wir noch einmal versuchen, einen Kom-Kontakt mit unseren Schiffen herzustellen?«

Aber auch diesmal blieben ihre Bemühungen ohne Erfolg. Proke kratzte sich am Kopf. »Und wenn wir die Signale superponieren?«

»Ich habe bereits auf Superheterodyn umgeschaltet, bekomme jedoch nur Statik auf allen Frequenzen.«

»Hm. Und wenn wir eine Arsos-Brücke schaffen?«

»Diesen Ausdruck kenne ich nicht ... Oh, Augenblick. Zwei Transtatoren, die als Verstärkereinheit fungieren? Wir bezeichnen so etwas als Gentry-Ring. Geben Sie mir Ihr Gerät und ...« Uhura unterbrach sich, als sie das breite Grinsen des Klingonen bemerkte.

»Was finden Sie so lustig?«

»Ich habe gerade nachgedacht, Engelchen. Wollen wir die Hände in den Schoß legen und einfach abwarten, während die Computer dort oben unser Problem lösen?«

»Wovon reden Sie da?«

»Vom Schwarzen Vogel, Engelchen. Vom Baskerville-Geheimnis. Von der mysteriösen Arche, der Maske von Fu Manchu. Jemand hat uns vor ein echtes, konkretes Rätsel gestellt, und ich glaube, wir sollten es lösen. Stimmen Sie mir zu?«

»Ich ... Da kommt jemand.«

Drei in weiße Tücher gehüllte Gestalten schritten durch die Gasse. Zwei hielten sich aufrecht, doch die dritte ging vornübergebeugt.

Uhura und Proke steckten ihre Kommunikatoren ein, verbargen die Handschellen unter den Ärmeln und drehten sich um. Hand in Hand wanderten sie in die andere Richtung.

»Entschuldigen Sie«, erklang eine Stimme hinter ihnen.

»Wir gehen weiter«, flüsterte Proke.

»Bitte *warten* Sie.«

»Sie scheinen nicht zu unseren Verfolgern zu gehören«, hauchte Uhura.

»Gute Verfolger wirken immer harmlos.«

»Es ist unlogisch, daß Sie uns ignorieren«, ertönte eine andere Stimme.

»Eine Vulkanierin«, stellte Uhura fest.

»Oder eine Romulanerin, die sich als Vulkanierin ausgibt. Romulaner sind *hervorragende* Verfolger.«

Die erste Stimme: »Äh, wir möchten Sie nicht lange aufhalten. Sagen Sie uns nur, wie wir diesen Ort *verlassen* können.«

Uhura blieb stehen, und dadurch mußte Aperokei ebenfalls verharren. Sie wandten sich den Fremden zu.

Die drei Gestalten schienen nicht bewaffnet zu sein. Offenbar stellten sie keine Gefahr dar — sie wirkten nur schmutzig, müde und verwirrt.

»Verzeihung«, sagte die menschliche Frau. »Wir sind sehr hungrig ...«

»Der Schatz der Sierra Madre«, raunte Proke.

»Wir kommen von dort«, fügte der Bucklige und Vornübergebeugte hinzu. Ein leises Pfeifen untermalte seine Worte. »Aber da gibt es nichts, nichts, nichts.«

»Die Menge aller Mengen«, kam es von den Lippen der Vulkanierin, »muß die leere Menge entweder einschließen oder ausklammern. Die Subsumierung des

Negativen in einem positiven Universum ist paradox ...«

»Schon gut, *schon gut*«, brummte Aperokei und holte einen Fünf-Credit-Schein hervor. »Hier. Das einzige mir bekannte Restaurant befindet sich im Hotel.« Er streckte den freien Arm aus.

»Danke, Bodengebundener«, sagte der Bucklige. »Sicher seid ihr Brüder der Luft.«

»Es gibt hier wirklich ein Hotel?« vergewisserte sich die menschliche Frau. »Und, äh, Betten darin? Mit sauberen Laken?«

»Im Süden der Stadt.« Proke deutete erneut in die entsprechende Richtung. »Ein riesiges Gebäude mit einem hohen Turm. Sie können es nicht übersehen.«

»Danke.«

Aperokei und Uhura sahen dem eigentümlichen Trio nach. Mehrere Tauben folgten dem Buckligen im Gänsemarsch.

Die Schwarze Königin hatte sich umgezogen und trug nun ein langes Gewand aus schwarzem Samt. In ihrem unbedeckten Haar glänzte eine weiße Strähne. Sie hielt eine Reitpeitsche in der Hand und schien recht verärgert zu sein.

»Was geht hier vor?« fragte sie. »Wir versuchen, den allgemeinen Lebensstandard zu verbessern. Außerdem sorgen wir für ein gewisses Minimum an Komfort. Und wohin führt uns das? *Packt sie!*« Die Königin zeigte mit der Peitsche auf Gladiola. Zwei Wächter griffen nach den Armen der jungen Frau. »Angemessener Lohn, Sozialleistungen, Urlaub, kostenlose Uniformen — du hast mich sehr enttäuscht, Organza.«

»Ich bin Gladiola. Organza arbeitet in der Buchhaltung.«

»Schweig!« Die Schwarze Königin zögerte auf eine unheilverkündende Weise. »Ich bin müde, Rik. Geht die Sonne unter?«

»In einigen Minuten, Euer Schrecken«, erwiderte der große, muskulöse Mann.

Gladiola erzitterte entsetzt. »O nein, Euer Gräßlichkeit! Das ist eine zu harte Strafe für die Fremden! Sie haben doch keine Ahnung, wie es bei uns zugeht!«

»Die Strafe ist gar nicht für sie bestimmt«, erwiderte Janeka. »Aber in der Küche wird bald eine Stelle frei. *Packt* sie erneut. Oh, ich *liebe* dieses Wort.«

»Mir hat die Königin besser gefallen, als sie sang«, sagte Sulu.

»Seid still, Außenwelter. Auch Sie sind bald dran.« Janeka hob schnell ihre Peitsche. »Packt sie dort drüben hin.«

Die Wächter zerrten Gladiola durch den Saal und zum Glas über der glühenden Grube. Mehrere kupferrote Stangen wuchsen kreisförmig daraus hervor und bildeten einen Käfig, in dem die junge Frau gefangen war. Sie schloß ihre Hände darum und rüttelte daran, ohne sich befreien zu können.

Die Schwarze Königin deutete zur Decke des Saals. Zwei Schächte ragten dort schräg durch den Fels, und zwischen ihnen hing etwas, das wie ein Kronleuchter aussah. »Nur beim Morgengrauen bekommen wir volle Energie«, meinte Janeka. »Aber es gibt auch eine Vorrichtung für die Abenddämmerung. Unsere Vorfahren waren einfallsreich und liebten es, zu jeder beliebigen Zeit zu feiern.« Die Königin ließ sich langsam auf den schwarzen Eisenthron sinken. »Also los, Rik.«

Orangefarbenes Sonnenlicht strömte durch einen der beiden Schächte, traf den Kronleuchter, wurde nach unten reflektiert und fiel auf Gladiola.

Rotes Schimmern gleißte immer heller aus der Grube empor, bis die Küchensklavin als dunkler Schemen in einer Säule aus Licht stand. Etwas sirrte fast schrill, und die junge Frau schien sich aufzulösen. Goldenes Strahlen zuckte vom Glas über der Grube zum Thron und der Königin.

Das Funkeln im Deckenschacht verblaßte. Zuerst trübte sich der goldene Glanz, dann auch der rote.

Janeka stand auf und schüttelte den Kopf. Die weiße Strähne in ihrem Haar war verschwunden.

Der kupferrote Käfig sank in den Boden zurück, doch Gladiola fehlte nun auf der gläsernen Scheibe. Nur grauer Staub lag dort, bildete die vagen Konturen eines menschlichen Körpers.

»Sie ... Teufelin!« stieß Sulu hervor.

Die Schwarze Königin kicherte. »Oh, durch Ihren Zorn werden Sie noch viel reizender.« Sie winkte den Wächtern zu. »Bringt meine Muntermacher bis morgen früh in die Zelle zurück. *Ohne* ihr Abendessen.«

Gladiola kroch durch einen schmalen Tunnel und erreichte ein kleines Zimmer mit Leinwänden, Schaumstoff und unbearbeitetem Holz. Der blonde, in Schwarz gekleidete Mann half der jungen Frau beim Aufstehen und reichte ihr einen weißen Bademantel aus dem Hotel. »Gute Arbeit«, lobte er, rückte dann das Mikrofon des Kopfhörers zurecht und betätigte eine Taste. »Beleuchter, Achtung im Zellenbereich. Lassen Sie es in der Grube noch genau ... vier Minuten lang glühen. Anschließend werden Sie auf dem Golfplatz gebraucht.«

Spock betrat den Kontrollraum der *Enterprise.* »Oh, da sind Sie ja«, sagte Lieutenant Kyle. »Wir haben die Rettungskapsel der *Smith* lokalisiert.«

»Und die Lebensindikatoren?«

»Sie zeigen zwei Personen an Bord. Die Besatzung bestand aus ...«

Spock nickte. »Ja, Mr. Kyle, ich weiß. Beamen Sie die Kapsel aufs Frachtdeck.«

Thed und Orvy durchstreiften die Direidi-Wildnis und fanden das Raumschiff der Fremden.

»Es ist nicht sehr groß«, sagte Orvy.

»Bestimmt hast du schon viele Raumschiffe gesehen«, erwiderte Thed.

»Die Kreuzer des Konsortiums sind immer viele tausend Meter lang«, meinte Orvy. »Macmain kann sich wochenlang in ihnen verstecken, erinnerst du dich?«

»Halt die Klappe«, zischte Thed.

»Wie du wünschst, Fürst der Sternendiebe.«

Sie wagten sich etwas näher. Das Raumschiff war tatsächlich eher klein: eine nur etwa vier Meter durchmessende Metallkugel, die auf dünnen Stahlstreben ruhte — einige von ihnen schienen bei der Landung geknickt zu sein. Die Tür stand nicht nur offen, sondern lag einige Meter vor der Luke. Eine Leiter führte nach oben.

»Jetzt ist es soweit«, sagte Thed.

»Was ist soweit?«

Das Mädchen seufzte. »Der Augenblick der Wahrheit. Die entscheidende Konfrontation mit den Aliens.«

»Glaubst du etwa, sie kehren zurück?« Orvy dachte kurz nach. »Vermutlich wird es sie nicht sehr freuen, uns hier anzutreffen.«

Thed schüttelte den Kopf und kletterte die Leiter hoch, wodurch Orvy zwei Möglichkeiten blieben: Entweder folgte er seiner Begleiterin, oder er blieb allein draußen. Rasch griff er nach den Sprossen.

Im Innern des Raumschiffs standen drei leere Liegen, und überall blätterte rosarote Farbe ab.

Orvy überwand seine Unsicherheit, als sie keinen Weltraummonstern begegneten. »Es ist seltsam hier drin, Thed.«

»Natürlich, Aramis, treuer Gefährte. Dieses Artefakt stammt von Wesen, die noch weitaus sonderbarer sind als Afghanen oder Hottentotten.«

»Ich meine, es riecht nach einer Mischung aus Pfefferminz und Rahmkäse. Und dann dieses komische … Zeug, das überall klebt.«

»Manche Geschöpfe aus dem All atmen nicht die gleiche Luft wie wir, mein Freund.«

»Mhm. Aber sie kotzen genauso.«

In der nahen Wand summte es. Eine Stimme drang aus einem Lautsprecher, gedämpft von der dicken roten Masse. »*Enterprise* an Rettungskapsel. Bereiten Sie sich auf den Transfer vor. Halten Sie Ihre gegenwärtige Position.«

»Laß uns von hier verschwinden«, sagte Orvy.

»Soll das ein Witz sein?«

»Dieses Ding hat keine Tür mehr. Was passiert, wenn man uns in den Weltraum bringt?«

Thed überlegte kurz. »Dein Standpunkt ist nicht ohne eine gewisse Logik.«

Sie eilten zur Luke, als die Landschaft draußen hinter einem Vorhang aus goldenem Licht verschwand.

Die beiden Duellanten und ihre Begleiter wanderten vom neunten Loch fort. Scott lag zwei Schläge über der vereinbarten Schlagzahl und Maglus drei, was er einem plötzlichen Windstoß am siebten und schlichtem Pech am achten Loch verdankte. Der Klingone beklagte ungünstige Umstände, und Scott pflichtete ihm mit einem freundlichen Lächeln bei — noch hatten sie beide die Möglichkeit, den Sieg zu erringen.

Etwas abseits des Pfades zum zehnten Loch erhob sich ein kleines Holzgebäude mit Bleiglasfenstern und einer niedrigen Rosenhecke. Fahrräder standen draußen; ein emalliertes Metallschild stellte GUTES ESSEN und mehrere Sorten Bier in Aussicht. Ein zweites Schild — aus Holz — hing über der Tür und zeigte einen Mann mit Golfschläger. ZUM FRÖHLICHEN GOLFER lautete die Botschaft der Blattgoldlettern.

Die Sekundanten beziehungsweise Caddies verstauten die Golftaschen in einem dafür vorgesehenen Gestell, bevor sie zusammen mit Scott und Maglus eintraten. Holz und buntes Glas erwarteten sie im Innern. Unter der langen Theke glänzte eine Fußleiste aus Messing. An den Wänden hingen Bilder, verschiedene Golfobjekte und ein Dartboard. In der einen Ecke bemerkte der Chefingenieur ein Foto: Es zeigte einen altertümlichen Doppeldecker mit mehreren Männern. Daneben beobachtete er einen Kasten mit Medaillen sowie eine lederne Pilotenmütze mit Schutzbrille, darüber einen zwei Meter langen Holzpropeller. Am Ende der Theke erstreckte sich ein breiter Vorhang, und darunter ragte die Kante einer Bühne hervor.

Die Kleidung der Gäste bestand größtenteils aus Wolle und Flanell. Einige trugen alte Lederjacken mit militärischen Abzeichen. Alle hielten große Krüge in der Hand, und sie schenkten den Neuankömmlingen nur beiläufige Beachtung.

»Guten Tag, meine Herren«, sagte der Wirt hinter dem Tresen. »Eine kleine Pause zwischen den Löchern? Nun, deshalb sind wir hier. Was darf's sein?« Der Barkeeper war groß und blond, wirkte irgendwie vertraut.

»Sind Sie Davith, der Hotelier?« fragte Chekov.

»In der Tat, Freund. Jeder Mann nimmt verschiedene Aufgaben wahr, wenn er Gelegenheit dazu hat. Was möchten Sie? Die Fleischpastete ist heute besonders lekker. Pam hat gerade eine aus dem Backofen geholt.«

»Für mich einen doppelten *Wod ...*« Chekov unterbrach sich, als ihm Scott die Hand auf die Schulter legte.

Der Chefingenieur blickte zu den langen Zapfhähnen hinter der Theke. »Bieten Sie hier echtes Bier an?«

»Ja, Sir. Aus richtigen Holzfässern.«

Scott seufzte. »Vier Halbe. Auf meine Rechnung.«

Sie nahmen an einem Tisch Platz, von dem aus sie die Bühne sehen konnten.

»Hier stimmt was nicht«, meinte Chekov. »Mein Bier ist warm.«

Ein Klavier klimperte, und einige Sekunden später glitt der Vorhang beiseite. Dahinter kam ein einzelner Stuhl zum Vorschein, auf den das Licht eines Scheinwerfers fiel.

Ein silbriger Roboter mit weiblich glattem Gesicht

und femininer Figur trat auf das Podium. Die Gäste applaudierten, und der Mann am Klavier spielte einen Tusch.

Der Roboter setzte einen Fuß auf den Stuhl, wandte sich dem Publikum zu und faltete seine — ihre? — Hände am Knie.

Der linke Daumen quietschte, fiel ab und landete auf dem Boden. Es klackte leise.

Mit tiefer, kehliger Stimme sang die mechanische Gestalt zur Klaviermusik:

»Wieder falle ich auseinander nun,
Aber was soll ich tun?
Metrische Schrauben erfordern diese Gewinde,
Aber ich sie nirgends finde.«

Bolzen sprangen aus ihren Einfassungen, und weitere Teile lösten sich.

»Wie soll man ein Herz in Ordnung bringen,
Wenn der Defekt liegt bei den Dichtungsringen?
Nicht einmal mit Bolzen und Nieten kann man
Etwas ändern daran.

Wieder ist alles verschlissen.
Schlechte Qualität — ihr sollt es ruhig wissen.
Vielleicht wenn ich Leim verwende,
Bleiben mir wenigstens die Hände.«

Das angewinkelte Bein des Sängers brach an der Hüfte und krachte auf die Bühne. Der Roboter stützte sich mit einer Hand am Stuhl ab und balancierte auf dem anderen Bein, während der Pianist schneller spielte.

»Ich bin ein Roboter, der nur reagiert,
Wenn man ihn vorher aktiviert.

Mein Körper besteht aus Stahl;
Ich berechne die Wahrscheinlichkeiten nach
Ihrer Wahl.
Für Romantik und Summierung.
Es liegt an meiner Programmierung.
Ich bin ein Spielzeug, als Mensch verkleidet,
Eine Rose aus Draht und Plastik — die jetzt
leidet.
Das sagt man von mir.
Ich weiß: Wenn das Ende kommt hier,
Bin ich nur Schrott,
Und das Leben geht weiter, flott.«

Der Sänger verlor auch das andere Bein und sank zu Boden. Die Hände krochen umher, fanden den Kopf und hielten ihn hoch.

»Oh, ich
Habe keinen Körper mehr ...«

Der Vorhang schloß sich. Das Publikum klatschte.

Die vier Außenweltler starrten. Scott trank erst sein Bier aus und dann auch Chekovs. »Kommen Sie, Gentlemen«, sagte er. »Das neunte Loch wartet auf uns.«

Uhura und Aperokei schritten vorsichtig durch die Gasse. Bei jedem verdächtigen Geräusch drehte sich einer von ihnen um, und dadurch spannte sich immer wieder die Kette zwischen den bereits wunden Handgelenken.

»Sehen Sie«, sagte Proke. Skorner ging am fernen Ende der Gasse vorbei.

Uhura drehte einen Knauf, und die Tür öffnete sich. Rasch traten sie ein.

Sie standen in einem kurzen, halbdunklen Flur, der zu einem zugezogenen Vorhang führte. Dahinter glühte mattes Licht, und Stimmen erklangen.

Aperokeis Gesichtsausdruck veränderte sich auf eine sonderbare Weise.

»Was ist los?«

»Begreifen Sie denn nicht, wo wir hier sind?« Der Klingone führte Uhura zum Vorhang. Eine der Stimmen sagte gerade: »... aber er wäre dir dorthin gefolgt, Schätzchen. Dazu war er dumm genug.«

Proke hob den Zeigefinger an die Lippen, und dann schoben sie sich an dem Vorhang vorbei.

Es handelte sich um ein kleines Kino, in dem es nur etwa zweihundert Plätze gab. Sie standen nun neben der vierten Reihe, während die Leinwand Bogart und Mary Astor zeigte. Das Licht des Projektors verwehrte einen Blick in den rückwärtigen Bereich, aber dort schien niemand zu sitzen.

»Nun?« fragte Uhura.

»Ich schlage vor, wir nehmen Platz.«

Sie ließen sich in die beiden nächsten Sessel sinken. Der Film dauerte nur noch einige Minuten. Wilmer brachte Gutman um. Brigid kam ins Gefängnis — niemand, außer vielleicht Dashiell Hammett, hat jemals geglaubt, daß die Geschworenen ihr einen Strick um den hübschen Hals legen. Schließlich wurde es hell.

Proke sah sich um. Das Kino war tatsächlich leer. Abgesehen von einer Person, die im Schatten des Zugangs stand.

»Ich erinnere mich nicht daran, Ihnen Eintrittskarten verkauft zu haben«, sagte der Mann und trat ins Licht. Er hatte langes schwarzes Haar und trug eine Brille mit getönten Gläsern. Am Hals zeigte sich ein weißer Seidenschal, und seine Hände ruhten tief in den Taschen einer abgetragenen schwarzen Lederjacke. »Durch die Feuertür hereingekommen?«

»Ja«, bestätigte Uhura, bevor sich Proke etwas einfallen lassen konnte. »Bitte entschuldigen Sie. Wir sind natürlich bereit zu beza ...«

»Habe ich Sie darum gebeten, sich zu entschuldigen?« Der Mann deutete auf die leeren Plätze. »Dies ist ohnehin ein privates Kino. Betrachten Sie sich als meine Gäste. Seit wann sind Sie hier?«

»Seit ›Dazu war er dumm genug‹«, antwortete Aperokei.

»Dann haben Sie den größten Teil des Films verpaßt. Möchten Sie ihn von Anfang an sehen?«

»Sie hätten nichts dagegen?« entgegnete Uhura.

»Die Kopien gehören mir. Ich kann ganz nach Belieben damit verfahren.« Der Mann kratzte sich an der Wange. »Was in erster Linie bedeutet, daß ich mir die Filme anschaue, wann es mir gefällt. Wenn Sie sich nicht für den *Malteser Falken* interessieren ... Wie wär's mit *Casablanca, Metropolis* oder *Der Dieb von Bagdad?* Ich habe gerade eine ausgezeichnete Kopie von *Nur Engel haben Flügel* bekommen. Bestimmt ist es lange her, seit Sie jenen Film zum letztenmal gesehen haben. Für gewöhnlich fehlt er in der Videothek eines Raumschiffs.«

»Sie wissen also Bescheid«, sagte Aperokei.

»Natürlich. Ich kenne alle Filmfans auf Direidi. Sie stammen nicht von hier. Außerdem, und bitte verstehen Sie mich nicht falsch: Wir bekommen hier nur selten klingonischen Besuch.«

»Das ändert sich vielleicht, wenn Sie auch weiterhin keinen Eintritt verlangen«, erwiderte Proke.

Der Mann lachte. »Ich bin Ilen.« Er streckte die Hand aus.

»Sehr erfreut. Wir ...« Aus einem Reflex heraus hob Aperokei seinerseits die Hand und zog dadurch auch Uhuras Arm nach oben.

Ilen wölbte die Brauen. »Robert Donat und Madeleine Carroll?«

»Es ist ... eine lange Geschichte.«

»Was vermutlich bedeutet, daß Ihnen nichts daran liegt, sie zu erzählen.« Ilen zuckte mit den Schultern. »Na schön. Kommen Sie.«

Er führte den Klingonen und Uhura ins Foyer. Dort

glänzte Art deco-Glas an den Wänden, reflektierte Dutzende von Spiegelbildern. In einer aus Messing bestehenden Popcorn-Maschine tanzten Maiskörner hin und her. An den Wänden hingen gerahmte und versiegelte Poster, Plakate, die für Lugosis *Dracula* warben (»Die seltsamste Liebe, die ein Mann erfuhr«), für *Casablanca* und ...

»Mit Ann Sheridan und Ronald *Reagan?*« fragte Aperokei.

»Ja«, bestätigte Ilen. »Hier entlang.« Er öffnete eine mit PRIVAT gekennzeichnete Tür und stieg eine schmale Treppe hoch. Die Handschellen zwangen Uhura und Proke, Seite an Seite zu gehen, und sie stießen mehrmals aneinander. Schließlich erreichten sie den Vorführraum. Hinter dem Projektor und einem Gestell mit Filmspulen sahen sie einen Schreibtisch, Bücherregale und Stapel aus undefinierbaren Dingen. »Mein Büro«, erklärte Ilen, bückte sich, kramte in einem Beutel mit Werkzeugen und holte einen Bolzenschneider daraus hervor. »Genau das brauchen wir.«

Kurze Zeit später waren Uhura und Proke von den Handschellen befreit. Sie setzten sich, und Ilen schenkte Tee ein.

Auf dem Schreibtisch stand ein Namensschild aus Holz, und Uhura las die Aufschrift:

MAGUS ILEN
Eigentümer des Kinos Silberne Magie

»Magus?« fragte die dunkelhäutige Frau.

»Ein gewisser Dünkel, den ich mir erlaube«, sagte Ilen. »Kennen Sie das ›Magische Theater‹ von Hesse?« Er beugte sich über den Schreibtisch und setzte ein schwarzes Metallpendel in Bewegung — es klickte wie ein Metronom. Der Teekessel dampfte im Licht der nahen Lampe, und Ilen sang im Takt des Pendels:

»Einst bestand die Leinwand aus Silber rein.
Einst bestand die Welt aus Grautönen allein.
Komm und erleb, wie die Romantik erwacht.
Fred und Ginger tanzen in der Nacht.
Linsen projizieren flackerndes Licht;
Hörst du das Summen der Filmtrommel nicht?
Achtzehn Bilder, damit die Augen Bewegung sehen.
Vierundzwanzig, damit die Ohren nicht leer
ausgehen.
Monochrom.
Bogie in einem Regenmantel, da steht er schon
In Monochrom.

Mister Laurel, Mister Hardy,
Buster Keaton, Harold Lloyd.
Hör das stumme Lachen
Im flüsternden Zelluloid.
Hast du dir gewünscht, die Garbo zu berühren,
Um ihre Romantik direkt zu spüren?
Hast du Colbert, Loy und Harlow verehrt?
Hast du dich nach Norma Jean verzehrt?
Monochrom.
Träume auch ohne Ton
Im süßen Monochrom.«

Ilen stand auf, lächelte unter seiner dunklen Brille, strich mit den Fingerkuppen über die Fotos und Bilder an den Wänden.

»Im Frack mit Ronald Colman.
Grant und Niven, zwei perfekte Herren.
Sag Klaatu Barada Nikto.
Weißt du, was ›Rosebud‹ wirklich bedeutet?
Längst zu Staub zerfallen, aber sie treten noch
immer auf.
Vergangene Tage bleiben kristallklar zuhauf.
Der Stoff, aus dem die Träume sind,

Er bleibt bestehen, solange Blut durch unsere
Adern rinnt.
Monochrom.
Boris Karloff wankt mit grimmigem Hohn
In Monochrom.

Warum glaubst du, es gäbe keine Farbe?
Die Dietrich war der Blaue Engel.
Duke und Monty auf dem Red River.
Leslie Howards Scarlet Pimpernel.
Fairbanks war der kühne Schwarze Pirat.
Cagneys White Heat hat mich frösteln lassen.
Ein panchromatischer Regenbogen, schwer zu fassen,
Im Topf mit Silber-Halogenid, helles Schimmern.
Im monochromatischen Flimmern.
Dies ist mein wichtigster Lohn,
In Monochrom.

Ich möchte fahren mit Gable im Bus.
Wie schön es wäre, wenn ich alle Nächte in Grand
Hotels verbringen muß.
Busby Berkeleys Weisen erklingen,
Und durchs Fenster Chaplins City Lights singen.
Gemeinsam durch die Gänge wandern wir,
Um einen Freund zu finden hier.
Zu Bernard Herrmanns Musik wir tanzen,
Mit schwingenden Beinen.
Bis ›The End‹ erscheint auf dem weißen Leinen.
Monochrom.
Lichtbogenkohle geleitet mich heim durch die
Dunkelheit,
In Monochrom.
Monochrom.
Mit Tausenden von Darstellern als Geleit,
In Monochrom.«

»Haben Sie eine Kopie von *Belle et la Bête?*« fragte Aperokei.

»*Mais oui*«, antwortete Ilen und rieb sich das spitze Kinn.

Der ›Magus‹ brachte Popcorn und geleitete seine Gäste in den dunklen Saal zurück. Dort nahmen sie in der sechsten Reihe Platz. Die Leinwand zeigte Vorschauen für *Viva Zapata* und *On the Waterfront;* es folgte ein Warner Brothers-Zeichentrickfilm.

Eine Hand schloß sich um Uhuras Schulter. »Ilen?« fragte sie und drehte sich um, als die Finger fester zudrückten. Sie konnte das Gesicht nicht erkennen, war jedoch sicher, daß ein Fremder neben ihr stand. Die Hand zerrte an ihr. Uhura holte aus und schlug zu — der Mann schrie.

Weitere Gestalten näherten sich durch den Gang. Proke sprang auf und brachte einen Angreifer zu Fall. »Lassen Sie uns von hier verschwinden!« rief er und wirbelte herum.

»Hinter Ihnen.« Uhura schwang ihre Tasche und zwang einen Halunken, zur Seite auszuweichen. Sie zögerte nicht, sprintete los und stürmte zum Licht des Projektors.

Zusammen mit Aperokei platzte sie ins Foyer. Ilen stand auf der Treppe, die zu seinem ›Büro‹ führte. »Was ist dort unten los?«

»Wir haben Gesellschaft bekommen!« rief Proke.

Die Tür des Zuschauerraums schwang auf. Schüsse krachten. Ein Spiegel splitterte, und der Kinobesitzer taumelte von den Stufen herunter, stieß an Glas, das plötzlich spinnenwebartige Risse aufwies. Er brach zusammen.

»Ilen.« Uhura wollte zu ihm eilen, aber Aperokei hielt sie fest. »Wir können ihm nicht mehr helfen«, sagte er und zog sie auf die Straße. Die Sonne war hinter den Gebäuden versunken — die nächsten Häuser ragten dunkel vor einem orangefarbenen Himmel auf. Zwielicht kroch durch die Straße. Uhura und Proke liefen los, um sich in der Dunkelheit zu verbergen.

Eine schwarze Droschke rollte vor die schmale, kopfsteingepflasterte Gasse und versperrte ihnen den Weg. Der Kutscher — er wirkte viel zu vertraut — drehte sich um und hob eine Flinte mit zwei langen Läufen.

Uhura sah in die andere Richtung. Hinter ihnen stand der dürre Mann namens Skorner, sein schwarzer Mantel geöffnet, eine kleinere Version der gleichen Waffe in den Händen.

Thed und Orvy spähten aus der Luke und blickten über ein grenzenloses Frachtdeck. Sie atmeten frische, kühle Luft, hörten das Summen und Brummen von Aggregaten und Maschinen. An den Wänden standen Container, und Rohre bildeten Bündel an der Decke. Lampen glühten an mehreren Laufstegen.

»Wir sind an Bord eines Raumschiffs«, stellte Orvy fest.

»Ja.«

»Es ist ... groß.«

»Ja.«

»Was machen wir jetzt, Thed?«

»Mal überlegen ... Oh, natürlich. Die Aliens wußten gar nicht, daß wir in der Rettungskapsel waren. Das ist auch mit Mac und Libra geschehen, in *Die Kanonen von Asterope.*«

»Da widerspreche ich dir nicht. Aber was sollen wir jetzt *unternehmen?*«

Eine Frau in roter Uniform näherte sich. »Wir verstekken uns«, sagte Thed und öffnete eine vielversprechende Tür. Dahinter erstreckte sich ein kleiner Schrank, der nicht viel Platz bot. Die beiden Kinder zwängten sich hinein.

Sie hörten, wie die Frau mit dem Kopf an die Luke stieß und einige schlimme Worte sprach. Es folgten noch schlimmere Worte, als sie den Geruch bemerkte. Schließlich entfernten sich die Schritte.

»Also los«, sagte Thed. »Bevor die Fremde mit einer

Einsatzgruppe zurückkehrt.« In den Macmain-Büchern kehrten einzelne Soldaten immer mit Einsatzgruppen zurück. Unter den gegenwärtigen Umständen neigte Orvy dazu, seiner Begleiterin zuzustimmen.

Sie kletterten aus dem Schrank. »Na schön, Thed ...«

»Macmain.«

»In Ordnung, Macmain. Was machen wir *jetzt?*«

Thed sprang aus der Rettungskapsel aufs Frachtdeck und nahm eine Haltung ein, die ihrer Meinung nach Kampfbereitschaft signalisierte. »Wir sind hier in der Schatzkammer des Konsortiums, umgeben von gnadenlosen Feinden. Was schlägst du vor?«

Orvy seufzte und stieg aus. »Ich verstehe. Aber bevor wir die verborgenen Kammern mit den Juwelen und geheimen Plänen suchen ... Was hältst du davon, wenn wir uns zuerst etwas zu essen besorgen?«

Spock untersuchte die Rettungskapsel. Sie ruhte noch immer auf der Plattform des Frachttransporters, und an ihrer Außenhülle zeigten sich verbrannte Stellen — deutlicher Hinweis auf die Reibungshitze beim Eintritt in die Atmosphäre des Planeten. Der Vulkanier veränderte die Justierung seines Tricorders und beugte sich durch die Luke. Wände und Boden waren mit einer abblätternden, ranzig riechenden rosaroten Substanz bedeckt. Spock schnupperte und runzelte die Stirn. Er hielt den Tricorder dicht vor die stinkende Masse und nahm eine spektrometrische Analyse vor. Einige Sekunden später sah er auf die Anzeige und seufzte leise.

»Sir«, sagte eine Frachtdeck-Technikerin. »Ist das ... Blut?«

»Es handelt sich um ein Kaseinkolloid mit geringfügigen Verunreinigungen«, erwiderte Spock. »Ein aromatisiertes Milchprodukt.«

»Oh. Wenn Sie mir diese Frage gestatten: Woher stammt es?«

»Noch fehlen mir genaue Daten, und daher könnte

ich nur spekulieren, Fähnrich. Sind Sie ganz sicher, daß sich niemand an Bord befand?«

»Nein, Sir. Ich meine: Ja, Sir. Ich bin ganz sicher. Ich habe einen Blick in die Kapsel geworfen. Sie ist kaum groß genug, um sich darin zu verstecken.«

»Ja«, murmelte Spock geistesabwesend. »Sorgen Sie dafür, daß man die Rettungseinheit zur Lagersektion bringt, Miss Crispin.«

»Aye, Sir.«

Der Vulkanier sah sich noch einmal in der Kapsel um, ging dann fort und schüttelte den Kopf.

Thed und Orvy hockten zwischen dicken Rohren und genossen eine Mahlzeit, die aus mehreren Sandwiches, einigen Pfannkuchen und dem dritten Liter Kirschsaft bestand. Die Synthetisierer an Bord von Raumschiffen erfüllten tatsächlich alle Wünsche, so wie in den Macmain-Büchern. Zwar schimmerte der Kirschsaft in einem fluoreszierenden Grün, aber er hatte den richtigen Geschmack. »Wahrscheinlich enthält er viele Nährstoffe, um Raumkrankheit und dergleichen vorzubeugen«, vermutete Thed. Eigentlich war es ihr gleich. Die Phantasie wurde endlich zur Realität.

»Pscht, da kommt jemand.«

Ein Besatzungsmitglied ging übers Deck. Der Mann hielt einen elektronischen Notizblock in der Hand und hatte sich einen Stift hinters Ohr geklemmt. Fast direkt unter Theds und Orvys Versteck blieb er stehen, vor einer massiven Tür, streckte die Hand nach dem Öffnungsmechanismus aus ...

Thed versteifte sich.

Der Mann betätigte vier Tasten, und das Schott glitt vor ihm beiseite. Er betrat die Kammer.

»Fünf, vier, fünf, zwei«, flüsterte Thed ihrem Gefährten zu und wiederholte leise: »Fünf, vier, fünf, zwei.«

»He, Oppenheimer!« erklang eine Stimme. »Sind Sie hier, Oppy?« Eine uniformierte Frau näherte sich.

Der Mann verließ das Zimmer. »Natürlich bin ich hier, Ann. Und ich habe festgestellt, daß die Geheimwaffen nicht davonspaziert sind. Was liegt an?«

»Mister Wissenschaft möchte, daß die Rettungskapsel fortgebracht und verstaut wird«, antwortete Ann. »Ist ein Hangar frei?«

»Einen Augenblick.« Oppenheimer sah auf seinem Notizblock nach. »In Sieben-C gibt's genug Platz. Vermutlich will er, daß wir die Sache gestern erledigen, wie?«

»Verzögerungen sind unlogisch.«

Die beiden Besatzungsmitglieder lachten. »Na schön«, sagte Oppenheimer. »Ich schließe nur rasch das Schott hier. Dann nehmen wir uns die Kapsel vor. He, wie viele Vulkanier sind notwendig, um den Transtator ...«

»Einer für die Modifikation des Transtators und ein zweiter, um zu fragen, was so komisch ist.«

»Sie kennen den Witz also. Nun gut. Was sagt ein Vulkanier, bevor er das Licht ausschaltet?«

»Keine Ahnung.«

»›Aber wirst du mich auch in sieben Jahren noch respektieren?‹«

Die Besatzungsmitglieder kicherten und entfernten sich. Als Stille herrschte, zählte Thed bis zehn und kletterte dann aufs Deck hinab, Orvy folgte ihr.

Sie sahen sich um — die Luft war rein. Thed schlich zum Schott und drückte die Tasten: 5, 4, 5, 2. Es klickte leise, und die Tür öffnete sich.

Der Raum dahinter maß nur einige Quadratmeter. An den Wänden standen drei sargartige Behälter mit der Aufschrift: STRENG GEHEIM — EIGENTUM VON STARFLEET COMMAND.

»Geheime Waffen«, hauchte Thed.

»Wir sind an vielen Orten gewesen, wo der Aufenthalt für uns verboten war«, sagte Orvy sehr ernst. »Aber ich bin sicher, dies ist der verbotenste aller verbotenen Orte.«

Thed prüfte die Container. »Die Dinger sind mit Antigravmodulen ausgestattet. Wir brauchen uns bloß eins zu schnappen — der Transport bereitet keine Probleme.«

»Zu schnappen? Was soll das heißen?«

»Dies sind *Geheim*waffen«, betonte Thed. »Wir bringen eine davon in die Stadt und drohen den Aliens, davon Gebrauch zu machen, wenn sie uns nicht in Ruhe lassen. Dann sind die Typen vom Plan C baff.« Sie richtete einen durchdringenden Blick auf Orvy. »Natürlich brauchst du mir nicht zu helfen, wenn du Angst hast.«

»Wo soll ich schieben?« fragte Orvy.

Spock saß allein auf der Brücke und dachte über die Direidi-Situation nach. Er hatte die Aktionen der *Enterprise*-Landegruppe mit Sensoren und Scannern beobachtet, soweit es die Dilithiumstrahlung zuließ. Schrecklich unlogische Dinge ereigneten sich auf dem Planeten.

Andererseits wußte der Vulkanier schon seit einer ganzen Weile: Wenn es um vernunftbegabte Wesen ging, bedeutete ›unlogisch‹ nicht notwendigerweise ›unerklärlich‹. In Hinsicht auf eine fremde Gesellschaft erforderten viele Erklärungen ein vorübergehendes Vergessen der Logik; manchmal mußte man sogar vollkommen irrationale Maßstäbe anlegen, um bestimmte soziale Phänomene zu verstehen.

Spock dachte etwa fünfzehn Minuten lang darüber nach. Er saß völlig reglos und blinzelte nicht — nachdem er die Augen geschlossen hatte —, schien kaum mehr zu atmen. Und dann erschien die Antwort. Sie präsentierte sich nicht als eine Möglichkeit, sondern wuchs mit Gewißheit aus einem komplexen Ursachenkontext.

Die Lösung für das Problem *war* logisch. Gleichzeitig handelte es sich um die Logik einer besonderen sozialen Dynamik — sie unterschied sich von mathematischer

Logik ebensosehr wie ein lebender Organismus von einem Kohlenstoffkristall. *Diese* Logik wies keine Gemeinsamkeiten mit kühnen Feststellungen wie ›wenn p = q, dann nicht-p = nicht-q‹ auf, doch sie konnte einen vulkanischen Diplomaten dazu veranlassen, sich für eine menschliche Frau als Lebensgefährtin und Mutter seines Sohnes zu entscheiden.

Spock verließ die Brücke und wanderte durch stille Korridore. *Die Direidi-Lösung,* dachte er. *Unter den hiesigen Umständen gibt es keine andere. Deshalb ist sie durch und durch logisch.*

Fähnrich Oppenheimer und Lieutenant Crispin sahen auf, als der wissenschaftliche Offizier vorbeischritt. Commander Spock schien sie überhaupt nicht zu bemerken und ganz in Gedanken versunken zu sein. Sein Gesichtsausdruck wirkte seltsam.

»He, so etwas sieht man nicht jeden Tag«, sagte Oppenheimer leise.

»Ja«, pflichtete ihm Crispin bei. »Man könnte fast den Eindruck gewinnen, daß er zu … lachen versucht.«

Eine kurze Pause.

»*Unmöglich*«, kommentierten die beiden Besatzungsmitglieder gleichzeitig und setzten die Arbeit fort.

Uhura und Proke waren in den Keller eines Gebäudes geführt worden. Der Kutscher und zwei andere Männer hielten Waffen auf sie gerichtet, während Skorner Uhuras Umhängetasche durchsuchte.

»Was haben Sie damit angestellt?« fragte der Dürre erstaunlich sanft und warf die Tasche beiseite.

»Womit?«

»Ich meine die Harfe. Wir wissen, daß sie sich in Ihrem Besitz befand.«

»Warum ist das kleine Musikinstrument so interessant für Sie?«

»Ich stelle die Fragen«, sagte Skorner freundlich.

»Als ich sie zum letztenmal gesehen habe, lag sie in meiner Tasche.«

»Vielleicht fiel sie heraus, als wir in der Kutsche untergebracht wurden«, meinte Aperokei.

»Kontrollieren Sie die Droschke«, sagte Skorner. Der Kutscher eilte nach draußen.

»Möglicherweise habe ich die Harfe versteckt«, fügte der Klingone hinzu.

»Solche Hinweise sollten Sie sich sparen, wenn sie nicht der Wahrheit entsprechen«, riet ihm Skorner. »Ich verabscheue es, den Schmerz anderer Leute zu vergeuden.«

»Womit wir wieder beim *Malteser Falken* wären, Mr. Cairo. Oder sind Sie Wilmer? Wie dem auch sei ... Sie können mich gar nicht töten — dann fänden Sie die Harfe nie. Und da ich das weiß, hat eine Folter keinen Sinn.«

»Was ist mit Ihrer Begleiterin?« fragte Skorner.

Aperokei zuckte mit den Schultern. »Nicht mein Typ. Sie gehört nicht einmal zu meiner Spezies.«

Uhura versetzte ihm eine Ohrfeige, und Proke stieß sie in Richtung des Dürren. Skorner lachte.

»In der Kutsche suchen Sie vergeblich nach dem Ding«, brummte Aperokei. »Aber wenigstens sind wir dadurch einen von Ihnen losgeworden. *Jetzt, Engelchen!*«

Uhura rammte ihren Ellbogen in Skorners Magengrube. Proke schleuderte einen der beiden Halunken gegen den anderen. Dann liefen sie los.

»Zum Hotel?« erkundigte sich Uhura. Der Abend hatte begonnen, und die Straßen waren schlecht beleuchtet. Dunkelheit herrschte in den Gassen.

»Wir dürfen uns nicht verirren, und außerdem bezweifle ich, ob wir den Leuten dort vertrauen können. Hier entlang.« Aperokei übernahm die Führung.

»Wir kehren zum Kino zurück«, bemerkte Uhura nach einer Weile. »Dort haben Sie die Harfe versteckt nicht wahr.«

»Ich kenne alle Hitchcock-Filme, erinnern Sie sich? Es gibt immer einen McGuffin. Ich beschloß, auf Nummer Sicher zu gehen.«

Erneut benutzten sie den Notausgang und traten durch die Feuertür ein. Nichts regte sich im finsteren Zuschauerraum, und sie ertasteten sich den Weg durch die Sitzreihen. Nach einer Weile kniete Aperokei.

»Hier?« fragte Uhura.

»Ja, Engelchen.« Aperokei lachte leise. »Kaugummi unter dem Sessel. Fehlt in keinem Kino dieses Universums, auch nicht in klingonischen. Vulkanische Kinos sind vielleicht die einzige Ausnahme. Übrigens: Sehen sich Vulkanier Filme an?«

Der Projektor summte und rasselte, strahlte schwarze Worte auf die weiße Leinwand:

RAUCHEN IM ZUSCHAUERRAUM VERBOTEN!
DIE DAMEN NEHMEN BITTE IHRE HÜTE AB!

Ein Schatten verdunkelte den Schriftzug. Reflektiertes Licht glitzerte auf dem verchromten Lauf einer großen Pistole und auf zwei getönten Brillengläsern. »Vulkanier sehen sich Filme an«, sagte Ilen. »Aber sie finden keinen Gefallen daran.«

»Das hätte ich mir denken sollen«, brummte Aperokei.

»Es wäre besser für Sie gewesen, nicht hierher zurückzukehren. Früher oder später hätten wir die Harfe gefunden, durch den Ausschluß aller anderen Möglichkeiten. Schade, daß Sie solchen Wert darauf legten, sich erneut in Schwierigkeiten zu bringen und mich wiederzusehen.«

»Ja, wirklich bedauerlich. Sie sind so gut gestorben.«

Der Magus drehte den Kopf, und das Projektorlicht erhellte seine eine Gesichtshälfte. Er lächelte wie eine griechische Komödienmaske. »Ich habe den Tod bereits hinter mir. Ihnen steht er jetzt bevor.«

Die Sonne neigte sich dem Horizont entgegen, als sich die Spieler der Abschlagstelle für das zwölfte Loch näherten. Fähnrich Chekov legte Scotts Ball zurecht und las das kleine Schild mit den Loch-Beschreibungen. »Hier steht: ›380 Meter, leichtes Linksgefälle; Haupthindernisse Bunker links und Minenfeld rechts.‹«

Scott hatte versuchsweise mit dem Golfschläger ausgeholt und erstarrte nun. »Würden Sie das bitte wiederholen?«

Chekov kam der Aufforderung nach.

»Glücklicherweise sind die Direidi sehr gastfreundlich«, meinte der Chefingenieur. »Andernfalls könnte ihr Sinn für Humor die Geduld eines Mannes arg strapazieren.« Er schlug zu, und der Ball sauste davon.

»Oh, so ein Pech!« klagte Maglus übertrieben, als der Ball nach rechts abtrieb und hinter einigen Büschen verschwand.

Ein dumpfes *Bumm* erklang. Gelbe Flammen loderten hinter den Sträuchern hervor, gefolgt von einer Qualmwolke.

Verblüfft beobachteten sie, wie der Rauch gen Himmel stieg. »Minenfeld rechts, Mr. Chekov?« fragte Scott nach einer Weile.

»Aye, Sir.«

»*Entschuldigen* Sie«, ertönte eine scharfe Stimme. Ein Mann näherte sich, *marschierte* ihnen entgegen. Er trug eine khakifarbene Uniform mit roten Schulterklappen, auf dem Kopf ein Barett mit mehreren Verdienstmedaillen. Ein dünner Bart zierte seine Oberlippe, und er hatte sich einen Golfschläger unter den Arm geklemmt. »Guten Tag, meine Herren. Offenbar findet hier eine freundschaftliche Partie statt. Können wir vielleicht daran teilnehmen?«

»Wissen Sie, daß ein Teil des Golfplatzes vermint ist?« fragte Maglus.

»Natürlich«, erwiderte der Uniformierte. »Sie spielen doch nicht etwa achtzehn Löcher, ohne vorher einen

Spähtrupp ausgeschickt zu haben, wie?« Stolz hob er den Kopf. »Ich gehöre zur zwölften Golfkampfkompanie von Direidi — Sie finden keine bessere in der ganzen Galaxis.« Nach einigen Sekunden fügte er hinzu: »Nun, was halten Sie von einem gemeinsamen Spiel?«

Maglus trat zur Seite. Scott brummte: »Von mir aus.«

»Also gut.« Der Mann drehte sich halb um. »Sergeant Benson! *Feuer!*«

Ein seltsames Geräusch ertönte, wie von einem Reißverschluß, der aufgezogen wurde — nur hundertmal verstärkt. Maglus gab einen erstickten Schrei von sich und sprang zum nächsten Busch. Korth stürmte ebenfalls los. Chekov und Scott folgten dem Beispiel der beiden Klingonen.

Einige Meter von der Abschlagstelle entfernt explodierte etwas, und es regnete Erde.

Maglus richtete einige hastige Worte an Korth, bekam eine knappe Antwort und sagte: »Das ist also Ihr Plan. Sie wollen uns umbringen und das ganze *Cha'puj* für sich beanspruchen ...«

»Commander ...«, zischte Scott und strich sich ein kleines Stück Rasen von der Nase. »Sie haben sicher bemerkt, daß man auch auf uns schießt.«

Eine weitere Granate pfiff heran und detonierte. Korth knurrte, und Maglus nickte. »Sie haben recht. Vielleicht beabsichtigen die Direidi, uns zu töten.«

»Gewisse Umstände deuten darauf hin.«

»Na schön. Wie lautet Ihr Plan?«

»Sie sind der Soldat. Ich schleppe nur Müll und versuche dauernd, Konstruktionsfehler zu beseitigen, erinnern Sie sich?«

»Man greift uns an, und dadurch werde ich plötzlich zum Soldaten, wie? Bin ich kein Sklaventreiber mehr, der den Rest der Besatzung schikaniert?«

Ein Maschinengewehr ratterte. Korth kroch zu Chekov und reichte ihm einen Riegel Schokolade. »Hier. Warum sollen wir nicht was essen, während wir auf den

Feind warten?« Sie wickelten die Schokolade aus, bissen ab und kauten.

»Na schön«, brummte Maglus schließlich. »Wir rükken vor. Lassen Sie sich von Ihrem Sekundanten die Golfschläger bringen. *Korth, nuyiih khem!*«

»Sie haben's gehört, Junge«, sagte der Chefingenieur.

»Die ... Golfschläger, Mr. Scott?«

»Sie sind die einzigen Waffen, die uns zur Verfügung stehen, und ich gebe sie nicht ohne einen Kampf auf.«

Energiestrahlen zuckten am Himmel, als Scott und Maglus durchs Gebüsch krochen und sich dem zwölften Loch näherten. Chekov und Korth zogen Golftaschen hinter sich her.

Uhura und Aperokei wurden Rücken gegen Rücken an hochlehnige Metallstühle gefesselt. Neben ihnen stand ein Filmprojektor für das Sechzehn-Millimeter-Format — eine volle Spule war über dem Objektiv angebracht, eine leere darunter. In den Wandgestellen sahen die beiden Gefangenen Farbdosen, Masken, Kostüme und Kulissenteile. Ilen prüfte die Stricke. »Ja, ich glaube, das genügt. Sie wissen bestimmt, daß dieser Raum schalldicht ist, oder?«

»Wenn Sie die Harfe wollten ...«, entgegnete Uhura. »Warum haben Sie nicht darum gebeten?«

»Weil auch noch andere Leute hinter ihr her sind«, erklärte der Magus. »Wenn Sie mir das kleine Instrument in aller Unschuld ausgehändigt hätten ... Vielleicht wären Sie bereit gewesen, irgend jemanden darauf hinzuweisen, wo es sich befindet.« Ilen unterbrach sich und betrachtete ein Holzschwert, das in einer bemalten Kanevasscheide steckte. »Um ganz ehrlich zu sein, *Zan* Aperokei: Sie haben mich überrascht. Als Skorner Sie erwischte, dachte ich, er bekäme die Harfe von Ihnen — ich wollte sie ihm anschließend abnehmen. Alle hätten mich für tot gehalten und vermutet, daß Skorner der Besitzer des Artefakts ist.«

»Er arbeitet nicht für Sie?«

»Früher nahm er Anweisungen von mir entgegen. Dann erfuhr er von der Harfe, und seitdem hat er seine eigenen Pläne.« Ilen schob das Schwert ruckartig in die Scheide zurück.

»Und bei der ganzen Sache geht es nur um die kleine Harfe?« fragte Uhura ungläubig.

»Um die Harfe, ja, um die *Harfe.*« Der Magus rückte seine Brille zurecht. »Wissen Sie, wie lange ich schon nach diesem besonderen Artefakt suche? Ich bin ihrer Spur hierher gefolgt, bis zum Krimskramsladen. Ich war so nahe dran, als Sie sich plötzlich einmischten. Und mir folgten andere, die es ebenfalls auf das Ding abgesehen hatten — und noch immer haben.«

»Der falsche Andorianer sagte *Fast da.* War er ein Polizist?«

»Zu Anfang, ja. Doch dann wurde er ebenfalls zu einem Schatzsucher. Eine typische Auswirkung der Harfe.«

»Warum ist sie so wertvoll?« erkundigte sich Uhura. »Die Edelsteine darin sind bestimmt nicht echt.«

»Nein. Sie besteht nicht einmal aus Silber. Aber wenn man die Anordnung der Steine mit einer Sternenkarte vergleicht ... Nun, irgendwo über dem Regenbogen ...«

»Ich hoffe, Sie wollen jetzt nicht wieder singen«, brummte Proke.

Ilen lachte. »Nein, keine Sorge.«

»Was *haben* Sie nun vor?« fragte Uhura.

»Ich? Ich werde so reich sein, wie es sich keine Habgier erträumt, und glauben Sie mir: Meine Habgier träumt mit viel Phantasie. Was Sie betrifft ... Sie mußten viel über sich ergehen lassen. Sicher geben Sie nicht einfach auf, nur weil ich das Große Dingsbums in der Hand habe.«

»Ralph Meeker in *Kiss Me Deadly*«, sagte Proke.

»Na bitte — das klingt keineswegs verzagt. Nun, ich möchte nicht zwei Raumschiffe an meinen Fersen wissen, wenn ich Direidi verlasse.«

Ilen deutete zu den Gestellen und Regalen. »Sie sitzen hier im Ausstattungszimmer des Theaters, das ich zu einem Kino umfunktioniert habe. Diese Sachen sind uralt.« Er klopfte auf einen Brustharnisch, und Pappmaché bröckelte. »Alt und trocken und leicht entzündbar. Mit anderen Worten: sehr feuergefährlich.« Er beugte sich vor. »Jetzt sollte jemand von Ihnen einwenden: ›Das dürfen Sie nicht!‹«

»Tatsächlich?« kam es spöttisch von Uhuras Lippen.

»Kann mich nicht an meinen Text erinnern«, fügte Proke hinzu.

»Oh, ich bitte Sie. Höre ich nicht einmal ein ›Sie Teufel!‹ von Ihnen? Nun gut. Vielleicht überlegen Sie es sich später anders; unterdessen spiele ich meine Rolle weiter.« Der Magus schaltete den Projektor ein. Die Spulen drehten sich, und helles Licht gleißte durch das Objektiv zwischen Uhuras und Prokes Köpfen. Farben wogten an der gegenüberliegenden Wand, und Musik dröhnte. Ilen drehte die Lautstärke herunter, als der Vorspann erschien.

»Ein nicht ganz so hervorragendes Prachtstück meiner Sammlung«, verkündete er. »Diesen Verlust ertrage ich. *Die Verfluchten,* Roger Cormans erster Poe-Film. Billig produziert, aber nicht schlecht ...«

»Drehbuch von Richard Matheson, Kamera Floyd C. Crosby«, warf Aperokei ein.

»Ja, genau. Und meiner Meinung nach eine der besten Rollen, die Vincent Price je gespielt hat. Erinnern Sie sich an die letzten Szenen des Films?«

»Selbst ich weiß, wie ›Der Untergang des Hauses Usher‹ endet«, sagte Uhura. »Das Haus geht in Flammen auf und stürzt ein.«

»Es ›sinkt in den Weiher‹. Aber nie ist ein Weiher da, wenn man einen braucht.«

»Sie wollen uns hier verbrennen?« brachte Uhura hervor.

»Nicht in dem Sinne. Sie sind bereits tot, wenn das

Feuer ausbricht.« Ilen holte eine kleine, kegelförmige Flasche aus der Jackentasche — sie wirkte wie ein Parfümfläschchen; bernsteinfarbene Flüssigkeit glänzte darin — und setzte sie vorsichtig auf den Projektor. »Ihr Inhalt ist hochexplosiv und reagiert praktisch auf alles, insbesondere auf Erschütterungen und Hitze. Wenn Sie sich zu befreien versuchen, stoßen Sie an den Projektor; dann fällt die Flasche und explodiert. Anschließend brennt es hier wie in einer Papierfabrik ...«

»*Das Kabinett des Professor Bondi*«, meinte Proke. »Eine weitere gute Rolle für Price.«

»Ja. Aber wie ich eben sagte: Wenn das Feuer ausbricht, haben Sie schon das Zeitliche gesegnet.«

»Und wenn wir die Flasche nicht umstoßen ...«, überlegte Uhura laut. »Dann sorgt die vom Projektor ausgehende Hitze für eine Explosion.«

»Sie haben's erfaßt. Die Zeitspanne läßt sich kaum exakt berechnen, aber ich schätze, es macht kurz nach dem Ende des Films *Wumm.*«

Aperokei nickte. »Ein kultivierter Mann wie Sie würde niemanden vor dem Ende eines Films umbringen.«

»Das stimmt. Danke, Lieutenant. Und auch Ihnen Lieutenant Uhura — für die gute Unterhaltung an diesem Abend. Hat mich gefreut, Sie kennenzulernen. Bitte entschuldigen Sie mich jetzt. Einige Welten warten darauf, von mir entdeckt zu werden. Doch bevor ich gehe ...«

Ilen legte den beiden Gefangenen Papiertüten mit Popcorn auf den Schoß.

»Wie wär's, wenn Sie uns einfach erschießen?« schlug Uhura vor.

»Nein, unmöglich. Leute wie ich können kein Blut sehen.«

»Woraus ich schließe, daß es einen Ausweg gibt«, murmelte Aperokei.

»*Jetzt* werden Sie meinen Erwartungen gerecht.« Ilen strahlte. »Ich wußte, daß ein Mann mit Ihrer Erfahrung einige Episoden der Republic-Serien gesehen hat. Es gibt *immer* einen Ausweg.« Der Magus schritt zur Tür, blieb dort kurz stehen und seufzte fast schwermütig. »Aber Sie sollten sich beim Nachdenken nicht zuviel Zeit lassen. In Ihrem Fall gibt es keine Fortsetzung in der nächsten Woche.«

Ilen ging nach draußen. Auf der Leinwand zuckte Roderick Usher zusammen, als die Tür ins Schloß fiel.

KAPITEL 8

DIE GANZE NACHT DURCH

Irgendwo im Bereich des siebzehnten Loches krachten Granaten. Kugeln surrten wie zornige Hornissen umher, und Energiestrahlen flakkerten am Horizont.

Montgomery Scott stand in einer Sandgrube. »Der Krieg ist eine schreckliche Sache.«

»So schrecklich, wie man ihn werden läßt«, sagte Maglus. Er deutete zum dunklen Himmel empor. »Die Sterne beurteilen nicht, was sie sehen.«

»Sind Sie da ganz sicher?« Scott bemerkte eine ungewöhnliche Konstellation: Mehrere Sterne formten einen Ring über einem fernen Berggipfel. »Und das dort? Weckt es nicht ein wenig Ehrfurcht in Ihnen? Vielleicht gibt es wirklich eine höhere Macht, die Einfluß auf alles nimmt.«

»Oder sich überhaupt nicht um uns schert. Nein, Scott, ich bin auch weiterhin entschlossen, dem Imperium so gut wie möglich zu dienen, und anschließend nimmt mich das große Nichts auf.«

»Was ist mit der Schwarzen Flotte?«

Maglus schnaufte abfällig. »Für das Konzept der Schwarzen Flotte sind einige übergeschnappte imperiale Klingonen verantwortlich, die selbst nach tausend Leben die Fehler des ersten wiederholen.«

Scott nickte. »Mr. Chekov, bitte geben Sie mir das Objekt in der Seitentasche.«

Der junge Fähnrich öffnete einen Reißverschluß am Golfbeutel und holte eine flache, silbrige Feldflasche hervor. Er trat einen Schritt auf den Chefingenieur zu, verlor im weichen Sand das Gleichgewicht und fiel. Scott fing die Flasche auf.

»Wissen Sie, Mr. Chekov...«

Der Russe erhob sich und klopfte Sand von der Knikkerbockerhose. »Ja, Mr. Scott, ich weiß! ›Mr. Chekov, Sie sind der schlechteste Caddie im erforschten Universum!‹ Das wollten Sie doch gerade sagen, oder? So etwas höre ich *dauernd* von Ihnen. ›Überprüfen Sie noch einmal die Sensoranzeigen, Mr. Chekov.‹ ›Kurs halten, Mr. Chekov.‹ So geht das schon seit meiner *Kindheit!* ›Pavel Andrejewitsch, iß deine Grütze.‹ ›Pavel Andrejewitsch, du bist eine Schande für die ruhmreichen russischen Pfadfinder.‹ Jetzt hat Pavel Andrejewitsch die Nase gestrichen voll!«

Er zog einen Schläger aus dem Golfbeutel und hob ihn hoch über den Kopf. Eine Granate explodierte mitten in der Luft, und in dem hellen Aufblitzen erglühte Chekovs Waffe wie ein Flammenschwert. *»Hurra!«* brüllte der Fähnrich, sprang aus der Sandgrube und stürmte durch die Nacht davon.

Korth zeigte mit der einen Hand auf Chekov, mit der anderen auf Maglus. »Was auch immer er gesagt hat — ich bin ganz seiner Meinung.« Er griff nach zwei Schlägern und schwang sie hin und her, als er schrie und loslief.

Scott und Maglus starrten den beiden Fähnrichen nach, obwohl sie schon nach wenigen Metern außer Sicht gerieten. »Ich glaube, auch ich war einmal in dem Alter«, brummte der klingonische Sicherheitsoffizier schließlich.

»Ich versuche gerade, mich daran zu erinnern.«

»Erfahrene Offiziere gehen bei solchen Angelegenheiten nicht so ungestüm vor wie ihre jungen Kollegen.« Maglus kroch zu den Golftaschen. »Welchen Schläger möchten Sie?«

»Einen, der sich für Sand eignet.«

Scott bekam das gewünschte Exemplar, und Maglus bewaffnete sich ebenfalls.

»Und ein halbes Dutzend Bälle«, sagte der Chefingenieur.

»Selbstverständlich. Haben Sie noch die Flasche?«

»Trage sie über meinem Herzen.« Scott reichte sie Maglus, und der Klingone hob sie. »Auf die erfahrenen Offiziere.« Er trank und gab die Feldflasche zurück.

»Wir werden immer weniger.« Scott ließ sich den Rest durch die Kehle rinnen.

Zusammen kletterten sie aus der Grube und gingen in Richtung achtzehntes Loch.

Die Gefangenen der Schwarzen Königin wanderten unruhig in ihrer Zelle umher. Es gab weder Fenster noch Uhren, und die Fackeln schienen nicht herunterzubrennen. »Wieviel Zeit mag verstrichen sein?« erklang Askades Stimme.

»Es freut mich, daß Sie diese Frage stellen«, erwiderte McCoy. »Fast hätte ich mir die Hilfe des Vulkaniers gewünscht.«

Askade wirkte verwirrt und wandte sich an Sulu. »Was ist ein Pfannkuchen?«

»Pfannkuchen?«

»Sie haben mich richtig verstanden.«

»Ein ... Gebäck. Rund. Mit einem Loch in der Mitte.«

»Eine Art Torus?« fügte Askade hinzu.

»Ja.«

»Wenn Sie unsere letzte Mahlzeit planen, möchte ich ein paar zusätzliche Gänge vorschlagen«, brummte McCoy.

»Entsinnen Sie sich an die Inschrift in der Platte? Darin hieß es: ›So achte auf den Pfannkuchen ...‹«

»›Nicht das Loch darin sollst du suchen.‹« McCoy nickte. »Vermutlich dichterische Freiheit.«

»Und wenn nicht?« Askade wechselte einige klingonische Worte mit Memeth und sagte dann: »Die Grube im Audienzsaal ...«

»Sie ist von einem Ring aus Kupferstangen umgeben«, warf Sulu ein. »Ob sie zu dem ... Mechanismus gehören?«

»Ich bin Ingenieur, kein Zauberer. Aber Kupfer leitet Elektrizität. Und die eingravierten Symbole bilden möglicherweise einen Schaltkreis.«

Sulu schürzte die Lippen. »Woraus folgt: Wenn wir den Schaltkreis beschädigen, funktioniert Janekas Maschine vielleicht nicht mehr.«

»Ein guter Plan«, lobte Memeth. »Er hat nur einen Haken: Wir haben nichts, um etwas gegen massives Kupfer auszurichten.«

Askade sah McCoy an. »Nun, Doktor? Können Sie uns mit weiteren versteckten Geräten überraschen?«

»Nun, da Sie mich jetzt darauf ansprechen ...« Er griff in seinen Stiefel und holte einen kleinen Zylinder hervor. »Aber ich glaube, dieses Ding nützt uns nicht viel.«

»Ein kleiner Schmerzstimulator?«

»Allem Anschein nach vertreten wir zwei grundsätzlich verschiedene Meinungen darüber, womit sich ein Arzt zu beschäftigen hat, Freund. Dies ist ein Medo-Scanner.« McCoy hob das Gerät und drückte eine Taste. Es summte. Der Wächter im Korridor sah auf, näherte sich jedoch nicht der Zelle. »Sie leben und sind ein Klingone. Können Sie mit diesen Informationen etwas anfangen?«

»Wirklich schade, daß es sich nicht um einen Schmerzstimulator handelt«, sagte Askade. »Der Nutzen im Kampf ist beschränkt, aber wenn man bestimmte Modifikationen vornimmt ... Einen Augenblick. In welchem Frequenzbereich arbeitet der Scanner?«

»In einem ziemlich hohen. Im K-Abschnitt, um ganz genau zu sein.«

»Sechzig und höher?«

»Von fünfundsechzig bis achtzig.«

Askade lächelte. »Das genügt. Geben Sie mir das Gerät. Und planen Sie, während ich es verändere.«

Roderick Usher trug die Leiche seiner Schwester durch eine gespenstische, blaugraue Traumlandschaft, durch eine mit Nebelschwaden und Schrecken gefüllte Gruft, eine dunstige, todeskalte Hölle.

»Wird langsam warm hier drin«, sagte Aperokei.

»Das bilden Sie sich nur ein«, erwiderte Uhura. »Aber da wir gerade dabei sind: Kennen Sie unsere besondere Situation aus einem Film?«

»Leider nicht. Sie ist jedoch klassisch.«

»Freut mich.«

»Im Ernst. Ein typischer Serienfilm-Cliffhanger. Ilen hat selbst darauf hingewiesen. Helden und Heldinnen geraten immer in ein solches Dilemma, aber nie fallen sie ihm zum Opfer. In der ganzen Filmgeschichte gibt es keinen einzigen Präzedenzfall. Das gilt für Ihre Filme ebenso wie für unsere. Haben Sie jemals eine Episode der Serie *Kampfkreuzer Rache* gesehen?«

»Dies ist kein Film, Proke.«

»Ich glaube, Ilen geht von einer anderen Annahme aus.«

»Sie vermuten also, daß er uns einen … Fluchtweg gelassen hat?«

»Ihm blieb gar keine andere Wahl. Er mußte sich an die übliche Dramaturgie halten.«

»Na schön. Irgendwelche Ideen?«

»Noch nicht. Haben Sie zufällig ein Messer im Ärmel?«

»Sie sind seit einem Jahr außer Mode.«

Proke lachte. »So ist es richtig, Engelchen. Nicht den Humor verlieren … Können Sie die Beine strecken und den Stuhl ein wenig heben?«

Uhura gab sich Mühe, doch die Stricke ließen ihr kaum Bewegungsspielraum. Gemeinsam gelang es ihnen, den Stuhl etwa einen halben Zentimeter weit beiseite zu rücken. Ein zweiter Versuch, und sie stießen an den Projektor. Die Spulen erzitterten. Die Flüssigkeit in der bernsteinfarbenen Flasche schwappte hin und her.

»Kreissägen«, sagte Aperokei.

»Wie bitte?«

»Kreissägen. Das Opfer an einen Baumstamm gefesselt und auf dem Weg in die Sägemühle — die rotierende Klinge stellt sicheren Tod in Aussicht.« Der Klingone nickte in Richtung Projektor und meinte die sich drehenden Spulen. »Verstehen Sie?«

»Ja.«

»Es ist bestimmt nicht leicht. Wir müssen die untere Spule erreichen, ohne daß die verdammte Flasche herunterfällt.«

»Da haben Sie völlig recht. Also los.«

»Uhura, ich liebe Sie. Bei drei. Eins ... zwei ... *drei.*«

Sie schoben die Stühle noch näher an den Apparat heran. Ihre Köpfe verdeckten nun die Hälfte des Bildes, und das Licht war sehr warm. Die Flasche kippte mehrmals, rutschte zur Seite und verharrte wieder. Die Seile an den Handgelenken der beiden Gefangenen berührten die Kante der unteren Spule; es zischte und surrte.

»Klappt es?« fragte Uhura.

»Das erfahre ich nicht früher als Sie. Üben Sie noch etwas mehr Druck aus.«

Sie hielten die Stricke so straff wie möglich. Einzelne Faserstränge gaben nach. Auf der Leinwand erbebten die Reste des Hauses Usher, und eine lebendig begrabene Frau erwachte wahnsinnig in ihrem Grab.

»Der Film dauert nicht mehr lange«, sagte Aperokei.

»Ich glaube, das Seil zerfranst allmählich. Sollen wir noch fester dagegendrücken?« Uhura drehte den Kopf und sah zu dem Fläschchen. Blasen stiegen in der explosiven Flüssigkeit nach oben.

»Ich schätze, uns bleibt nichts anderes übrig.«

Sie spannten die Muskeln. Das Haus stand nun in Flammen, und Mauern stürzten ein. Es brannte völlig aus, und die Ruinen versanken.

Ein Teil des Strickes löste sich, dann ein anderer. Mann und Frau zerrten an den Fesseln. Der Nachspann glitt über die Leinwand. »*Beeilen* Sie sich«, drängte Proke. Es gelang Uhura, eine Hand zu befreien, und sofort griff sie nach der Flasche. Die obere Spule drehte sich nicht mehr, als die untere den Rest des Zelluloidstreifens aufnahm. Nur noch wenige Millimeter trennten Uhuras Fingerspitzen von dem Fläschchen, in dem es nun brodelte. Aperokei wand sich hin und her. Der letzte Teil des Films glitt durch die Transporttrommel nach unten. Uhura streckte sich, als die Leinwand weiß leuchtete. Die untere Spule drehte sich nun frei, ohne irgendeinen Widerstand, rasselte in der Aufhängung und erschütterte den Projektor. Uhura schloß die Finger um nichts.

Die Flasche rutschte und fiel.

Aperokeis Begleiterin riß die Tüte vom Schoß und schwang sie herum.

Das Fläschchen fiel ins Popcorn. Es knirschte leise.

Uhura ließ die Tüte ganz langsam sinken und atmete wieder.

»War das ...«, begann Proke.

Sie nickte. »Ja.«

»Gut. Dann haben wir den schwierigen Teil überstanden.«

Die Frau schnaubte leise und lachte dann. Mit der freien Hand tastete sie nach hinten, um den Klingonen zu umarmen, während sie auch weiterhin Rücken an Rücken saßen, im Licht der weißen Leinwand.

Mehrere schwerbewaffnete Wächter führten die Gefangenen der Schwarzen Königin in den Audienzsaal und auf die gläserne Scheibe. Um sie herum ragten Kupferstangen auf.

Janeka erschien in einem Gewand aus schwarzer Seide, mit Seitenschlitzen, die bis zur Hüfte emporreichten. Gelassen nahm sie auf dem eisernen Thron Platz. »Seit *Jahrzehnten* stand mir nicht mehr soviel Kraft zur Verfügung«, sagte sie. »Neue Vitalität, neue Jugend ...«

»Ich rate Ihnen zu Vorsicht, Königin!« rief Memeth. Bisher hatte er nur gebrummt und geknurrt, und es war erstaunlich, seine klare Stimme zu hören. Askade drehte sich halb um und musterte ihn. »Wir sind nicht ohne Macht. Bisher haben wir ruhig abgewartet, denn uns liegt nichts daran, mit unserer Macht anzugeben. Aber irgendwann geht unsere Geduld zu Ende.«

»Sparen Sie sich Ihre Drohungen«, erwiderte Janeka. »Wenn die Sonne aufgeht, sind Sie Vitamine für mich.«

Askade gestikulierte und rief etwas Unverständliches, das jedoch recht beeindruckend klang. Dann holte er aus und warf den Medo-Scanner. Das Gerät traf den Ring aus Kupferstangen, prallte ab, fiel zu Boden und blieb liegen.

Niemand gab einen Ton von sich. Die ersten Strahlen der Morgensonne glitzerten durch die beiden Schächte in der Decke und fielen auf die Stangen. Sonst geschah nichts.

»Denkt an die *Maine!*« entfuhr es Sulu, als er zum Rand des Käfigs eilte und die Hände nach draußen streckte. Er packte einen Wächter, zog ihn ans Metall und versetzte ihm einen Schlag an die Schläfe — der Mann sank zu Boden. Das Sonnenlicht glänzte nun direkt herab.

Der Scanner explodierte, und weiße Funken stoben. Die Kupferstangen glühten in einem grünlichen Schein. Helles Gleißen strömte durch die Deckenschächte. Rotes Licht drang von unten empor, begleitet von aktinischen Blitzen und dumpfem Donnern. Das Glas über der Grube erzitterte, und dünne Risse bildeten sich darin.

Nach der Explosion des Medo-Scanners kletterten mehrere Funken wie eine Jakobsleiter am Kupfer hoch. Memeth rief etwas und sprang — zwei Stangen brachen dicht über dem Boden. Die vier Gefangenen stürmten von der Scheibe und den Soldaten der Königin entgegen. Ein wildes Durcheinander entstand.

»Sie bemerken sicher, daß uns der Gegner zahlenmäßig weit überlegen ist«, sagte McCoy.

»Keine Ahnung«, erwiderte Askade. »Ein roter Schleier vor meinen Augen hindert mich daran, Einzelheiten zu sehen.«

Dutzende von Personen liefen durch einen Seitenkorridor und erreichten den Saal. Sie trugen weiße Baumwollkleidung, auf der sich Blut- und Soßenflecken zeigten. Ihre Waffen bestanden aus Messern, Hackbeilen, Teigrollen, Schneebesen ...

»Die Küchen-*Kuve* greifen an!« donnerte Memeth. *»Die Königin! Schnappt euch die Königin!«* Er griff nach einem Schwert und rannte zum Thron.

Janeka war mit einem Satz vom Podium herunter. »Heute nicht, Charlie!« rief sie und hastete zur Tür. Hinter ihr glitt eine Eisenplatte herunter und riegelte den Ausgang ab.

Das Glas über der Grube splitterte. Eine massiv wirkende Lichtsäule ragte empor, und Rauch wallte.

Eine lange Reihe aus Wächtern trieb die Küchensklaven mit Speeren zurück. Andere Soldaten versuchten, die vier Außenweltler zu überwältigen. Memeth schlug wütend um sich, aber seine Hiebe prallten mehr oder weniger wirkungslos an stählernen Rüstungen ab. Sulu parierte immer wieder, sah sich jedoch gezwungen, Schritt um Schritt zurückzuweichen.

»Haben Sie irgendeine Idee, McCoy?« fragte Askade.

»Nun ... *Ich bin Arzt! Laßt mich durch!*«

Die Wächter zögerten für einen Sekundenbruchteil, setzten dann den Kampf fort. »War einen Versuch wert«, wandte sich McCoy an Askade. »Was ist mit Ihnen?«

»Ich kann nur eine objektive Beobachtung anbieten.«

»Und sie lautet vermutlich: Es geht uns allen an den Kragen.«

»Die Grube im Zentrum des Saals zeigt Anzeichen einer Dilithium-Sättigungsüberladung.«

»Und was bei Onkel Jack Daniel soll das bedeuten?«

»Erinnern Sie sich an jene Redewendung, mit der Sie unsere Lage angesichts der Echsenreiter kommentierten?«

»Das ›Streichholz in einer Fabrik für Feuerwerkskörper‹?«

»Das meine ich im Namen Ihres Onkels.«

»Mr. Sulu ...«

»Ich hab's gehört, Doktor.«

Sie standen nun in unmittelbarer Nähe der Steinwand, und Rauch verwehrte ihnen einen Blick in den Rest des Saals. Das Donnern aus der Grube übertönte alle anderen Geräusche.

Memeth holte zu einem neuerlichen Hieb aus. Der Griff seines Schwerts stieß an den Stein.

Und hinterließ ein Loch darin.

Askade schlug zu. Seine Faust durchdrang bemalten Schaumstoff, und dahinter kamen Leinen und dünne Holzstreben zum Vorschein. Er starrte McCoy an. McCoy starrte zurück.

Die Wächter kamen näher.

»Deckt uns!« rief Askade. Er und der Arzt holten tief Luft, rammten dann ihre Schultern gegen den ›Stein‹.

Eine weitere Explosion krachte, und helles Licht fiel auf das Gebüsch, in dem sich die Besatzung der *Jefferson Randolph Smith* versteckte.

»Hier scheint ein Krieg stattzufinden«, sagte Tellihu.

»Der Ort wirkte ausgesprochen friedlich und ist nicht weit entfernt«, entgegnete Trofimow.

T'Vau zitierte epische vulkanische Poesie, seit sie sich in der Kampfzone befanden. Inzwischen war sie auf halbem Wege durch eine zweitausend Zeilen lange Beschreibung des pythagoreischen Lehrsatzes.

»Es ist nicht unser Krieg, oder?« fragte Tellihu in einem kindlichen Tonfall.

»Nein, Tellihu.«

»Glauben Sie, man erlaubt uns, diesen Bereich zu verlassen? Wenn wir höflich darum bitten?«

Eine Granate heulte über sie hinweg. »Gibt es Kriege auf Ihrem Heimatplaneten, Tellihu?«

»Einige Male griffen uns Klingonen an, was man natürlich kaum damit vergleichen kann. Aber ich verstehe, was Sie meinen. Es ist wie mit der Evolution.«

»Was ist wie mit der Evolution?«

»Dieser Krieg. Um ein Beispiel zu nennen: Wenn meine Vorfahren nicht beschlossen hätten, größere Köpfe für größere Gehirne zu entwickeln und aufrecht zu gehen, um die Hände als Greifwerkzeuge zu verwenden ... Dann könnten wir noch heute aus eigener Kraft fliegen. Und wenn ich fliegen könnte, gäbe es einen Ausweg für uns. Darin liegt das Problem mit der Evolution. Wenn ihr ein Fehler unterläuft, so kann er nicht so ohne weiteres korrigiert werden.«

»Ja, Tellihu. Ich glaube, da haben Sie recht.«

Trofimow vernahm einen menschlich klingenden Schrei und hob ansatzweise den Kopf, ebenso wie ihre beiden Gefährten. Ein Mann stürmte an ihnen vorbei und schwang etwas, das wie ein Golfschläger aussah. Ein Klingone mit *zwei* Golfschlägern folgte ihm. Dann kamen zwei weitere Gestalten, ein Mensch und ein Klingone — sie gingen nebeneinander. Der Mensch pfiff laut die Melodie eines schottischen Marschlieds.

»Was machen wir jetzt?« fragte Tellihu. »Fragen wir sie nach dem Weg?«

»Nein«, erwiderten Trofimow und T'Vau wie aus einem Mund.

»Sie sind dorthin unterwegs«, stellte die Kommandantin fest. »Wir gehen in die andere Richtung.«

»Warum?« erkundigte sich T'Vau.

Trofimow holte tief Luft. »Weil ich es so will.«

Zwei vorsichtige Gestalten näherten sich dem Hotel Direidi.

»Den Haupteingang meiden wir besser«, sagte Aperokei. »Hier entlang.«

Sie schlichen durch die Dienstbotentür und blieben in einem holzvertäfelten Flur stehen, der an einer Treppe vorbeiführte. Dunkelheit verschlang Einzelheiten der Umgebung. »Wohin jetzt?« fragte Uhura.

»Geradeaus. Wenn wir nach oben gehen, besteht die Gefahr, daß wir tiefer fallen.«

»Rühren Sie sich nicht von der Stelle!«

Auf der Treppe stand ein junger Mann; er trug einen schwarzen Rollkragenpullover, eine schwarze Lederjakke, schwarze Hose und schwarze Schuhe. Unter dem Kopfhörer zeigte sich struppiges blondes Haar, und ein Mikrofon hing vor dem Mund.

Der Mann trat energisch die Stufen herunter, deutete mit einer langen und leichenhaft blassen Hand auf Uhura und Proke. Die blauen Augen hinter der Brille blickten durchdringend, und das Irrlichtern in den Pupillen verhieß nichts Gutes.

»Hier haben Sie überhaupt nichts zu suchen«, ertönte eine heisere Stimme. »Ihr Auftritt ist hier *nicht* vorgesehen. Ich finde es schon schlimm genug, daß mir der Autor Manuskriptseiten mit feuchter Tinte schickt, und wenn ich Sie jetzt auch noch an die richtigen Schauplätze bringen muß ... Nein, das geht zu weit.« Der junge Mann drückte eine Taste am Kopfhörer. »Re*gie*, hier ist der *Inszenierungs*leiter. Zwei der kleinen Lämmer haben sich verirrt, mä-mäh. Ja, das glaube ich auch.« Er ließ die Taste los und deutete auf Uhuras Umhängetasche. »Das Ding kommt wieder in die Ausstattungskammer, bevor Sie uns verlassen, klar?« Erneut hob er die Hand zum Kopfhörer. »Inszenierungsleiter ... Gut. Prächtig. Hervorragend. Mal sehen, ob sich das irgendwie hinbiegen läßt. He, glaubt ihr etwa, gewerkschaftlich organisiert zu sein?«

»Was ist hier eigentlich los?« fragte Uhura.

»Jetzt hören Sie mir mal gut zu, Bürschchen«, sagte

Proke gleichzeitig freundlich und fest. »Meine Begleiterin und ich haben ziemlich viel hinter uns gebracht, um hierherzugelangen, und jetzt möchten wir Antworten. Sie werden sie uns geben. Wenn Sie nicht dazu bereit sind, drehen wir Sie durch die Mangel und knöpfen uns dann jemand anders vor ...«

»Wundervoll, ausgezeichnet, ein guter Text.« Der Mann in Schwarz winkte. »Aber dies ist keine Probe. Sie brauchen nicht für *mich* vorzusprechen. *Ich* entscheide nicht, was ins Manuskript kommt. Bitte dort entlang. Ihre nächste Szene findet in der Küche statt.«

»Unsere nächste Szene«, wiederholte Uhura.

»Ja, Teuerste. Wir nennen so etwas Stichwort oder Einsatzzeichen.« Einmal mehr hob er die Hand und krümmte die Finger. »Ich gebe sie, und Sie reagieren darauf. Das Ergebnis besteht darin, daß wir bald Blumensträuße bekommen und das Gekritzel jener Untergattung von Würmern lesen, die man Kritiker nennt. Außerdem will man von uns wissen, wie Mr. Gable *wirklich* ist, und die ganze Zeit über fragen wir uns, warum wir einen solchen Beruf gewählt haben, obgleich die medizinische Forschung so gut für Forschungsmaterial bezahlt ... Nun, noch einmal von vorn. Küche. Sie. Auftritt.« Er berührte den Kopfhörer. »Beleuchtung Nummer Siebzehn.« Lampen glühten und erhellten den Flur. »Und ... *Aufnahme.*« Der Mann streckte den Arm aus und stand völlig still.

Uhura sah Aperokei an, der mit den Schultern zuckte. Sie setzten sich in Bewegung und gingen zu einer Doppeltür mit der Aufschrift:

KÜCHE
NUR FÜR ANGESTELLTE

Proke hielt den Zeigefinger an die Lippen. Uhura wich beiseite.

Der Klingone trat die Tür auf und sprang über die Schwelle, gefolgt von seiner Begleiterin.

Sie standen am Ende einer geradezu riesigen Küche, sahen überall weiße Fliesen und Stahltische. Auf den meisten Tischen lagen weiße Laken über irgendwelchen Dingen, die hohe Stapel bildeten. Mindestens fünfzehn ganz in Weiß gekleidete Personen mit Kochmützen standen vor den Backöfen, schoben Karren und hielten weiße Handtücher. Es roch nach Teig und Sahne.

Proke starrte mit offenem Mund. Er schnupperte. Er deutete auf die Tische und Karren. »Sehen Sie, Engelchen? Jetzt ergibt alles einen Sinn. Jetzt wissen wir, was hier vorgeht.«

»Natürlich«, hauchte Uhura, und ihr ging ein Licht auf. Sie verstand tatsächlich. »Die Direidi haben es von Anfang an geplant …«

»Ja, in der Tat«, bestätigte eine Frau. Estervy trat vor, nahm den hohen weißen Hut ab und schüttelte ihr langes graues Haar frei. »Deshalb bestand ich darauf, diese besondere Szene umzuschreiben. Flyter fand zunächst keinen Gefallen daran, aber Sie haben so gute Leistungen vollbracht, daß ich es für angemessen hielt, Ihnen den letzten Akt zu zeigen, bevor er beginnt.« Sie klopfte sich Mehl von den Händen. »Für Sie sind keine weiteren Auftritte vorgesehen, Lieutenant Aperokei. Ist Ihnen klar, was das bedeutet?«

»Und ob«, sagte Proke und griff sanft nach Uhuras Ellbogen. »Wir wissen zuviel.«

Flyters Stimme drang aus einem Lautsprecher an der Decke. »Ich hätte es nicht besser ausdrücken können.«

»Leider müssen wir jetzt gehen«, meinte Uhura. Sie und Proke wirbelten herum, stürmten zur Tür.

Der junge Mann in Schwarz stand dort und berührte seinen Kopfhörer. »Mechanische Spezialeffekte … Achtung, Aufnahme!«

Vier Köche warfen ihre Handtücher beiseite und hoben schwarze Waffen mit transparenten Läufen. Blaue

Energiestrahlen zuckten durch die Küche. Die beiden Außenweltler gerieten ins Kreuzfeuer und hatten überhaupt keine Chance. Uhura sah, wie die Welt gleißte und briet, sich überbelichtet zur Seite neigte und dann zu Dunkelheit verblaßte.

KAPITEL 9

KOMMEN SIE ZU BESUCH

In Zimmer 21 des Hotels Direidi glättete Botschafterin Charlotte Caliente Sanchez ihre weiße Seidenbluse, griff nach einem bodenlangen Rock aus silbernem Brokat auf weißer Wolle und schloß ihn an der Taille. Dann trat sie vor den hohen Spiegel und prüfte ihr Erscheinungsbild. Der Rock strahlte Eleganz aus, und die Bluse war tief genug ausgeschnitten, um die Aufmerksamkeit von Captain James T. Kirk zu gewährleisten. Gleichzeitig bewahrte sie jenes Mindestmaß an Anstand, das man von einer Diplomatin auf diesem Planeten erwartete.

Sanchez nahm auf der Bettkante Platz, zog weiße Schuhe mit hohen Absätzen an, stand wieder auf und ging versuchsweise einige Schritte. Von Bequemlichkeit konnte keine Rede sein, aber diesem Zweck dienten die Schuhe auch gar nicht. Einmal mehr strich sie über die Bluse und lächelte. *Kirk hat keine Ahnung, was ihm bevorsteht,* dachte sie voller Vorfreude.

Und er durfte es auch nicht herausfinden, wenn Belastungen der Beziehungen zwischen Föderation und Direidi vermieden werden sollten …

In Zimmer 22 — es grenzte an einen anderen Teil des V-förmigen Hotelflurs — rückte Captain James T. Kirk seine Fliege vor dem Badezimmerspiegel zurecht und strich den Kragen glatt.

Es klopfte an der Tür. »Ja?«

»Wäscherei, Sir. Sie wünschen die Reinigung einer Uniform?«

»Ja, kommen Sie herein.« Die Tür öffnete sich. »Die Sachen liegen auf der Kommode. Sehen Sie den Haufen?«

»Ja, Sir«, antwortete eine rauhe, alt klingende Stimme. »Haben Sie alle Medaillen abgenommen?«

»Ich glaube schon.«

»In Ordnung, Sir. Ich bringe Ihnen die Uniform morgen früh, wenn das nicht zu spät für Sie ist.«

»Einverstanden.«

Die Tür schloß sich wieder. Kirk verließ das Bad, nahm die satingestreifte Smokinghose vom Bügel und zog sie an. Er streifte den Leibgürtel um die Taille, blickte erneut in den Spiegel und schob den Kummerbund etwas höher. Nicht übel. Der klassische schwarze Anzug war auf der Erde schon seit zweihundertfünfzig Jahren aus der Mode, aber die Direidi sahen darin offenbar die einzige angemessene Kleidung für einen Mann, der des Abends mit einer Dame speist. Kirk hatte nichts dagegen. Er zog auch die schwarze Jacke an und zupfte an den Aufschlägen. *Außerdem ist die Leihgebühr nicht besonders hoch,* dachte Jim.

Auf der Kommode, wo Kirks Uniform gelegen hatte, stand nun eine kleine Vase mit einer roten Blume. Die Karte daneben vermittelte folgende Botschaft: »Mit den besten Empfehlungen des Hotels.«

Der Captain schmunzelte, griff nach der Blume und hielt sie sich kurz an die Nase, bevor er sie ins Knopfloch steckte. Wenn Petes Kumpel Zack den Dieb spielte und den Anschein erweckte, Kirk zu betäuben, wollte Jim in einer theatralischen Geste die Hand zur Blume heben — immerhin war für diesen Abend eine im wahrsten Sinne des Wortes königliche Vorstellung geplant.

Aber vor dem Spaß stand das Essen auf dem Programm. Und anschließend …

Kirk schwang einen imaginären Spazierstock, pfiff fröhlich vor sich hin und ging in den Flur.

In Zimmer 32, direkt über Kirks Suite, rang Captain Kaden vestai-Oparai mit dem Knoten seiner Fliege. *Der* Smo'kinh *ist ein ausgesprochen seltsames Kleidungsstück,* dachte er mindestens zum vierzehnten Mal, überließ die Fliege für einige Sekunden sich selbst und kontrollierte die Bänder unter der Jacke. Der Klingone hielt sie für Überbleibsel von Schulterpatronengurten. Und der Kummerbund ... Hatte er früher dazu gedient, Dolche zu verstecken? Erinnerte er vielleicht an Rüstungen? Oder stellte er eine Würdenschärpe dar, so wie im Imperium? Dieses besondere Exemplar bestand aus mit Goldfäden durchwirktem Stoff, was in Kaden Respekt den Direidi gegenüber weckte. Sie waren tüchtig; ihre Bediensteten arbeiteten gut. Die Einheimischen mochten sonderbare Bräuche haben, aber sie erschienen dem Klingonen nicht bizarrer als manche terranischen Traditionen.

Und der Plan des Direidi namens Piet blaeck-Wutt, genug Ehre zu erringen, um die von ihm erwählte Frau zu heiraten, wies auf Schläue hin. Bei der Familiengründung mußten Fehden verhindert werden — sie waren lang und anstrengend und so voller Bitterkeit wie ein Romulaner, der beim Stehlen von Süßigkeiten ertappt wurde.

Schließlich gelang es Kaden, das Problem mit der Fliege (einst vermutlich eine Vorrichtung, die vor Erdrosselungsdrähten und Messern schützen sollte) zu lösen. Der Klingone lächelte. Manche Dinge erreichte man mit Gewalt; bei anderen war es besser, mit List vorzugehen. *Wenn man es so formuliert, wäre Arizhel sicher bereit, meine Ansicht zu teilen.*

Arizhel zog den Träger ihres Kleids über die rechte Schulter und befestigte ihn mit einer runden Bronzebrosche, in der ein Blutjaspis glänzte. Sie trug nur wenig Schmuck: lange Ohrringe aus dünner Bronze, einige goldene Armreife. Charlotte hatte darauf hingewiesen, daß der hiesige Stil bei festlicher Kleidung nur wenig Zierde vorsah und seine Wirkung durch klare, schlichte Formen erzielte. Rish sah in den Spiegel und nickte zufrieden.

Ihr rotes Seidengewand bestand aus zwei verschiedenen Schichten: einer transparenten mit goldenen Fäden und einer undurchsichtigen, die hell glänzte. Wenn sie sich bewegte, *schillerte* das Kleid, und die Seitenschlitze offenbarten recht viel Bein. Beide Arme und die eine Schulter blieben unbedeckt. Die Botschafterin hatte eigentümliche Schuhe vorgeschlagen, aber Arizhel besorgte sich statt dessen weiche, flache Slipper aus dem Hotelladen: Sie waren hellrot, und rote Satinriemen reichten bis zu den Waden. Sanchez hatte sie mit folgenden Worten kommentiert: »Damit Sie nicht von irgendwelchen Balkonen tanzen.« Dann lachte die Diplomatin und stiftete noch weitaus mehr Verwirrung, indem sie versuchte, den Witz zu erklären. Rish wollte nicht von irgendwelchen Balkonen tanzen, ganz gleich, was Prinzessin D'di an diesem Abend anstellte. Vielleicht handelte es sich um eine abergläubische Redewendung, die Unheil fernhalten sollte, vergleichbar mit dem terranischen ›Hals- und Beinbruch‹ beziehungsweise klingonischen Ausdrücken wie ›Reiß eine Kralle aus‹ oder ›Stirb gut‹.

Arizhel blickte erneut in den Spiegel. Sie wußte, wer heute abend den Wunsch verspüren würde zu tanzen — und zwar nicht auf Balkonen. Armer Kaden: Ihn erwartete eine ziemlich große Überraschung.

Rish wickelte sich einen langen roten Seidenschal um den Hals und ließ das eine Ende über den Rücken baumeln — Klingonen entblößten ihren Hals nicht. Sie verließ das Zimmer und folgte dem Verlauf des V-förmigen Flurs. An der Außenseite des ›Ellbogens‹ gab es einen Lift, an der Innenseite eine breite, mit Teppichen ausgelegte Treppe.

Kaden kam ihr entgegen, und er bewegte sich steifbeinig in seinem *Smo'kinh.* Andererseits: Er sah recht elegant und nobel aus, wie ein Schlachtkreuzer mit glänzender neuer Außenhülle.

Sie gingen ein Stockwerk nach unten, und dort begegneten sie den beiden Menschen. Kirk trug ebenfalls einen schwarzen Anzug, Sanchez funkelndes Weiß. Der terranische Captain winkelte den einen Arm an, und die Hand der Botschafterin ruhte sanft darauf. Kaden folgte seinem Beispiel, nachdem er Arizhel einen kurzen Blick zugeworfen hatte. Rish schloß die Finger um seinen Ärmel. *Dies mag nützlich sein, wenn eine Gruppe jagt und sich in dichtem Nebel verirrt,* dachte die Klingonin.

Sie schritten die Treppe hinunter zum Speiseraum.

Man führte die beiden Raumschiffkommandanten und ihre Begleiterinnen zum Tisch in der Mitte des Hotelrestaurants — durch das Oberlicht darüber fiel der perlmuttene Glanz des Vollmonds. Der Kellner brachte Champagner in einem großen silbernen Kübel und Speisekarten auf Föderationsstandard und Klingonisch.

Es wurden fünf Gänge angeboten, mit kaltem Scherbett dazwischen, um den Gaumen auf neue Genüsse vorzubereiten. Es gab drei verschiedene Weine. Die jeweilige Quantität war mehr als nur großzügig, und als man das Dessert servierte, kroch der bleiche Mond bereits zum Horizont.

»Sollen wir noch eine Flasche Champagner bestellen?« fragte Kirk.

»Ja, er schmeckt wirklich gut.« Sanchez wandte sich an den Kellner. »Stammt er von hier?«

»Ja, Madame. Er wird extra fürs Hotel produziert.«

»Ein interessantes Aroma«, stellte Kaden fest. »Ich finde dieses Getränk ausgezeichnet.« Er hielt sein Glas vor die Kerzen und betrachtete es. »Das Gas ist harmlos?«

Sanchez lachte leise. »Kommt darauf an. Manche Leute halten die Bläschen für sehr gefährlich.« Sie bekam einen Schluckauf. »Verstehen Sie, was ich meine?«

»Woraus wird diese Flüssigkeit hergestellt?« fragte der Klingone. »Aus Pilzen?«

»Trauben«, sagte Kirk.

»Und die Direidi haben Trauben«, fügte Sanchez hinzu. »Estervy hat deutlich darauf hingewiesen. Es herrscht kein Mangel an Trauben. Aber Löwen fehlen.«

Der Kellner kam mit einer Flasche und öffnete sie geschickt. »Eigentlich hat der klingonische Herr recht, Sir. Der hiesige Champagner wird tatsächlich aus Pilzen hergestellt.« Er drehte die Flasche und zeigte Kirk das Etikett:

CHAMPAGNE DES CHAMPIGNONS
MÉTHODE INCONNU

»Oh«, machte Kirk. »Und die Bläschen ...«

»Natürlich Kohlendioxid, Sir. Wenn Sie lieber unseren Metheglin aux Méthane probieren möchten ...«

»Nein, danke. Wir bleiben hierbei.«

Der Kellner füllte die tulpenförmigen Gläser. Botschafterin Sanchez hob ihrs zur Mitte des Tisches. »Auf Direidi. Auf die friedliche und produktive Erschließung dieses Planeten — wer auch immer damit beauftragt wird.«

»Wer auch immer«, wiederholte Kaden und fletschte die Zähne zu einem Lächeln. Sie stießen an.

Als das Geschirr abgeräumt wurde, stand Kirk auf. »Nun«, sagte er, und seine Wangen glühten ein wenig. »Das war ein großartiges Essen. Meine Güte, es ist spät geworden. Schon nach Mitternacht. Sollen wir uns jetzt ... zurückziehen?«

»Zurückziehen?« entfuhr es Sanchez. »Jetzt? Ich bin noch putzmunter. Und ich habe gehört, daß es hier im Hotel eine neue Eisdiele gibt, die auch des Nachts geöffnet hat.«

Zwischendurch: [redacted] Fünf Gänge, drei verschiedene Weine, Champagner: Man lebt recht üppig – doch Kaden ist ein wenig mißtrauisch. Kein Wunder, denn manche Genüsse muß man erst kennengelernt haben, um sie zu schätzen. [redacted] Würde nicht ein Volk, das den Gebrauch des Feuers nicht kennt, zögern, wenn wir Wasser auf den Herd stellen? Für uns ist dies ja eine alltägliche Handlung zwischendurch – wenn wir sie uns zubereiten, die . . . [redacted]

Kirk schluckte. »Eine Eis ... diele?«

»Seit meinem letzten Eis mit Soda sind viele Jahre vergangen«, sagte die Diplomatin verträumt.

»Ja«, brachte Kirk mühsam hervor. »Das gilt auch für mich.«

»Ist Ihnen etwas im Hals steckengeblieben?« erkundigte sich Kaden.

»Nein, es geht mir bestens. Und ein, äh, Eis mit Soda ... Scheint genau das Richtige zu sein. Zur, äh, Verdauung.«

»Die Botschafterin hat mir von den *Zhodas* erzählt«, warf Arizhel ein.

»Tatsächlich?« krächzte Kirk.

»Ich würde diese Spezialität gern kennenlernen«, betonte Rish.

»Wir haben eine üppige Mahlzeit hinter uns«, gab Kaden zu bedenken.

»Oh, ich bitte Sie«, erwiderte Kirk. »Sie wollen die nette Party doch nicht vorzeitig beenden.« Und etwas leiser und eindringlicher: »Sie möchten ein Eis mit Soda, Freund. Glauben Sie mir: Sie sind ganz verrückt danach.«

Kaden kniff die Augen zusammen, und Kirk nickte nachdrücklich.

»Na schön«, brummte der Klingone.

»Gut«, sagte Sanchez. »Ich möchte Eis. Sie möchten Eis. Damit ist ja alles in bester Ordnung.«

»Und was möchte ich?« fragte Rish, als sie das Restaurant verließen.

Die Eisdiele befand sich in einem breiten, nur matt erhellten und von Farnen gesäumten Korridor, der vom Speiseraum abzweigte. Hinter den bunten Fenstern standen kleine Tische mit Korbstühlen, und die verchromten Fächer des langen Tresens enthielten achtundvierzig Eissorten. Über der Tür hing ein Schild mit der vergoldeten Inschrift GELATI DIREIDI. Kirk sah empor und stellte fest, das an den letzten beiden Lettern die goldgelbe Farbe fehlte. *Seltsam,* dachte er. *So neu scheint diese Eisdiele gar nicht zu sein.*

Sie nahmen Platz. Ein junger Mann mit weißer Uniform und einem spitzen Papierhut trat auf sie zu. »Guten Abend. Was darf's sein?«

»Viermal Eis mit Soda«, sagte Kirk. Er deutete auf sich selbst und Sanchez. »Schokolade, Schokolade ...« Einige Sekunden lang musterte er die beiden Klingonen. »Ach, was soll's? Schokolade für alle.«

»Kommt sofort.«

»Es ist nett von Ihnen, für uns alle das gleiche zu bestellen«, sagte Kaden freundlich. »Aber ich halte das nicht für erforderlich. Nach den fünf Gängen im Restaurant brauchen wir bestimmt nicht zu befürchten, daß uns jemand vergiften will.«

Sanchez kicherte. »Oh, schon gut«, erwiderte Kirk.

Der Kellner kehrte mit vier großen, kristallenen Eisbechern zurück, in denen es laut sprudelte. »Wenn Sie noch etwas wünschen ... Ich bin die ganze Nacht über hier.«

Sanchez löste das Papier von ihrem Strohhalm, setzte ihn an die Lippen und blies die Hülle fort. Sie lachte erneut. Kirk schmunzelte ein wenig gezwungen und schob den eigenen Strohhalm ins Glas.

Kaden und Rish folgten seinem Beispiel. Kaden trank einen Schluck und riß die Augen auf. Hingebungsvoll sog er an dem Strohhalm, ließ ihn los, atmete tief durch und nickte. »Ahhh. Auf *diese* Weise beendet man einen Tag.«

»Das stimmt«, pflichtete ihm Kirk bei. »Natürlich ist es schon sehr spät, und wir sollten bald unsere Zimmer aufsuchen.«

Kaden sah auf. »Ja?«

»Ja. Sie wissen schon. Zurück. In unsere Zimmer.«

»Oh, Sie haben recht.« Der Klingone nickte. »Zurück in unsere Zimmer. *So* beendet man einen Tag.«

Ein Page — er trug eine Jacke mit Messingknöpfen —

kam herein und sah sich um, obwohl das gar nicht notwendig zu sein schien. Abgesehen von den Außenweltlern hielten sich keine anderen Gäste in der Eisdiele auf.

»Ein Anruf für Commander Arizhel«, verkündete der Junge.

»Wer ruft mich?« fragte Rish. Dann bemerkte sie, daß Sanchez verstohlen den Kopf schüttelte. »Na schön, Bursche.« Sie stand auf.

»Vielleicht sollte ich Sie begleiten«, sagte die Botschafterin. »Der Anruf könnte auch für mich sein.«

»Was?« Kirk hob verdutzt die Brauen.

»Muß mir die Nase pudern«, erklärte Sanchez, klopfte auf Jims Hand und eilte mit der Klingonin in den Flur.

Die beiden Kommandanten sahen den Frauen nach und wechselten einen verwirrten Blick.

»Captain Kirk, Captain Kaden«, erklang eine leise Stimme.

Ein sehr nervös wirkender Pete Blackwood näherte sich dem Tisch.

»Pete?« Kirk musterte den jungen Mann. »Was ist los? Stimmt was nicht?«

»Kann man wohl sagen. Zack hatte einen Unfall.«

»Tot?« fragte Kaden.

»Nein, nein. Er hat sich nur den Fuß verstaucht. Aber dadurch ist er nicht mehr imstande, die Schwarze Katze zu spielen.«

»Kennen Sie niemanden, der für ihn einspringen könnte?« erkundigte sich Kirk.

»Zumindest niemanden, dem ich vertraue. Außerdem wird die Zeit zu knapp.«

»Also müssen wir uns selbst darum kümmern.« Kirk dachte kurz nach. »Rish ist jetzt im dritten Stock. Der Dieb hat also keine andere Wahl, als sie zuerst zu überwältigen. Dann begibt er sich in den zweiten Stock, nimmt Charlotte als Geisel und bringt sie beide zur Empfangshalle ... Ich schätze, mir bleibt nichts anderes übrig, als Zack zu vertreten. Kaden sollte in Rishs Zimmer sein, wenn die Katze erscheint. Außerdem: Arizhel hat mit Ihnen zusammen gekämpft und würde Sie vermutlich wiedererkennen. Was meinen Sie?«

»Das stimmt vermutlich«, räumte der Klingone ein. »Aber wie wollen Sie sich in den Dieb verwandeln, wenn Sie Botschafterin Sanchez Gesellschaft leisten?«

»Ich finde eine Möglichkeit, mich von ihr zu trennen.« Kirk lächelte schief. »Das ist mal eine Abwechslung. Na schön, Pete: Wo ist das Kostüm der Schwarzen Katze?«

»In der Kellerwäscherei. Auch der Betäubungsstrahler.«

»Nun gut. Verschwinden Sie jetzt, bevor die Frauen zurückkehren.«

»Ich bin Ihnen sehr dankbar, Captain Kirk«, sagte Pete. »Und auch Ihnen, Captain Kaden. Sie sind wahre Freunde.«

»Wir sind Krieger, Verbündete im Kampf gegen den arroganten Adel«, sagte Kaden, griff nach Rishs Eisbecher und leerte ihn mit einem genüßlichen Schlürfen.

»Dem schließe ich mich an«, ließ sich Kirk vernehmen. »Wir sehen uns in der Empfangshalle, Pete.«

»Sie haben einen Schwips«, sagte Arizhel leise aber fest, als Sanchez im Flur zu ihr aufschloß.

»Ich bin nicht betrunkener als Sie«, erwiderte die Botschafterin. »Ich werde nur meiner Rolle gerecht, zugunsten von Sie-wissen-schon.«

»Ach, wirklich? Kirk ist nicht in der Nähe, und Sie torkeln trotzdem.«

»Es liegt an den verdammten Schuhen. Die hohen Absätze sollen ... Himmel, ich weiß nicht, ob ich es erklären kann.«

»Das ist auch gar nicht nötig.« Rish rückte den Träger ihres Kleids zurecht und lachte. »Ich weiß genau, was Sie meinen. Nun, warum sind Sie gekommen? Wissen Sie, wer mich sprechen möchte?«

»Es kann nichts Offizielles sein — sonst hätte man Captain Kaden verständigt. Ich tippe auf Deedee.«

»Und damit haben Sie recht«, ertönte eine leise, klagende Stimme aus einer Telefonzelle, die fast verborgen hinter einer großen Topfpflanze stand. »Hierher, schnell.«

Die Prinzessin saß mit hängenden Schultern neben dem Telefonanschluß. Sie trug einen pelzbesetzten Umhang über einem Sweatshirt der miskatonischen Universität und Jeans. Das eine Hosenbein war aufgeschnitten, um Platz zu schaffen für einen dicken Verband an Deedees Fußknöchel. Zwei Krücken lehnten neben ihr an der Wand.

»Was ist passiert?« fragte Sanchez.

»Ich hab mir den Fuß verstaucht«, antwortete die Prinzessin kummervoll. »Und in *diesem* Zustand kann ich unmöglich ein akrobatischer Dieb sein.«

»Commander…« Sanchez wandte sich an Arizhel. »Wir brauchen einen neuen Plan.«

»Ganz offensichtlich muß einer von uns das Kostüm der Schwarzen Katze überstreifen«, entgegnete Rish. »Aber abgesehen davon bleibt alles beim alten. Sie werden nach wie vor als Geisel genommen — von mir. Nach der ›Flucht‹ kehre ich in mein Zimmer zurück und schließe mich im Schrank ein.«

»Aber wie wollen Sie das erklären?« erkundigte sich Deedee kleinlaut. »Müssen Sie dabei nicht ein wenig … flunkern?«

»Ganz und gar nicht. Ich sage, daß mich der Geiselnehmer dort eingesperrt hat — und das stimmt ja auch.«

»In der Diplomatie hätten Sie große Erfolge erzielt, Rish«, kommentierte Sanchez anerkennend. »Gut, das ist also geklärt. Liegen die Sachen der Schwarzen Katze in meinem Zimmer?«

»Ich habe sie selbst dorthin gebracht. Zum Glück gibt es Aufzüge.«

»Hält sich Pete für die Rettung bereit?« fragte Arizhel.

»Wir haben wie geplant vereinbart, uns in der Eisdiele zu treffen.« Die Prinzessin lächelte. »Jetzt kann ich die Verabredung wenigstens einhalten.«

»Das ist die richtige Einstellung«, lobte Sanchez. »Seien Sie unbesorgt.«

»Oh, ich mache mir keine Sorgen«, erwiderte Deedee. »Sie sind beide großartig.«

»Wir sollten jetzt wieder die Eisdiele aufsuchen und mit der Ausführung des Plans beginnen«, drängte Rish. »Es ist ein Vergnügen und eine Ehre, für Sie zu kämpfen, Prinzessin.«

Als die beiden Frauen durch den Flur schritten, meinte Sanchez: »Wir müssen irgendeinen Weg finden, um die beiden Herren loszuwerden.«

»Glauben Sie, Kirk und Kaden versuchen, uns in unsere Zimmer zu folgen?«

»Oh, sie möchten sicher, daß *wir* ihnen in *ihre* Zimmer folgen, was natürlich nicht unseren Wünschen entspricht. Den Grund dafür verstehen Sie sicher.«

»Ja. Nun, irgendwie gelingt es mir bestimmt, meinen Captain fortzuschicken. Was ist mit Ihnen?«

»Keine Sorge, Rish. Ich weiß, worauf es dabei ankommt.«

Sie stiegen die Treppe hoch. »Gute Nacht«, sagte Sanchez im zweiten Stock und wandte sich nach links. »Gute Nacht, Charlotte«, erwiderte Kirk. »Ihnen ebenfalls, Kaden, Rish.« Er ging nach rechts.

»Gute Nacht«, entgegneten die beiden Klingonen und setzten den Weg zur dritten Etage fort. Als Kirk sie nicht mehr hörte, kehrte er zurück. Botschafterin Sanchez stand neben der Treppe und lehnte mit verschränkten Armen an der Wand.

»Nun, willst du die ganze Nacht im Flur verbringen?« fragte sie.

Im dritten Stock murmelte Kaden: »Ich frage mich, was sich zwischen dem Föderationspaar abspielt.«

»Das sollte dem Captain und Strategen eigentlich klar sein«, antwortete Arizhel. »Sein wissenschaftlicher Offizier weiß zumindest Bescheid. Sie kennt Captain Kirks Gedanken — und Captain Oparais Pläne.«

Kaden starrte Rish verblüfft an. »Sie wissen darüber Bescheid?«

»Es ist ein offensichtlicher Plan. Aber manchmal sind offensichtliche Pläne besonders schlau. Wenn man sich nicht vom Gegner überraschen läßt.«

Kaden entspannte sich, als er zu verstehen begann, was Arizhel meinte. Er streckte die Hand aus, und Rish hob ihre, um sie zu berühren — in der Art von Jägern, die durch dunkle Höhlen schleichen. Sie wandten sich nach links und wanderten durch den Flur zum Zimmer 31.

Arizhel schloß die Tür hinter ihnen, zog die Spange aus dem Haar und ließ sie fallen. Kaden ging zu einem Stuhl.

»Wünscht der Captain, allein zu sitzen?« fragte Rish.

Kaden versuchte zu lachen, aber es wurde ein Krächzen daraus. Er nahm auf dem Bett Platz, und Rish saß neben ihm, so gerade wie ein Kadett.

Kadetten hatten nicht so wundervolles Haar.

»Störe ich Sie mit meiner Präsenz?« brachte Kaden hervor. »Empfinden Sie mein Interesse als unehrenhaft?«

»Nein — und das gilt sowohl für Ihre Präsenz als auch für Interesse und Absichten.« Arizhels Fingerspitzen ruhten nun auf Kadens Unterarm. »Sie haben dort eine Narbe, nicht wahr?«

»Ja.«

»Mir ist bekannt, wie Sie dazu kamen. Sie sind damals sehr kühn gewesen.«

»In Ihrem linken Ohr gibt es eine kleine Kerbe. Sie stammt von einer Kinshaya-Kugel.«

»Im linken Ohr? Sind Sie ganz sicher?« Rish hob beide Hände und preßte sie an den Kopf.

»Ja«, bestätigte Kaden. »Im linken.«

»Stimmt.« Die Klingonin lachte. Etwas leiser fügte sie hinzu: »Falls wir einen gemeinsamen Lebensweg wählen ... In welche Richtung soll er führen? Was halten Sie davon, wenn wir Freibeuter werden?«

»Warum nicht?« Kaden klang nachdenklich. »Askade wäre sicher damit einverstanden. Ebenso Maglus, glaube ich.« Er kicherte. »Und natürlich auch Proke. Ich höre bereits den Namen unseres Schiffes: *Grußfrequenzen des Schreckens* ... Aber heute ist es nicht mehr so einfach wie damals. Die Gedankenadmiräle überwachen ruhige Grenzen, und offenbar sind sie nicht ohne Einfluß beim Imperator. Um ihre Nützlichkeit zu beweisen, locken sie dann und wann die Kreuzer von Freibeutern in eine Falle.«

»Die Gedankenadmiräle treiben doppeltes Spiel. Manchmal sind sie sogar noch verschlagener.«

Kaden zuckte mit den Schultern. »*Nil komerex, khesterex*. Wir sind Klingonen. Wir alle spielen.«

»Sie befürworten also das Ewige Spiel?«

Plötzlich versteiften sie sich beide und blickten auf die Uhr neben dem Bett.

»Bitte entschuldigen Sie mich.« Kaden stand auf. »*Aismitzhoda* hat es offenbar sehr eilig, den Körper wieder zu verlassen.« Er blieb vor der Hygienezelle stehen. »Wir könnten ein Vermögen verdienen, wenn wir diese Delikatesse auf Klinzhai verkaufen.«

Arizhel lachte, als Kaden im Bad verschwand. Dann erhob sie sich, ganz vorsichtig, damit das Bett nicht knarrte. Auf leisen Sohlen schlich sie zur Tür, die der klingonische Kommandant geschlossen hatte, drehte den Schlüssel und hustete, um das leise Klicken zu übertönen.

Rish trat einige Schritte weit zur Tür, die in den Flur führte. Niemand konnte beobachten, wie der Dieb sie angriff und überwältigte, aber ein *Augen*zeuge war auch gar nicht erforderlich.

»Wer sind Sie?« rief Arizhel und warf ein Kissen an die Wand. »Was haben Sie hier zu suchen?« Sie hüpfte umher. »Sie wollen also nicht antworten? Dann sterben Sie stumm!« Rish trat gegen die Wand. »Ehrloser! Eine unbewaffnete Frau zu überfallen ...« Sie stieß eine Lampe um. »Ich werde dich finden, Dieb und Mörder!« Sie schnaufte und keuchte möglichst laut. »Mit den Schiffen der Schwarzen Flotte. Und dann höre ich dich schreien, zehntausendmal ...« Die Klingonin warf sich zu Boden, stöhnte und schwieg.

»Arizhel?« ertönte Kadens gedämpfte Stimme aus der Hygienezelle. Der Kommandant pochte an die Tür. *»Arizhel?«*

Rish stand auf und ging zum Schrank. Sie sprang hinein, landete laut genug zwischen mehreren Bügeln und ließ die Tür zufallen. Einige Sekunden später drückte Arizhel sie wieder auf und warf einen Blick in den Korridor. Niemand zu sehen. Sie verließ das Zimmer, verharrte kurz im Flur und stellte fest, daß Kaden hier nicht zu hören war. Gut. Sie eilte weiter und hastete die Treppe zum zweiten Stock hinunter.

»Wie wär's mit einem Schlummertrunk?« fragte Kirk.

»Schlummertrunk? Prächtig. Nach dem aus fünf Gängen bestehenden Essen und einem großen Eis mit Soda brauche ich etwas, um meinen Stoffwechsel daran zu erinnern, daß noch nicht Feierabend ist. Der Kognak steht dort drüben.«

»Äh, ja«, sagte Jim. »Kognak. In Ordnung.« Er griff nach der Flasche, sah auf das Etikett, las VSOP GRAN RESERVE DIREIDOIS, erinnerte sich an den Champagner und hielt seine Neugier im Zaum. Er zog den Korken, schenkte zwei Doppelte ein, nahm ein Glas in jede Hand, schwenkte sie und beobachtete die braune Flüssigkeit.

»Im Uhrzeigersinn und gegen den Uhrzeigersinn«, beobachtete Sanchez. »Hat das etwas mit Warp-Kampftaktik zu tun?«

»Taktik …«, wiederholte der Captain geistesabwesend, erinnerte sich an Zacks kleinen Unfall — und daran, daß er dieses Zimmer so schnell wie möglich verlassen mußte.

»Ja, genau: Taktik«, bestätigte die Botschafterin. »Was ihr Jungs in den großen Schiffen mit uns Mädchen in der diplomatischen Sektion anstellt, spottet manchmal jeder Beschreibung.«

Kurze Stille folgte. Sie sahen beide auf die Uhr neben dem Bett.

»Äh«, sagte Kirk und reichte Sanchez eins der beiden Gläser. »Auf die, äh, Diplomatie.«

Sie stießen an. Plötzlich neigte sich Jims Glas nach hinten, und das der Botschafterin kippte. Kognak spritzte an die Aufschläge von Kirks Smokingjacke.

Sanchez wirkte bestürzt. »Oh, tut mir leid.«

»Ja.« Jim nickte. »Das sollte ich sofort reinigen lassen.«

»Ja, vermutlich hast du recht.«

»Sonst bleiben Flecken zurück. Immerhin handelt es sich um Seide.«

Sanchez beobachtete die Spritzer. »Zumindest sieht's sehr symmetrisch aus.«

»Ja, äh. Nun, äh, ich gehe jetzt und, äh, bringe alles in Ordnung.«

»Hier.« Die Botschafterin reichte dem Captain eine Flasche mit Selterswasser. »Soda hilft gegen solche Flecken.«

»Danke. Im Ernst.«

»Schon gut.«

Kirk öffnete die Tür, hielt die Flasche mit dem Wasser in einer Hand und trat in den Flur. Dort stieß er an einen Wäschewagen.

»Entschuldigung, Sir«, sagte ein kleiner Mann. Er

hatte schütteres Haar und eine schnabelförmige Nase, trug eine weiße Jacke. »Ich hole gerade die Laken aus den leeren Zimmern.« Er blickte durch die offene Tür. »Dieser Raum ist nicht leer, oder?«

»Nein«, erwiderte Kirk und bedauerte, daß sich Zack nur den Fuß verstaucht hatte.

Der Mann von der Hotelwäscherei starrte auf sein Klemmbrett. »Sie haben recht, Sir. Verzeihung, Sir. Gute Nacht.«

»Gute Nacht.«

Der Mann zupfte an Kirks Jackenaufschlägen. »Sodawasser ist genau richtig dafür, Sir. Bleicht die Seide nicht aus wie Peroxyd.«

»Danke.«

»Die Flecken sind hübsch symmetrisch, Sir.«

Jim sah noch einmal zu Sanchez — sie zuckte mit den Schultern und schloß die Tür. Dann eilte der Captain durch den Korridor zum Lift, und in der kleinen Kabine brummte er: »Kellergeschoß.« Eine Sekunde später seufzte er und drückte die K-Taste. Der Aufzug setzte sich in Bewegung.

Kaden hämmerte an die Badezimmertür. *Das verdammte Ding klemmt,* dachte er. *Primitive Konstruktion.* Was auch immer auf der anderen Seite geschah — er konnte nicht mehr rechtzeitig eingreifen.

Die Sache war ihm ein Rätsel. Arizhel hatte dem Eindringling natürlich nicht seine Präsenz verraten, aber Kirk wußte, wo er sich aufhielt. *Warum läßt er mich nicht aus der Hygienezelle?*

Offenbar wollte Kirk auf Kadens Hilfe verzichten. Typisch für ihn. Er hoffte, den ganzen Ruhm für sich einzustreichen, dieser egoistische, angeberische …

Der Klingone atmete tief durch. Er spürte kühle Luft und einen leichten Windzug vom Fenster her.

Er sah zur Scheibe und las das Schild daneben: FEUERLEITER.

Kaden öffnete das Fenster. Nach klingonischen Maßstäben war die Luft außerordentlich kalt — die Temperatur betrug höchstens zehn Grad über dem Gefrierpunkt — und sehr trocken. Der Kommandant fluchte halblaut und kletterte auf die metallene Plattform. Dunkelheit umgab ihn; die meisten Hotelfenster blieben finster. Eine Etage weiter unten glühte es matt.

Ah. Kirk mußte zum Ende des Flurs gehen, die Treppe hinab und dann durch den unteren Korridor bis zum Zimmer der Botschafterin. Und außerdem mußte er ständig vor Arizhel auf der Hut sein. Kaden hingegen brauchte nur eine kurze Leiter nach unten zu klettern. Woraus folgte: Kirk konnte einen Kampf gegen den Klingonen nicht vermeiden — und das vor Rish' Augen.

Rish wird sehr beeindruckt sein, dachte Kaden, als er die Leiter mit seinem Gewicht belastete. *Und wenn nicht ...* Er fluchte erneut.

Und verharrte abrupt, als etwas knirschte. Die Leiter neigt sich vom Gebäude fort. Es knirschte noch einmal, ein Knacken schloß sich an — und Kaden stürzte zusammen mit der Leiter. Er prallte auf dünnes Holz, fiel hindurch ... Schwärze wogte ihm entgegen.

Kirk trat im Kellergeschoß des Hotels aus dem Lift. Diffuses Zwielicht und Staub erwarteten ihn, doch er sah nirgends Spinnweben; offenbar hatten die Direidi keine Spinnen importiert. Außerdem roch es nach Abbeiz- und Reinigungsmitteln. Jim folgte diesem Geruch durch das feuchte Halbdunkel, bis er Trikot und Maske fand, zusammengefaltet neben einer großen stählernen Wäschetrommel. Er stellte die Flasche mit dem Selterswaser ab und nahm den schwarzen Anzug. Der Betäubungsstrahler steckte in einer Tasche, und Kirk überprüfte ihn: nur eine Ergzelle, der Kollimator richtig justiert. In Ordnung.

Er entkleidete sich bis auf die Unterwäsche, legte den Smoking beiseite und zog das Trikot an. Es paßte recht gut, abgesehen davon, daß es sich am Bauch spannte. Kirk griff nach dem Strahler und versuchte zu *schleichen.* Nicht schlecht. Darüber hinaus ähnelte die Waffe kaum einem Föderationsphaser. Apropos ... Er trennte sich von seinem Kommunikator, der ihn sicher verraten hätte, legte ihn zum Smoking und der Flasche.

Dann kehrte er zum Lift zurück, drückte die Taste 2, überlegte es sich sofort anders und betätigte einen anderen Schalter, gekennzeichnet mit TÜR AUF — die Schwarze Katze benutzte sicher keine Aufzüge. Er verließ die Kabine und drehte sich um.

Weiter vorn hörte er schlurfende Schritte. Kirk erstarrte ein oder zwei Sekunden lang, bevor er sich an die Wand preßte, ein Schemen inmitten von Schatten.

Jemand ging an ihm vorbei und verschwand im Lift.

Kirk nickte zufrieden. Er *war* unsichtbar.

Irgendwo mußte sich ein Ausgang befinden. Jim beschloß, die Feuerleiter emporzuklettern, bis zu Arizhels Fenster. Er sollte sie überraschen, während Kaden im Badezimmer weilte. Nun, dem Klingonen stand tatsächlich eine Überraschung bevor.

Rish zögerte auf der Treppe, als sich jemand näherte, aber wer auch immer es sein mochte — er betrat die Kabine des Aufzugs. Arizhel blickte durch den rechten Flur, Richtung Kirks Zimmer — niemand zeigte sich dort. Inzwischen hatte ihn Sanchez bestimmt unter irgendeinem Vorwand fortgeschickt.

Nun, sie durfte keine Gedanken daran verschwenden. Es galt, einen Zeitplan einzuhalten. Wenn Kirk noch immer bei der Botschafterin weilte, so fiel ihnen sicher etwas ein, um ihn loszuwerden. Arizhel wandte sich nach links und ging mit langen Schritten.

Vor Sanchez' Suite stand ein großer Wäschewagen. Rish trat um ihn herum und klopfte dreimal an die Tür.

Die Diplomatin öffnete. »Dem Himmel sei Dank«, hauchte sie.

Draußen knirschte etwas, und es folgte ein dumpfes Krachen.

»Was hat das zu bedeuten?« fragte die Klingonin.

Sanchez zuckte mit den Achseln. »Wenn es ein Blitz war, so hat er mich verfehlt. Kommen Sie und ziehen Sie sich um.«

Kaden schüttelte den Kopf und bewegte sich vorsichtig. Alles war dunkel und *verkehrt*. Schmerz prickelte in ihm, weckte Assoziationen an eine explosive Dekompression. Die Vorstellung, daß er vielleicht im All schwebte, ohne einen Raumanzug, brachte ihn etwas schneller in die Realität zurück. Er hielt sich die Nase zu.

Nein, Augenblick ... Er fühlte eine Atmosphäre. Und auch Schwerkraft. Jede Menge Schwerkraft. Er lag auf etwas sehr Unbequemem.

Schließlich begriff er, wo er sich befand und wie er diesen Ort erreicht hatte. Kaden stand auf, sah einen Haufen aus mehreren alten Matratzen und den Resten eines Klaviers. Worauf war er gelandet?

Erneut schüttelte er den Kopf. Er durfte keine Zeit verlieren. Kirk hatte Rish entführt und schickte sich nun an, auch die Botschafterin als Geisel zu nehmen. Kaden mußte zur Stelle sein, bevor Kirk die beiden Frauen verschleppte — um niedergeschossen zu werden und Arizhel zu beeindrucken.

Etwas in der Art.

Er wankte durchs dunkle Kellergeschoß, bis er den Lift fand. Jemand stand daneben und preßte sich an die Wand. Kaden spielte mit dem Gedanken, ihn umzubringen, aus reiner Höflichkeit den Gastgebern gegenüber, doch dann erinnerte er sich daran, daß es sich um eine diplomatische Mission handelte. Außerdem wußte er nicht genau, ob die Direidi-Gesetze unbefugtes Eindringen unter Strafe stellten. Kaden torkelte in die Kabine des Aufzugs. Nichts geschah. Er starrte zur Schalttafel und riß die Taste TÜR AUF aus der Einfassung. Die Tür schloß sich. »Zweiter Stock«, sagte er, und der Lift gehorchte.

Kurz darauf taumelte er durch den Flur, ließ dabei eine Spur aus Wollfäden und Holzsplittern hinter sich zurück. Eine Klaviersaite schien sich ihm durch die Jacke gebohrt zu haben, kratzte über Teppich und Tapeten.

Vor dem Zimmer der Botschafterin stand ein Wäschewagen. Kaden wich ihm aus, blieb vor der Tür stehen, hob die Hand und zögerte. Wie lautete der Text? *Gib die Frau frei.* Ja, genau. Solche Worte hätten von Proke stammen können. *Gib die Frau frei.* Es klang nicht schlecht.

Er holte tief Luft und klopfte an.

Schritte im Zimmer, aber keine Antwort. Kaden klopfte erneut, etwas energischer.

Sanchez glättete Arizhels rotes Abendkleid, hängte es in den Schrank und half Rish dabei, sich in den schwarzen Anzug des Diebs zu zwängen. *Zwängen* war genau der richtige Ausdruck. Die Kleidung hätte der Prinzessin sicher gepaßt: Deedee mochte ebenso groß sein wie die Klingonen, aber sie zeichnete sich durch eine wesentlich schlankere Gestalt aus. Nach einigen sorgfältigen Atemübungen, Muskelkontrolle und wiederholtem Zerren an Reißverschlüssen gelang es Rish, sich den schwarzen Stoff überzustreifen. Wenigstens bot die Kapuze genug Platz.

Es klopfte laut an der Tür.

Sanchez schlug sich mit der flachen Hand an die Stirn. »Kirk«, ächzte sie.

»Ich dachte, Sie hätten ihn fortgeschickt.«

»Ein Captain gibt sein Schiff nicht ohne weiteres auf, Teuerste. Er klammert sich regelrecht daran fest.«

Neuerliches Klopfen.

»Ich habe eine Idee«, flüsterte Sanchez. »Erinnern Sie sich an den Wäschewagen im Flur?«

»Ja.«

»Wäschewagen im Flur. Jim im Flur. Jim im Wagen.« Die Botschafterin unterstrich ihre Worte mit einigen Gesten.

»Und dann?«

Sanchez mußte sich sehr beherrschen, um nicht laut zu lachen. »Am Ende des Korridors befindet sich ein Wäscheschlucker. Wenn *das* seine heiße Leidenschaft nicht abkühlt ...«

Aus dem Klopfen wurde dröhnendes Hämmern.

»Na schön, er fordert es geradezu heraus«, zischte Sanchez. *»Jetzt!«* Ruckartig öffnete sie die Tür, und Arizhel sprang, wurde zu einem schwarzen Schemen. Der in einen Smoking gekleidete Mann wankte vor, dem ausgestreckten Bein der Klingonin entgegen. Er krümmte sich zusammen, taumelte zurück und fiel in den Wäschewagen. Sanchez eilte in den Korridor und schloß die Klappe des Wagens. Im Innern raschelten Laken, und ein dumpfes Stöhnen erklang.

Arizhel hielt die Botschafterin am Arm fest. »Wir brauchen ihn als Augenzeugen.«

»Nach seinem Abstecher zur Wäscherei«, erwiderte Sanchez nicht ohne einen gewissen Enthusiasmus und schob den Wagen durch den Flur. Der Wäscheschlucker befand sich im linken Korridor. Die Diplomatin kippte den Behälter und hörte, wie Bettlaken, Handtücher aus Frottee und ein Captain nach unten rutschten. Sanchez klopfte sich imaginären Staub von den Händen und kehrte zurück. Sie schuldete Kirk einen Tritt in den Hintern, und er hatte ihn gerade bekommen — mit den Zinsen von achtzehn Jahren.

»Was nun?« fragte Rish.

»Ich warte in seinem Zimmer auf ihn. Wir geben ihm fünfzehn Minuten, um das Kellergeschoß zu verlassen und seine Suite zu erreichen. Dann kommen Sie herein und entführen mich. Er hat mich hier bestimmt nicht erkannt, und sicher reagiert er auf die von uns gewünschte Weise, wenn er noch einmal die Kleidung der Schwarzen Katze sieht.«

»Muß ich erneut gegen ihn kämpfen? Eben wäre mir fast das Kostüm geplatzt.«

»Ihr Tritt, der Ausflug in den Keller, dann der Umstand, daß ich in seinem Zimmer auf ihn warte ... Ich bezweifle, ob er noch viel mehr verkraften kann.« Sanchez zwinkerte. »In fünfzehn Minuten.«

Arizhel nickte, schloß die Tür, drehte sich um und rückte das schwarze Trikot zurecht. Die Nähte an der Hüfte spannten sich bedrohlich.

Vor ihr ertönte ein Geräusch. Rish sah auf.

Kirk fand die Feuerleiter und kletterte nach oben. Die Sprossen bestanden aus Eisen, knarrten leise und waren so kalt wie die Rückseite von Pluto. Die Kleidung der Schwarzen Katze spendete nicht viel Wärme. Jim fragte sich, ob Diebe beheizbare Unterwäsche trugen.

Auf der Plattform des zweiten Stocks verharrte er, direkt vor Charlottes Zimmers. Hinter dem Milchglasfenster des Bads glühte Licht, und ein zweiter heller Schein filterte von Arizhels Raum eine Etage weiter oben herab. Kirk streckte die Hand nach der Leiter aus, um den Weg fortzusetzen.

Seine suchenden Finger berührten nur die Mauer, keine Sprossen.

Jim wanderte auf der kleinen Plattform umher. In der dunklen Nacht war die schwarze Feuerleiter praktisch unsichtbar — *ebenso wie ich selbst,* dachte der Captain. Aber in diesem besonderen Fall schien die Unsichtbarkeit ihr auch die Substanz genommen zu haben.

Er überlegte einige Sekunden lang. Die echte Schwarze Katze ließ sich von solchen Problemen sicher nicht aufhalten, aber James T. Kirk sah keine Möglichkeit, eine glatte Mauer hochzuklettern. Er dachte an Charlotte. Nur wenige Meter trennten ihn von der nichtsahnenden Botschafterin ... *Ha-ha-ha,* lachte der Schurke in ihm.

Kirk öffnete das Fenster und schob sich ins Bad. Dort blickte er kurz in den Spiegel, um sein Erscheinungsbild zu prüfen — Charlotte sollte ihn nicht erkennen —, hob den Strahler und schlich ins Schlafzimmer.

Nach einigen Schritten blieb er stehen und sah sich plötzlich jemandem gegenüber, der ein schwarzes Trikot samt Maske und Kapuze trug.

Lieber Himmel! fuhr es ihm durch den Sinn. *Ausgerechnet in dieser Nacht muß die echte Schwarze Katze erscheinen …*

Der Dieb trat einen behutsamen Schritt vor, dann einen drohenden. Kirk zielte mit dem Strahler und drückte ab.

Der Stunner fauchte. Die Schwarze Katze versteifte sich ein wenig, sank jedoch nicht zu Boden.

Oh-oh, dachte Jim.

Von schwarzem Stoff umhüllte Arme und Beine gerieten in Bewegung. Ein schwarzer Fuß traf Kirk im Gesicht, und unmittelbar darauf war alles schwarz.

Kaden litt erneut an einem Alptraum, der ihn einmal mehr in die Leere des Alls brachte. Diesmal schien er tatsächlich zu schweben, aber bestimmt in einem Raumanzug … Ja, in einem Raumanzug, dessen Luftfilter *dringend* gewechselt werden mußten. Jemand in schwarzer Kleidung hatte ihn aus einer Schleuse gestoßen …

Ammoniakgestank weckte ihn. Kaden schüttelte den Kopf, zum dritten Mal innerhalb kurzer Zeit. Stoff raschelte. Er lag in, auf und unter einem großen Haufen aus schmutziger Wäsche, und irgend etwas preßte ihm eine Socke an die Nase. Der Klingone strich sie fort, ruderte mit Armen und Beinen, versuchte mit wachsender Verzweiflung, sich aus dem Durcheinander zu befreien, bevor die Recycler aktiv wurden und ihn in eine Galauniform verwandelten.

Er entdeckte eine Luke in der Metallwand und kletterte nach draußen, gefolgt von Frotteehandtüchern und

Bettlaken. Nein, dies war kein Raumschiff; er befand sich erneut im Kellergeschoß des Hotels.

Kadens Fuß stieß gegen etwas Hartes, und er sah nach unten. Eine gläserne Flasche lag auf dem Boden, neben einem zusammengefalteten Smoking mit zwei symmetrischen braunen Flecken am Revers.

Kirk, dachte er und erinnerte sich nun. Er hatte vor dem Zimmer der Botschafterin gestanden, als plötzlich die Tür aufflog und der als Schwarze Katze verkleidete Kirk angriff — aber nicht mit einem desaktivierten Stunner. Dadurch wurde er gleich zweimal zum Verräter. *Er will den ganzen Ruhm für sich einstreichen, dieser egoistische, angeberische ...*

Ein klingonisches Sprichwort fiel ihm ein: *Halte mich einmal zum Narren — Schande komme über dich. Halte mich zweimal zum Narren — bereite dich auf den Tod vor.* Kadens Finger schlossen sich um die Flasche. Sie fühlte sich gut an, schwer und fest. Kirks Kopf würde bald feststellen, wie schwer und fest sie war.

Kaden trat in den Lift, und die Tür glitt zu. »Zweiter Stock«, knurrte er.

Nichts geschah.

»Auf von Menschen gebaute Maschinen ist kein Verlaß«, brummte er und zertrümmerte die Taste 2.

Als die Tür sich im zweiten Stock wieder öffnete, sah Kaden etwas Weißes, das die Treppe hinuntereilte, achtete jedoch nicht darauf. Kirk trug schwarze Kleidung. Er grinste grimmig und hob die Flasche. Schwarz — die richtige Farbe für den terranischen Captain. Er marschierte durch den rechten Korridor, näherte sich Kirks Zimmer. An der Klaviersaite zog er schmutzige Laken und einige alte Socken hinter sich her.

Als er die Suite des menschlichen Kommandanten erreichte, hob Kaden die Flasche noch etwas höher, ballte die andere Hand zur Faust und hämmerte damit an die Tür.

Rish stand vor dem besiegten Gegner in Schwarz und hob den Fuß, um ihm das Genick zu brechen. Die echte Katze hätte eine andere Nacht für ihren Raubzug wählen sollen.

Arizhel hörte und fühlte, wie Nähte nachgaben. Schwarzer Stoff löste sich von ihrem rechten Bein.

Sie zögerte und hatte eine bessere Idee. Von Deedee wußte sie, daß Pete unten wartete, um den Retter zu spielen. Aber jetzt handelte es sich nicht mehr um ein Spiel. Jetzt konnte der junge Mann einen echten Feind töten.

Nein, nicht töten, sondern gefangennehmen. Rish mußte sich ständig daran erinnern. Verrückte menschliche Bräuche ...

Sie schleifte den bewußtlosen Dieb durchs Zimmer, schob ihn in den Schrank und drückte den Verriegelungsknopf — nur Charlotte hatte den Schlüssel. Die Katze bewegte sich, und das empfand Rish als enttäuschend. *Offenbar bin ich nicht mehr richtig in Form.*

Sie ging zur Tür, und weitere Nähte platzten. Es klang wie eine Salve. Instinktiv versuchte sie, die schwarzen Fetzen festzuhalten, doch dadurch schien alles noch schlimmer zu werden.

Andererseits: Arizhel brauchte das Kostüm der Katze gar nicht mehr. Sie konnte jetzt wieder ihr rotes Kleid anziehen und ...

Es hing im Schrank und leistete dem Dieb Gesellschaft.

Rish seufzte und fühlte einen kalten Windzug aus der Hygienezelle. Dort stand das Fenster offen — ein möglicher Ausweg. Die Feuerleiter. Ja. Sie führte direkt zu ihrem Zimmer. Ausgezeichnet.

Arizhel kletterte nach draußen.

Es war sehr kalt, und mit jeder verstreichenden Sekunde trug sie weniger Kleidung. Sie fröstelte und tastete nach der Leiter.

Nichts. Keine Sprossen.

Rish fluchte, kehrte in die Hygienekammer zurück und schloß das Fenster.

Neben der Tür hing ein weißer, plüschbesetzter Bademantel am Haken. Arizhel streifte die Reste des Trikots ab und zog den Mantel übers ärmellose Unterhemd. Sie blickte in den Spiegel, nahm die Kapuze ab und starrte noch einmal ins Glas. Ließen sich Menschen in einer solchen Aufmachung sehen?

Ja, dachte die Klingonin. Sie begab sich wieder ins Schlafzimmer, ignorierte das leise Klopfen im Schrank und blätterte im Hotelprospekt. Auf einer Seite stand:

BEHEIZTER SWIMMINGPOOL
FÜR UNSERE GÄSTE

Rish kicherte triumphierend, schlang sich ein Handtuch ums Haar, trat leichtfüßig in den Flur, hob und senkte dort die Arme, um den Anschein zu erwecken, die Muskeln fürs Schwimmen zu lockern.

Der Lift kam nach oben. Kirk?

Die Tür glitt auf. Arizhel sah ein schwarzes Hosenbein mit einem Streifen, darunter einen staubigen Lederschuh. Ja: Kirk, der gerade einen Ausflug in den Keller hinter sich hatte.

Rish hielt den Bademantel zu, eilte die Treppe hinunter und glaubte zu spüren, wie sich ihr ein Blick in den Rücken bohrte. Sie setzte den Weg fort, bis sie die Empfangshalle erreichte.

»Kann ich Ihnen helfen, Madam?« fragte jemand. Arizhel wirbelte herum und hob die Hand zum Schlag. Ein Page wich hastig zurück.

»Ich, äh, möchte zum Pool«, sagte sie.

»Oh«, erwiderte der Mann. »Tut mir sehr leid, Madam, aber der Pool schließt bereits um zweiundzwanzig Uhr.«

»Dann öffnen Sie ihn wieder!« entgegnete Arizhel scharf. Sie war nicht in der richtigen Stimmung, um sich mit solchen Bemerkungen von Hotelangestellten abzufinden.

Der Page lächelte und verbeugte sich. »Ich nehme an, das läßt sich arrangieren, Madam. Bitte gedulden Sie sich einige Minuten lang.«

»In Ordnung.«

Der Mann verneigte sich erneut und ging fort. Rish bemerkte den Portier und einige andere Personen, die den Eindruck zu erwecken versuchten, sie nicht anzustarren. Arizhel gab vor, sie zu ignorieren, hastete um eine Ecke. Die Eisdiele — dort sollten Deedee und Pete warten.

Aber sie glänzten durch Abwesenheit. Der Raum war dunkel; die Stühle standen auf den Tischen. Rish fröstelte, spürte kaum mehr die Füße.

Sie drehte sich um und schritt an den Telefonen vorbei. Der Hinweis NUR INNERHALB DES HOTELS kennzeichnete den letzten Apparat. Die Klingonin nahm den Hörer ab.

»Portier.«

»Ich möchte mit dem Leiter der Wäscherei sprechen«, sagte Arizhel und bemühte sich, fest und gleichzeitig ruhig zu klingen.

»Einen Augenblick, Madam.«

Eine kurze Pause, mehrfaches Klicken. Dann hörte Rish summende Maschinen und die heisere Stimme eines Mannes. »Wäscherei.«

»Hier ist Commander Arizhel. Sie haben eine meiner Uniformen zur Reinigung bekommen. Schicken Sie sie ...« *Nicht in mein Zimmer,* dachte Rish. *Dorthin, wo Sanchez wartet.* »Ins Zimmer 22. Und zwar *sofort.*«

»Ich weiß nicht, ob das jetzt ...«

»Sofort«, wiederholte Arizhel und rammte den Hörer auf die Gabel.

»Ah, hier sind Sie, Madam«, sagte der Page. Er stand kaum einen Meter entfernt. »Der Pool ist für Sie vorbereitet.«

»Ich habe es mir anders überlegt«, erwiderte die Klingonin. »Schließen Sie ihn wieder.«

Sie ging an dem Mann vorbei zur Empfangshalle, straffte die Schultern und stieg die Treppe hoch.

Sanchez saß auf dem Bett in Kirks Zimmer und fragte sich, wo Jim blieb. Es konnte nicht *so* lange dauern, aus dem Keller zurückzukehren. *Und wenn er sich auf der Rutsche etwas gebrochen hat? Vielleicht ist er sogar tot ...*

Nein.

Und wenn die Wäscherecycler ...

Aack.

Plötzlich hämmerte es an der Tür. »Du klopfst ziemlich laut, Jim«, sagte Sanchez, ging einen Schritt — und blieb abrupt stehen.

Dies war Kirks Zimmer.

»Jim?« fragte sie unsicher.

»Kirk?« erklang Kadens grollende Stimme. »Jetzt rechnen wir ab.«

Die Botschafterin dachte an mehrere Dinge gleichzeitig:

— Gegen einen Schlummertrunk mit Jim Kirk in ihrem Zimmer gab es nichts einzuwenden. Doch wenn man sie in *seiner* Suite fand, während sie auf ihn wartete, noch immer im Abendkleid ... Dann sah die Sache ganz anders aus.

— Was auch immer Kaden mit Kirk besprechen wollte: Er hatte vermutlich keine freundliche Plauderei im Sinn.

— Die Tür war nicht verschlossen, und Sanchez hatte keinen Schlüssel, um sie zu verriegeln.

Diese Situation erfordert unverzügliches Handeln, überlegte sie. Als Kadens Hämmern noch lauter wurde, drehte sie sich um, lief ins Bad und schloß die Tür. Dadurch erzielte sie natürlich nur einen psychologischen Effekt: Die Badezimmertür war viel zu dünn, um einen wütenden Klingonen lange aufzuhalten.

Das Wort FEUERLEITER erschien vor Sanchez' Augen, wie das Licht eines Leuchtturms im Nebel. Sie öffnete das Fenster, streckte den Kopf nach draußen, verlor das Gleichgewicht und brach sich fast das Genick an der Dusche. Schuhe mit hohen Absätzen eigneten sich nicht besonders gut dafür, auf Toiletten zu klettern, während man von zornigen Klingonen verfolgt wurde. Die Botschafterin streifte sie ab und warf sie aus dem Fenster — Sanchez hielt es für sinnlos, belastendes Beweismaterial zurückzulassen; zumindest in diesem Fall war Kirk völlig schuldlos. Sie schob sich nach draußen, schwang die Beine herum ... Fast hätte sie laut geschrien, als ihre Füße die *kalte* Plattform berührten. Das Kleid hing lose an ihr herab, als sie nach der Leiter tastete. Rasch zog sie sich nach oben *(der Instinkt meiner Vorfahren, auf Bäume zu klettern, dachte sie)*, hörte dabei, wie die Badezimmertür aufsprang, vernahm lautes Knurren und ein kurzes Kratzen, gefolgt von einem laut donnernden Krachen.

Das Fenster fiel zu. Sanchez griff nach der nächsten Sprosse, aber als sie den Weg nach oben fortsetzen wollte, spürte sie einen stärker werdenden Widerstand. Der Saum ihres Kleids war im jetzt geschlossenen Fenster eingeklemmt.

Der Reißverschluß gab nach, und der Rock rutschte von den Beinen, flatterte wie eine weiße Fahne nach unten in die Dunkelheit.

Botschafterin Sanchez hielt sich an der Leiter fest, trug jetzt nur noch Bluse und Strümpfe.

Kaden holte erneut mit der Faust aus, hämmerte und griff dann nach dem Knauf, bereit dazu, die Tür aus dem Rahmen zu reißen.

Sie schwang weit auf, und er wankte in den Raum dahinter, blickte sich um. Niemand zu sehen. Aber die Badezimmertür war geschlossen. »Ha, Kirk! Die Kommandanten von Föderationsschiffen sind also nicht nur egoistische, angeberische Verräter, sondern auch Feiglinge!« Er trat das Hindernis aus dünnem Holz einfach beiseite. Kalte Luft wehte ihm durchs offene Fenster entgegen. Kaden sprang auf die Toilette, beugte sich vor ...

Die Klaviersaite an seinem Smoking verhakte sich irgendwo und zog am einen Fuß des Klingonen. Kaden fiel, die Arme noch immer nach dem Fenster ausgestreckt, und landete in der Badewanne, während sich die linke Hand um den Sims unter der Scheibe schloß. Die Wände erzitterten, und das Fenster fiel auf Kadens Finger.

Er hatte alle viere von sich gestreckt: eine Hand am Fenster, die andere an der Wand, ein Fuß in der Badewanne, der andere in der Toilette. Die rechte Socke wurde feucht. Er tastete mit der freien Hand umher, fand einen Griff, hielt sich daran fest ...

Wasser strömte aus der Dusche herab.

»Aaaah«, brummte der Klingone.

Jemand klopfte an die Flurtür.

Kaden drehte den Hahn der Dusche zu, zog die Finger unter dem Fenster hervor und sank in die Wanne. Er hob den Fuß aus der Toilette, stand auf, schüttelte sich Wasser von den Schultern und schritt platschend zur Tür. Unterwegs nahm er die Flasche mit dem Selterswasser und hob sie wie eine Keule.

Ein kleiner Mann mit schütterem Haar und großer Nase stand im Korridor. »Guten Abend, Sir«, sagte er. »Man hat mich aufgefordert, dies hier zu bringen.« Er deutete auf einen Beutel mit Kleidungsstücken.

Kaden starrte. Der Winzling stand einfach nur da. Kaden senkte die Flasche und griff nach dem Beutel.

Der Wäschereimann deutete auf Kadens tropfnassen Smoking. »Wie ich sehe, haben Sie die Flecken entfernt, Sir. Wie ich schon sagte: Sodawasser ist genau das richtige Mittel. Aber Sie hätten auch etwas *weniger* verwenden können.« Er drehte sich um und ging fort.

Kaden wandte sich verwirrt von der Tür ab und betrachtete die Objekte in seinen Händen. Er stellte die Flasche beiseite und öffnete den Beutel.

Arizhels Galauniform.

Und der Mann mit der dicken Nase hatte sie zu *Kirks* Zimmer gebracht …

Kaden brüllte und stürmte durch den Flur.

Tatjana Trofimow — irgendwann einmal, in ferner Vergangenheit, war sie Kommandantin eines Raumschiffs gewesen — verließ einen dunklen Tunnel und erreichte ein nicht viel helleres Kellergeschoß. Sie blieb stehen, und die beiden Personen hinter ihr (einst Besatzungsmitglieder ihres Schiffes) stießen gegen sie.

Sie verloren das Gleichgewicht, fielen, standen wieder auf und sahen sich um. Wo auch immer sie sich jetzt befanden: Dieser Ort verdankte seine Existenz intelligenten Wesen. Sie mochten nicht viel Wert auf Sauberkeit und Ordnung legen, aber an ihrer Intelligenz konnte kein Zweifel bestehen.

»Sehen Sie nur, Captain.« Tellihu strich mit den Händen über eine metallene Tür. »Ein Turbolift. Sind wir wieder an Bord eines Raumschiffs?«

T'Vau knurrte leise. »Computer …«, sagte sie leise. »Computer, jetzt geht es dir an den elektronischen Kragen. Ich nehme dich ganz langsam auseinander, Chip für Chip, Speichermodul für Speichermodul …«

»Nein, Tellihu, wir sind nicht in einem Schiff«, erwiderte Trofimow. »Und hier gibt es keine Computer, T'Vau. Verstehen Sie mich?«

»Zwei hoch eins eins zwei eins drei minus eins ist eine Primzahl«, antwortete die Vulkanierin.

»Gut, T'Vau, ausgezeichnet. Konzentrieren Sie sich darauf. Denken Sie an nichts anderes. Tellihu, betätigen Sie die Ruftaste des Lifts.«

»Ich rieche frische Luft. Darf ich nach draußen gehen und fliegen, Captain? Nur ein bißchen.«

»Rufen Sie zuerst den Lift. Dann gehen wir alle nach draußen und fliegen, in Ordnung?«

Tellihu strahlte und drückte die Taste.

»Ihre Spezies hat die Kunst des Fliegens gegen Intelligenz eingetauscht«, stellte T'Vau fest. »Haben Sie eine Möglichkeit gefunden, diesen Prozeß rückgängig zu machen?«

»Ich frage mich, wie es aussähe, wenn Sie aus großer Höhe herabfielen«, entgegnete Tellihu freundlich.

Trofimow bemerkte den sorgfältig zusammengefalteten Abendanzug eines Mannes. An den Jackenaufschlägen zeigten sich zwei braune Flecken, hübsch symmetrisch. Sie berührte den Stoff, fühlte einen harten Gegenstand darunter und holte ihn hervor. Eine Sekunde später riß sie die Augen auf und blinzelte fassungslos, während sie das Objekt mehrmals hin und her drehte.

Dann aktivierte Captain Trofimow den Starfleet-Kommunikator. Ein leises Pfeifen erklang. *»Enterprise«*, drang es aus dem Lautsprecher. Statik zischte und knackte, konnte jedoch nicht darüber hinwegtäuschen, daß es sich um eine echte Stimme handelte, um einen echten Kommunikator. »Hier ist die *Enterprise.* Wir hören.«

Captain Trofimow straffte die Schultern und strich sich das Haar aus der Stirn. T'Vau und Tellihu kamen näher, und Tellihu schloß die Schwingen um sie. Tränen rannen ihm über die Wangen.

»Beamen Sie uns an Bord, *Enterprise*«, sagte Trofimow.

»Aye«, bestätigte die Stimme. Goldenes Licht erstrahlte, das herrliche Licht eines Transporterfelds.

Kirk beugte sich vor und stieß an etwas Hartes, fühlte dann etwas Massives an der linken Seite. Und auch hinten. Er wandte sich nach rechts, geriet aus dem Gleichgewicht und fiel einige Zentimeter weit, bevor er an eine feste Wand prallte. *Etwas* hatte sich ihm um die Füße gewickelt. Und *etwas* hing von seinen Schultern herab. Er hob den Kopf, fühlte das kalte Metall einer Stange an der Stirn.

Du bist in einem Schrank, Idiot, dachte er und erinnerte sich an den Kampf mit der Schwarzen Katze. *Offenbar habe ich verloren.*

Kirk mußte sich eingestehen, daß er nicht zum erstenmal in einem Schrank hockte. Aber bei jenen anderen Gelegenheiten war er froh gewesen, sich auf diese Weise verstecken zu können ...

Er stemmte sich gegen die Tür. Verschlossen. Er gab ihr einen Tritt — sie erzitterte ein wenig, schwang jedoch nicht auf. Er versuchte es erneut. Ohne Ergebnis. Jim stützte sich an der Rückwand ab, griff nach der Stange, hob die Beine und trat mit aller Kraft zu.

Die Tür gab nach. Und das galt auch für Stoff und Nähte. Mit dem natürlichen Instinkt aller Hosen tragenden Männer griff Kirk nach seinem Allerwertesten. Der Instinkt erwies sich als richtig — Jims Finger ertasteten einen langen Riß.

Nun, ihm lag ohnehin nichts daran, weiterhin als Schwarze Katze unterwegs zu sein — immerhin schlich der *wahre* Dieb durchs Hotel. Er zog das Trikot aus, stand nun in Unterhemd und Unterhose da. Nein, auf diese Weise würde er ebenfalls Aufsehen erregen.

Er blickte in den offenen Schrank und bemerkte ein rotes Abendkleid, übel zugerichtet von seinen Befreiungsversuchen. Ein solches Gewand hatte Arizhel beim Abendessen getragen. Kirk drehte sich um — er schien nach wie vor in Charlottes Zimmer zu sein. Mit einem leisen Seufzen nahm er das Kleid und legte es aufs Bett.

Anschließend ging er ins Bad. Normalerweise sollte das Hotel seinen Gästen Bademäntel zur Verfügung stellen, aber er suchte ohne Erfolg. Er betrachtete das rote Kleid, dankbar dafür, daß der Stoff an mehreren Stellen gerissen war. Dadurch blieb ihm eine sehr schwierige Entscheidung erspart.

Kirk öffnete die Flurtür und spähte hinaus — weit und breit niemand zu sehen. Vorsichtig trat er in den Korridor, rückte die bunt gestreifte Unterhose zurecht, begann mit einem langsamen Dauerlauf und boxte dabei gegen einen unsichtbaren Widersacher.

Als er die Treppe erreichte, hörte er, wie jemand aus der Richtung seines Zimmers kam — und zwar ziemlich schnell. Kirk blickte an sich herab, sah zur geschlossenen Lifttür und hastete die Stufen hoch.

Im dritten Stock legte er eine Pause ein und überlegte. Man hatte Kaden in Raum 32 untergebracht. Vermutlich konnte er sich bei dem Klingonen Hose und Hemd ausleihen. Jim joggte durch den Flur, versetzte den Wandbildern einen gelegentlichen rechten Haken, blieb vor dem Zimmer 32 stehen und streckte die Hand nach dem Knauf aus.

Arizhel wandte sich im zweiten Stock von der Treppe ab und sah, wie ein *Smo'kinh*-Bein im linken Korridor verschwand — allem Anschein nach kam der Mann aus Kirks Zimmer. Er marschierte wie ein Sturmwanderer und hielt einen Plastikbeutel fast in Augenhöhe. Ganz offensichtlich stellte der Lift sein Ziel dar. Seltsam: bei jedem Schritt *platschte* es.

Rish wich zur Treppe zurück, als Kirk an ihr vorbeirauschte, den Aufzug betrat und mit der Faust auf die Tasten schlug. Sie schüttelte den Kopf. Der Föderationscaptain knurrte und brummte ebenso wie Kaden, wenn er zornig war.

Die Liftkabine glitt nach unten, zum Kellergeschoß. Wollte sich Kirk beim Wäscherei*kuve* über den lächerlichen und völlig unzureichenden Service beschweren? Arizhel nahm sich nicht die Zeit, genauer darüber nachzudenken. Mit wehendem Bademantel stürmte sie durch den Flur zum Zimmer 22.

Die Tür stand offen. Niemand hielt sich dort auf, weder die Botschafterin noch jemand anders, und von

Rish' Galauniform fehlte jede Spur. Sie verfluchte die Angestellten des Hotels und nahm Platz. Während sie wartete, dachte sie an angemessene Strafen für faule Wäschereibedienstete.

Die Botschafterin kletterte durchs Fenster ins Bad des Zimmers 32. Warme Luft wehte ihr entgegen, fühlte sich nach der Kühle draußen unangenehm heiß an. Sanchez betrachtete einige interessante Toilettenartikel und gelangte zu dem Schluß, daß sie sich nun in Kadens Suite befand.

Vom Regen in die Traufe, fuhr es ihr durch den Sinn. Aber sie begegnete niemandem, und um Rish' Zimmer zu erreichen, brauchte sie nur den Flur zu durchqueren. Sie griff nach dem Knauf der Korridortür.

Kirk stand vor der Tür 32, hörte ein Geräusch und drehte sich um. Der Wäschereimann schob seinen Wagen durch den anderen Korridor. Jim joggte ihm einfach hinterher.

Er sah den Wagen vor dem Zimmer 31, und die Tür war geöffnet.

Kirk blickte in den Raum. Der Wäschereimann kam gerade aus dem Bad, mit einigen Handtüchern in der einen Hand und einem Hauptschlüssel in der anderen. Von Arizhel war nirgends etwas zu sehen. »He, Sie!« sagte der Captain. »Ich brauche Ihre Hilfe.«

»Sir?« Der Mann mit dem schütteren Haar und der großen Nase blinzelte.

»Sie haben eine meiner Uniformen in der Wäsche. Wenn Sie mir das Ding hierherschicken, bekommen Sie ein großzügiges Trinkgeld.«

»Sie möchten, daß die Uniform hierhergebracht wird, Sir? Ist dies jetzt Ihr Zimmer?«

»Nun, ich meine …«

»Für mich spielt das keine Rolle, Sir. Die klingonische Dame scheint hier nicht mehr zu wohnen — dieser

Raum ist als frei eingetragen. Ich habe gerade die Laken gewechselt.«

»Na schön«, erwiderte Kirk. Ihm fiel keine bessere Antwort ein. »Ich wäre Ihnen sehr dankbar, wenn ich die Uniform so schnell wie möglich bekäme.«

Der Wäschereibedienstete nahm einen Stift und strich etwas auf dem Klemmbrett durch. »Ich gebe mir alle Mühe, Sir.«

»Gut. Ich warte hier.«

Der kleine Mann musterte Kirk vom zerzausten Haar bis zu den nackten Füßen. »Zuviel Wasser sowie Wolle und Seide vertragen sich nicht, Sir«, sagte er kummervoll. »Beim nächsten Mal sollten Sie es mir überlassen.«

»Einverstanden«, erwiderte Jim und schloß die Tür. Arizhel wohnte hier nicht mehr? Er seufzte, erleichtert darüber, daß er nicht Kadens Zimmer aufgesucht hatte. Manche Überraschungen waren alles andere als willkommen.

Kaden verließ den Lift, und Dunkelheit empfing ihn. Verwirrt sah er sich um — schon wieder das Kellergeschoß. Hinter ihm schloß sich die Tür des Aufzugs, und die Kabine glitt nach oben. Der Klingone zischte wütend, stapfte durch den Keller, hielt nach einer Treppe Ausschau und suchte gleichzeitig nach einer besseren Waffe; die Flasche mit dem Selterswasser hatte nur ein begrenztes offensives Potential.

Er kam an der Wäscherei vorbei. Der kleine Mann mit der Schnabelnase arbeitete dort und brummte vor sich hin.

Kaden verharrte und beobachtete ihn. Der Winzling verwandelte seine Tätigkeit in einen unbewußten Tanz: Mit dem Fuß schloß er die Klappe einer Waschmaschine, öffnete eine andere und jonglierte mit Paketen, die Reinigungsmittel enthielten. Er unterbrach seine Darbietung nur, um den Hebel einer Dampfpresse zu betätigen. »Die Leute können sich einfach nicht entscheiden«, murmelte er, als er Tücher auswrang und dann Stoffetzen aus einem Filter zupfte. »Dieses Zimmer, jenes Zimmer, mitten in der Nacht. Wie soll man da die Übersicht behalten?«

Langsam verrauchte Kadens Zorn. Vielleicht hatte er alles falsch verstanden. Vielleicht hatte der kleine Mann Rish' Uniform in den falschen Raum gebracht.

Als er an Arizhel dachte, kehrte die Ruhe in ihn zurück, und er spürte auch einen Anflug von Verlegenheit. Rish und James Kirk? Kaden kicherte leise und wandte sich ab.

Kurz darauf sah er Kirks Smoking neben der großen Waschtrommel. Er stellte die Seltersflasche ab, zog seine zerrissene, fleckige, unratbedeckte Jacke aus und tauschte sie gegen die des terranischen Captains. An den Schultern saß sie recht eng, und sie ließ sich nicht zuknöpfen, aber sie stellte in jedem Fall eine Verbesserung dar. Der Klingone ging wieder zum Lift und drückte die Taste für den dritten Stock.

In Kadens Zimmer zögerte Sanchez mit der Hand am Türknauf. Sie strich ihre Bluse über die Hüften, aber leider reichte sie nicht sehr weit nach unten.

Die Botschafterin sah im Badezimmer nach. Der plüschbesetzte Bademantel war feucht und roch nach klingonischem Rasierwasser mit Moschusaroma. Nein, er kam nicht in Frage.

Sanchez dachte nach. Dies war ein Luxushotel mit vielen diensteifrigen Pagen. Sie holte den Hotelprospekt vom Tisch und blätterte darin. Der Laden bot vermutlich auch Kleidung an, aber um diese Zeit hatte er sicher längst geschlossen — *lieber Himmel, wie spät* ist *es eigentlich?*

Der kleine Mann mit dem Wäschewagen fiel ihr ein. Vielleicht eine Möglichkeit ... Aber sie hatte keine Kleidung in der Wäscherei.

Im Gegensatz zu Arizhel? *Rish hat bestimmt nichts da-*

gegen, wenn ich mir Sachen von ihr ausborge, nur für den Weg zu meinem Zimmer. Freunde helfen sich gegenseitig.

Sanchez griff nach dem Telefon.

»Portier.«

»Ich möchte die Dienste der Wäscherei in Anspruch nehmen«, sagte die Botschafterin und bemühte sich, mit einem unüberhörbaren klingonischen Akzent zu sprechen. »Bitte lassen Sie die Kleidung für Zimmer 31 ins Zimmer 32 schicken.«

»Ja, Madam, sofort«, erwiderte der Portier. Er klang ziemlich müde — es war für alle spät geworden.

Sanchez legte auf und wartete.

Arizhels Vorrat an Geduld ging allmählich zur Neige. Der dumme Wäscherei*kuve* hatte sie wahrscheinlich vergessen — oder fürchtete Strafe, weil die Kleidung beim Waschen beschädigt worden war. *Ich bin mit dem Bademantel bis hierher gekommen,* dachte Rish, erhob sich und beschloß, ihr eigenes Zimmer aufzusuchen. Wenn sie unterwegs jemandem begegnete ... Sollten die Leute ruhig darüber spekulieren, was ihre Aufmachung bedeutete.

Plötzlich fiel ihr ein, daß Kaden noch immer in der Hygienezelle gefangen war. Dafür mußte sie sich irgendeine Erklärung einfallen lassen. Nun, an Phantasie mangelte es ihr nicht.

Rish öffnete die Tür, ging durch den Flur und stieg die Treppe hoch. Vor ihrem Zimmer stand ein Wäschewagen. *Man hat die Uniform also zu mir gebracht anstatt zu Kirk,* schloß sie. Nun, der Wäscherei*kuve* mochte ungehorsam sein, aber Arizhel brachte ein gewisses Verständnis für ein derartiges Verhalten auf. Sie entschied, auf Repressalien ihm gegenüber zu verzichten, trat ein und hörte das Rauschen der Dusche. Sie konnte es Kaden nicht verdenken: Hier war es viel zu kalt und zu trocken. Nur mit heißem Dampf in der Hygienekammer ließ sich etwas Behaglichkeit schaffen.

Das Rauschen verklang, und Arizhel lächelte dünn. Sie würde nun die Tür für ihn öffnen, und wenn er sich wohl genug fühlte, brauchte sie vielleicht gar nichts zu erklären.

Rish entriegelte das Schloß und griff nach dem Knauf.

Sanchez hörte, wie es an der Tür klopfte. Ein Klopfen — also stand jemand anders als Kaden im Korridor. Darüber hinaus klang das Pochen höflich, und deshalb stammte es vermutlich nicht von Kirk. Vorsichtshalber nahm die Botschafterin eine schwere Bücherstütze und ging zur Tür. »Ja?«

»Wäscherei«, antwortete eine rauhe, heisere Stimme.

Erneut strich sie die Bluse nach unten, öffnete einen Spaltbreit und streckte den Arm aus. »Herzlichen Dank. Morgen früh bekommen Sie ein großzügiges Trinkgeld.«

»Schon gut, Ma'am«, erwiderte der kleine Mann und drückte der Diplomatin einen Beutel in die Hand. »Morgen früh kündige ich.«

Sanchez schloß die Tür und sah sich den Inhalt des Beutels an: eine Starfleet-Galauniform, für einen Mann bestimmt.

»In der Not frißt der Teufel Fliegen«, murmelte sie und zog die schwarze Hose an. An der Taille blieb viel Platz übrig, aber für dieses Problem gab es eine Lösung. Sanchez drapierte die Bluse kunstvoll, verwendete eine von Kadens goldenen Schärpen als Gürtel und prüfte ihr Erscheinungsbild im Spiegel — eine Art Eklektisches Revival. Schuhe fehlten nach wie vor, aber es lagen Teppiche in den Fluren, und wenn jemand fragte ... Dann behauptete sie einfach, in ihren Adern fließe auch japanisches Blut.

Die Botschafterin verließ den Raum und ging zu Rishs Zimmer, das sich am andere Ende des Korridors befand. Sie wollte Arizhel nur kurz fragen, was in der

Empfangshalle geschehen war. Seltsam: Sie hatte keinen Lärm gehört. *Wie dem auch sei,* dachte sie müde. *Bestimmt ist diese Nacht für niemanden sonst so aufregend gewesen wie für mich.*

Im dritten Stock trat Kaden aus dem Lift, wandte sich nach rechts und schritt in Richtung von Rish' Zimmer. Unterwegs begegnete er dem Wäschereimann, der einen Beutel trug und ein leises Selbstgespräch führte. Kaden kicherte erneut. Mißverständnisse — deshalb gab es Arbeit für Diplomaten. Nichts war schlimmer als ein von Mißverständnissen ausgelöster Krieg.

Er passierte den Wäschewagen vor Arizhels Tür, klopfte an und streckte die Hand nach dem Knauf aus.

Zwar prasselte Wasser aus der Dusche, aber Kirk hörte trotzdem, wie sich die Tür öffnete und schloß. Man brachte seine Uniform genau zur richtigen Zeit, und er nahm sich vor, dem Mann von der Wäscherei am nächsten Morgen ein ordentliches Trinkgeld zu geben — er hatte es verdient. Jim trocknete sich ab und streifte den Bademantel über. Jetzt fühlte er sich schon viel besser.

Es klopfte an der Badezimmertür. Natürlich: Der kleine Mann erwartete sein Trinkgeld sicher schon jetzt. *Aber ich muß ihn leider enttäuschen,* dachte Kirk. *Wie soll ich ihm erklären, daß meine Brieftasche in der anderen Hose steckt? Und daß die Hose in einem anderen Zimmer liegt?*

Er öffnete.

Zwei kräftige Arme schlangen sich ihm um den Hals. Eine Gestalt — sie trug ebenfalls einen weißen Bademantel — schmiegte sich an ihn, und er spürte Lippen am Hals. Zunächst reagierte Jim rein instinktiv, doch dann wich er weit genug zurück, um in Arizhels Gesicht zu sehen, in ihre ziemlich verblüfft blickenden Augen.

Wieder ein Klopfen, und die Flurtür schwang auf. Kaden kam herein, breitete die Arme aus und lächelte.

Ein oder zwei Sekunden lang rührte sich niemand von der Stelle.

»*Ghrar*«, sagte Kaden. »*Ghrar ghrarar.*« Kirk wußte nicht, ob es sich um einen klingonischen Ausdruck handelte, aber er verstand trotzdem.

Kaden sprang. Jim ließ Arizhel los, und Rish fiel. Er lief ins Bad, zum Fenster, wollte über die Feuerleiter fliehen.

Die hintere Naht von Kadens straff sitzender schwarzer Jacke platzte der ganzen Länge nach auf. Der Klingone blieb stehen und tastete danach.

Irgendwo hinter dem Badezimmerfester ertönte ein langer, allmählich verhallender Schrei.

Sanchez erschien in der Tür, trug eine schlaff herunterhängende Bluse, eine weite Hose und die goldene Schärpe eines imperialen Flottenoffiziers. »Rish?«

Arizhel stand auf, senkte den Kopf, schob die Schulter vor, stürmte Kaden entgegen, traf den klingonischen Kommandanten dicht unter der Brust und stieß ihn durch die Tür in den Flur. Kaden taumelte an den Wäschewagen, verlor das Gleichgewicht und fiel hinein. Sanchez schloß geistesgegenwärtig die Klappe. »Rish ...«

»Der Schlucker!« rief Arizhel.

»Wer hat was geschluckt?«

»Der *Wäsche*schlucker!«

Sanchez nickte und wandte sich erneut dem Wagen zu — derbe Flüche erklangen darin. Die beiden Frauen schoben ihn und rannten, als sei der Teufel hinter ihnen her. Sie erreichten den Wäscheschlucker, kippten den Behälter ... Anschließend war alles nur noch Newtonsche Mechanik: In Bewegung befindliche Körper neigen dazu, in Bewegung zu bleiben.

Stille kehrte in den dritten Stock zurück.

Sanchez und Arizhel lehnten nebeneinander an der Korridorwand und schnauften. Rish sah die Botschafterin an, deutete auf ihre Kleidung und lachte laut. Charlotte erwiderte die Geste und das Lachen. Dann zeigten sie beide auf den Wäscheschlucker und lachten noch lauter.

Einige Meter entfernt, am Zugang zum rechten Flur, stand der kleine Mann mit dem schütteren Haar und schob Handtücher durch eine andere Öffnung in der Wand.

Sanchez beobachtete ihn eine Weile, und schließlich bekam sie genug Luft, um zu fragen: »He, Sie! Was machen Sie da?«

»Ich gebe schmutzige Wäsche in den Wäscheschlukker«, erwiderte der Mann geduldig. »Das ist meine Arbeit — noch fünfzehn Minuten lang.«

»Hier gibt es zwei Wäscheschlucker in einem Abstand von nur fünf Metern?« erkundigte sich Arizhel.

»Nein, Ma'am. Es sind zwei verschiedene Vorrichtungen.« Der kleine Mann winkte. »Diese hier ist blau, für Wäsche. An der anderen erkennen Sie sicher die roten Markierungen.«

Die beiden Frauen schwiegen abrupt. Nach einigen Sekunden fragte Sanchez:

»Und wohin gelangen die Sachen, die man hier hineinstopft?«

»Zur Verbrennungsanlage«, lautete die Antwort.

Sanchez und Arizhel schrien wie aus einem Mund und eilten die Treppe hinunter.

James Kirk öffnete ein Auge. Irgendwelche Dinge übten unangenehmen Druck auf seinem Rücken aus, und es klimperte leise, als er sich bewegte.

Offenbar trage ich ein Klavier, dachte er.

Jim hob den Kopf und sah sich um. Er befand sich im Keller des Hotels und lag auf einem Abfallhaufen. Seine Kleidung bestand aus einem arg mitgenommenen Bademantel und einem Handtuch am Hals. Kalte Luft strömte zu ihm herab, und er blickte nach oben. Über einem Loch oder einem recht seltsam geformten Oberlicht wölbte sich ein Himmel, an dem das Morgengrauen die Dunkelheit verdrängte.

Er stand auf und ging vorsichtig zwischen dem Füllmaterial alter Matratzen und diversen Klaviersaiten hindurch. Hier hatte er seinen Smoking beiseite gelegt, irgendwann — mindestens zweitausend Jahre schienen inzwischen vergangen zu sein.

Nach einer langen Suche fand er Hose und Hemd des Anzugs, streifte sie über. Er entdeckte auch die Lederschuhe und griff dankbar danach. Die Jacke fehlte; Jim erinnerte sich an die symmetrischen Kognakflecken und zuckte mit den Schultern. Nach dem Kommunikator hielt er vergeblich Ausschau, und vage Befürchtungen regten sich in ihm — McCoy nutzte praktisch jede Gelegenheit, um ihn wegen des Kom-Geräts zu foppen, das er in der Gangster-Kultur zurückgelassen hatte. Die Flasche mit dem Selterswasser stand am richtigen Platz, und Kirk bedauerte, daß sie nichts Hochprozentiges enthielt: Er sehnte sich nach dem einen oder anderen stärkenden Schluck.

Jim schnupperte. Der Keller konfrontierte die Nase ohnehin mit erheblichen Herausforderungen, aber nun kam ein deutlicher Brandgeruch hinzu.

»*Ghraaar*«, erklang eine vertraute Stimme. Kirk sah auf. Kaden stand vor ihm und schwelte im wahrsten Sinne des Wortes. Ruß klebte an ihm; Rauchfäden lösten sich von der Hose und einer Jacke, an deren Aufschlägen Jim Flecken beobachtete. *Eine Smoking-Jacke*, dachte er und kicherte, wurde jedoch wieder ernst, als der Klingone die Finger krallenartig krümmte und sich ihm näherte.

Kirk hob die Flasche und betätigte den Ventilhebel. Kaden zögerte. »*Ghrar?*« fragte er.

Nichts geschah.

»In Filmen klappt es immer«, erwiderte Jim, ließ die Flasche fallen und floh. Der Klingone folgte ihm dichtauf.

Weiter vorn sah Kirk Licht: ein Tunnel, in dem eine Rampe nach oben führte. *Hauptsache, sie führt* irgend*wohin,* dachte er und hielt darauf zu. Kaden setzte die Verfolgung fort.

»Nie ist ein Diplomat zugegen, wenn man einen braucht«, klagte Jim und stürmte zum Licht am Ende des Tunnels.

KAPITEL 10

DILITHIUM-SPLIT

Captain Trofimow, Tellihu und T'Vau materialisierten auf einer Transporterplattform mit sechs Transferfeldern und sahen sich ehrfürchtig um. An Bord der *Jefferson Randolph Smith* gab es nichts Vergleichbares — dieser Raum war *groß.* Direkt vor ihnen trat jemand in Starfleet-Uniform an der Kontrollkonsole vorbei. Ein echter Starfleet-Mann kam, um sie in einem echten Starfleet-Schiff willkommen zu heißen.

»Hallo«, grüßte Trofimow und salutierte.

»Bleiben Sie dort stehen«, sagte der Mann und streckte die Hand nach dem Wand-Interkom aus. »Ich habe keine Ahnung, wer Sie sind, aber die Sicherheitsabteilung wird es sicher bald herausfinden.«

»Non sequitur«, sagte T'Vau ruhig. *»Post hoc ergo propter hoc.«* Sie griff nach dem Halsansatz des Uniformierten.

»Glargh«, kommentierte der Mann und sank zu Boden.

»Quod erat demonstrandum«, fügte T'Vau hinzu.

»Sic semper tyrannis«, murmelte Tellihu.

»Pscht«, warnte Trofimow. »Wir wollen ihn doch nicht wecken. Ich schlage vor, wir besorgen uns Uniformen. Um zu vermeiden, daß sich so etwas wiederholt.«

Auf leisen Sohlen schlichen sie zum Turbolift. »Wäscherei«, sagte die Kommandantin. Sie und ihre Gefährten drängten sich aneinander und rechneten damit, daß irgend etwas Schreckliches geschah. Aber das Liftschott schloß sich, und die Transportkapsel sauste gehorsam durchs Schiff.

Thed und Orvy gingen mit behutsamen Schritten, lernten nach und nach, wie man mit dem Frachtmodul umging. Die Antigraveinheit nahm ihm zwar das Gewicht, aber es hatte trotzdem Masse und ein erhebliches Trägheitsmoment. Schließlich erreichten sie den Transporterraum.

»Und nun?« fragte Orvy.

»Kein Problem. Wir bringen das Ding in den Teleporter und kehren auf den Planeten zurück.«

»Tatsächlich? Und weißt du auch, wie man die Kontrollen eines Teleporters bedient?«

»Klar. Man kippt den Hebel nach unten, wenn man nach oben will. Und umgekehrt. Ist doch ganz einfach.«

»N-na schön. *Wer* betätigt den Hebel?«

»Äh, das übernehme ich. Es sei denn, du möchtest dich darum kümmern.«

»Und wie gelangst *du* zurück?«

Thed kaute auf der Lippe — und biß sie fast durch, als eine Stimme erklang. »Entschuldigt bitte.«

Drei Aliens standen hinter ihnen. Einer hatte Flügel, ein anderer spitze Ohren, so wie die drei Fremden auf Direidi. Aber in diesem Fall trugen sie frische Uniformen. *Eine Einsatzgruppe,* dachte Thed. *Natürlich.*

»Können wir euch helfen?« fragte eine menschlich wirkende Frau.

»Wir, äh, nun«, erwiderte Thed und trat vor das Frachtmodul, als wollte sie es hinter sich verstecken. »Ich meine, wir, äh ...«

»Wir wollen das Schiff verlassen«, entfuhr es Orvy.

»Genau«, bestätigte Thed. »Mit dem, äh, Teleporter. Ding. Hier.«

»Das ist nicht schwer«, stellte der Alien mit den spitzen Ohren fest.

»Seid ihr neu an Bord?« erkundigte sich die menschliche Frau. »Kadetten?«

»Ja«, antwortete Thed und legte die Hand wie beiläufig auf einen STRENG GEHEIM!-Hinweis. »Wir sind

Kadetten und sollen dieses… ganz gewöhnliche Frachtmodul auf den Planeten bringen. Eigentlich komisch, daß man ganz gewöhnlichen Kadetten einen solchen Auftrag gegeben hat, nicht wahr?«

»Über dumme Aufträge wissen wir bestens Bescheid«, entgegnete die Frau. Der Geflügelte zirpte laut und schlug mit den Schwingen. »Ich schlage euch folgendes vor: Wir bedienen die Transporterkontrollen für euch, wenn ihr uns den Weg zur nächsten Messe beschreibt.« Sie lächelte schief. »Eigentlich komisch, daß wir ihn nicht kennen, oder?«

»Einverstanden.« Thed entspannte sich. »Sie brauchen nur dem Verlauf des Korridors dort zu folgen.«

Der Geflügelte pfiff. Der Alien mit den spitzen Ohren schien bereit zu sein, sofort loszulaufen. Die menschliche Frau hob eine Hand. »Unsere Freunde müssen ihre Pflicht erfüllen. Wir können warten. Immerhin gehören wir *nach wie vor* zu Starfleet. Zumindest noch einige Tage lang…« Sie schüttelte den Kopf. »In Ordnung, wir schicken euch jetzt auf den Planeten.«

Thed und Orvy dirigierten das Frachtmodul auf die Plattform. Der Spitzohrige — beziehungsweise *die* Spitzohrige — trat hinters Pult, betätigte einige Tasten (Orvy stieß Thed mit dem Ellbogen an) und drückte die Schieberegler nach oben. (Diesmal stieß Theds Ellbogen zu.)

Licht verschluckte die beiden Kinder, als sie entmaterialisierten.

»Ich vertraue den jüngsten Richtungshinweisen nicht«, sagte T'Vau. »Sie stammen von Kadetten, die einen sehr unerfahrenen Eindruck erweckten.«

»Sie wirkten irgendwie vertraut«, meinte Tellihu.

Trofimow ging um eine Ecke. »Dort ist sie — die Messe.«

Langsam, ganz langsam, gingen sie zum Synthetisierer. Captain Trofimow räusperte sich, sagte dann klar und deutlich: »Ich möchte ein großes Glas Orangensaft.«

Pliep.

Pling.

Das Ausgabefach öffnete sich, und darin stand ein Becher, der knapp einen halben Liter Flüssigkeit enthielt. Sie schimmerte blau.

Trofimow griff mit einer zitternden Hand danach und trank einen Schluck. Orangensaft. Herrlicher Orangensaft. Mit Fruchtfleischbrocken.

Während Tellihu und T'Vau hastig ihre Wünsche nannten, spürte Captain Tatjana Trofimow, wie ihr Freudentränen über die Wangen rannen.

Gestärkt verließen sie die Messe und gingen zum Frachtdock. Eine große Tür stand offen, und dahinter sahen sie etwas ... Unmögliches.

›7-C‹ stand über dem Zugang, und in der Kammer ruhte die Rettungskapsel der *Jefferson Randolph Smith.*

Einige Sekunden lang hielt Trofimow den Anblick für ein Trugbild, und als ihre Sinne die Realität des Objekts bestätigten, glaubte sie zunächst, daß es sich um eine andere, ähnlich geformte Kapsel handelte. Aber nein: Das Außenschott fehlte, und im Innern zeigte sich eine rosarote Masse, die nach Pfefferminz und geronnener Milch roch.

Wortlos stieg die Besatzung der *Smith* ein und streckte sich auf noch immer feuchten Liegen aus. Starfleet würde sie retten. Starfleet ließ niemanden im Stich.

Sie schlossen die Augen. Nach wenigen Sekunden waren alle eingeschlafen, selbst T'Vau, und träumten glückliche Träume.

Kaden holte allmählich zu Kirk auf, und das Ende des Tunnels schien noch immer sehr weit entfernt zu sein. Plötzlich hatte Jim das Gefühl, als neige sich der Tunnel immer steiler nach unten. Es lag an der Substanz, die den Boden bedeckte, stellte er kurz darauf fest — das

Zeug war noch glitschiger als Vakuum-Schmiermittel. Er versuchte, das Gleichgewicht zu wahren, rutschte, fiel, rutschte erneut, diesmal schneller. Hinter ihm erklang ein klingonischer Fluch, gefolgt von einem dumpfen Pochen; Kaden nahm an der Rutschpartie teil.

Voraus wuchs die Tunnelöffnung, und jenseits davon sah Kirk eine breite Glasfläche. Sie näherten sich dem glasüberdachten Bankettsaal.

Arizhel und Sanchez stürmten die Treppe hinab. In der Empfangshalle packte Rish den Portier am Kragen und rief: »Wo geht's zum Keller?«

Die Augen des Mannes quollen hervor. Er hob eine Hand, und die beiden Frauen liefen weiter.

ZUM KELLER, verkündete ein Schild. Sie hasteten in die entsprechende Richtung, eine weitere, schmalere Treppe hinunter.

Plötzlich falteten sich die Holzstufen zusammen und bildeten eine lange Rutsche, die im Bankettsaal mit dem Glasdach endete. Überall standen Tische, auf denen weiße Tücher hohe Stapel bedeckten.

Auf der anderen Seite des Raums stürzten Kirk und Kaden durch eine Tür, fielen übereinander.

Kirk stieß an einen Tisch, zog sich daran hoch und wich Kaden aus, der noch ein halbes Dutzend Meter weiterrollte. Er sah Tische mit weißen Laken — und Charlotte und Rish, die in den Bankettsaal stolperten. Sie trugen recht interessante Kleidung, gelinde gesagt.

An der gegenüberliegenden Wand krachte es. Schaumstofffetzen flogen; Holzstreben brachen. Dr. McCoy und Lieutenant Sulu (mit einem Schwert in der Hand; *o nein, nicht schon wieder,* dachte Jim) kamen direkt durch die Mauer, begleitet von zwei Klingonen. *Stehen uns weitere Überraschungen bevor?* fragte sich Kirk. Die Antwort ließ nicht lange auf sich warten. Eine Fensterscheibe splitterte, und Fähnrich Chekov sprang in den Saal, ebenfalls mit einem Schwert bewaffnet. Eine andere Scheibe ging zu Bruch, und ein Klingone mit *zwei* Schwertern blieb neben Chekov stehen.

»Kirrrrrk!« donnerte Kaden und trat zwei schwere und sehr unsichere Schritt auf den Captain zu. Aus einem Reflex heraus griff Jim nach seinem Phaser.

Der natürlich nicht am Gürtel steckte — immerhin war dies eine diplomatische Mission. Aber plötzlich hielt er etwas anderes in der Hand, einen flachen und nicht zu schweren Gegenstand. Er warf ihn, ohne vorher zu überlegen. Er wußte nicht einmal, *was* er als Wurfgeschoß verwendete — bis das Ding mit einem weißen *Platschen* in Kadens Gesicht landete.

Einige Sekunden lang rührte sich der klingonische Kommandant nicht von der Stelle, während Sahne und Vanillesoße auf das angesengte Hemd herabtropften. Eine Maraschinokirsche klebte mitten an seiner Stirn. Langsam hob er die Hände und wischte sich die Augen frei. Jemand in weißer Kleidung eilte vorbei, und wie durch Magie hielt der Klingone plötzlich eine Torte in der Hand.

Blaubeeren, dachte Kirk, anstatt sich zu ducken.

Platsch.

Ja, Blaubeeren.

Jemand zog die Tücher von den Tischen, und darunter kamen weitere Torten zum Vorschein. Kirk schnappte sich eine und warf sie nach Kaden, der rechtzeitig den Kopf einzog. Das Geschoß traf Chefingenieur Askade — eine Erdbeergranate. Askade griff seinerseits nach einer Torte und holte damit aus — sie riß Chekov die runde Wollmütze vom Haupt. Chekov nahm eine Torte und erwischte Botschafterin Sanchez. *Guter alter Chekov,* dachte Kirk. Truppenführer Memeth hielt in jeder Hand eine Torte, peilte Montgomery Scott an und erzielte einen Doppeltreffer. Pille McCoy wirkte wie jemand, der göttliche Gnade erfahren hatte, als er eine Zitronenmeringe hob und Memeth damit beglückte.

Es gab viele Torten. Und es mangelte nicht an Feindseligkeit. *»Zum Teufel mit den Organianern!«* rief jemand. Später erinnerte sich niemand daran, von wem dieser Ausruf stammte. Es kam nur auf das Hier und Jetzt an.

Thed und Orvy waren bereits in Sichtweite der Stadt, als die Antigraveinheit versagte. Das Frachtmodul bekam wieder Gewicht, wurde mehrere hundert Kilo schwer und ließ sich nicht mehr schieben.

»Bevor du was sagst ...«, bemerkte Thed fast ruhig und gelassen. »Wir haben es bis hierher geschafft.«

»Ich wollte überhaupt nichts sagen.«

»Vielleicht sollten wir das Ding vergraben«, schlug Thed vor.

»Dazu wäre ein großes Loch nötig. Und wir haben keinen Spaten.«

»Ja.«

»Was stellen wir jetzt damit an?«

»Ich dachte, du wolltest nichts sagen.«

Orvy hockte sich nieder und stützte das Kinn auf die Hände.

Thed blieb stehen. »Wir öffnen den Container, jawohl. Vielleicht enthält er Handwaffen, die wir verwenden können, zum Beispiel Desintegratoren ... Und bevor du jetzt danach fragst: Ja, ich weiß, wie man das Frachtmodul öffnet. Hier ist der Griff.« Sie deutete auf den roten Hebel am einen Ende der Vorrichtung.

»Ich schweige.«

Thed schloß die Hand um den Griff, doch er bewegte sich nicht. Sie drückte ihn, und daraufhin ließ er sich leicht drehen. Etwas klickte. Rote Lichter blinkten. »Ich glaube, wir sollten uns jetzt sicherheitshalber von dem Container entfernen.«

»Dein Standpunkt ist nicht ohne eine gewisse Logik«, entgegnete Orvy. Gemeinsam liefen sie los, um in Dekkung zu gehen.

Der Behälter öffnete sich mit einem lauten Zischen, aber die befürchtete Explosion blieb aus. In seinem Innern befand sich ein zusammengefaltetes, blaues und silbriges Etwas. Die Masse schwoll langsam an. Ein schlaffes, scheibenförmiges Objekt steckte an einem langen Schacht, der aussah wie der Hals eines prähistorischen Ungeheuers, das aus seinem Ei schlüpfte. Beine — nein, Flügel — wuchsen.

Atmosphärischer Druck verhinderte ein vollständiges Aufblähen des Ballons. Der klingonische Schlachtkreuzer, kaum mehr als ein ziemlich großer Gummivogel, schwebte träge in der sanften Morgenbrise.

Wände und Boden des Bankettsaals sowie alle Personen darin waren mit Obststücken, Sahne und Creme bedeckt. Hinzu kamen einzelne Tortenbodenbrocken. Ein ganzes Heer aus Schneemännern schien hier Krieg zu führen.

Captain Kaden näherte sich Captain Kirk, eine Bananentorte in der Hand. Jim hielt einen Vanillekuchen bereit, der seinem ersten Geschoß glich, bereit dazu, anzugreifen oder sich zu verteidigen — wie es die Umstände verlangten.

Kaden warf. Kirk warf. Die beiden kulinarischen Granaten vernichteten sich gegenseitig. Sie blickten sich um. Inzwischen waren viele Tische leer, und die Munition wurde knapp. Eine offensichtliche Alternative hieß Nahkampf. Sie umklammerten sich gegenseitig und rangen miteinander, wobei sich jedoch gewisse Probleme ergaben: Dauernd rutschten die Hände ab.

»Sie!« brachte Kirk hervor. »Sie ahnen gar nicht, wie sehr ich die Möglichkeit begrüße, Ihnen den verdammten Hals umzu ...«

Charlotte Sanchez stieß Jim beiseite. Sie brauchte nicht viel Kraft dazu, denn die Sahne schien den Boden in Glatteis zu verwandeln. Kirk prallte an einen Tisch, bewaffnete sich und feuerte. Eine Schokoladentorte landete auf Sanchez' Kopf und blieb dort, sank rechts und links wie in Zeitlupe nach unten.

»Halt dich da raus, Jim«, sagte die Botschafterin. »Du hast hier ohnehin keine Befugnisse.« Sie klopfte mit dem Zeigefinger auf Kadens Brust. »Sie widern mich an!« fuhr sie mit voller Lautstärke fort. »Dieser ganze verfluchte Planet widert mich an. Ich habe es satt, satt, *satt* und möchte *nie* jemanden von Ihnen wiedersehen!«

»Zumindest in diesem Punkt sind wir einer Meinung!« brüllte Kaden. »Wir überlassen diese Welt gern dem trockenen Dunkel.«

»Dem Trockendock?« fragte Scott.

»Dem trockenen Dunkel, *Dunkel*«, knurrte Maglus und schmetterte dem Chefingenieur eine Blaubeertorte entgegen.

»Das war eine Torte zuviel, Freundchen«, sagte Dr. McCoy und schob Maglus einen Kokosnußkuchen in die Hose.

Stille folgte. Dann erklang Estervys Stimme: »Schnitt, *Ende* der Szene! Das wär's.«

Eine metallene Plattform senkte sich herab, und auf der Antigravscheibe standen zwei Video- und zwei Filmkameras. Pete Blackwood saß auf dem Stuhl des Kameramanns; Prinzessin Deedee lehnte neben ihm und winkte.

»Lächeln Sie«, sagte Estervy. Die würdevolle Erhabenheit war aus ihrem Tonfall verschwunden. »Dies ist Candid-Diplomatie.«

Eine Säule aus goldenem Licht glitzerte im Bankettsaal. Der Erste Offizier Spock materialisierte und musterte die sahneweißen Gestalten.

»Captain Kirk«, sagte er fast gleichgültig.

»Spock«, erwiderte Kirk. »Spock.« Und dann noch einmal, von Herzen: *»Spock.«* Er streckte die Arme aus. »Gebt mir eine *Torte!*«

Er bekam gleich zwölf.

Ein Schatten fiel auf den Saal. Über dem gläsernen

Dach schwebte ein klingonischer Schlachtkreuzer und verdeckte die Sonne.

Kaden schrie etwas auf Klingonisch. Arizhel schloß die Hand fest um seinen Arm und sagte ruhig: »Er fliegt ein bißchen zu tief, um unser Schiff zu sein. Außerdem wirkt er irgendwie schlaff.«

Sie hatte recht: Der zentrale Rumpf wies mehrere Dellen auf, die sich immer mehr nach innen stülpten. Die Schwingen falteten sich zusammen. Die Männer und Frauen unter dem Glasdach beobachteten, wie das taktische Übungsziel (Prototyp eines klingonischen Kreuzers) den Bankettsaal umhüllte.

Schnitt.

Die Repräsentanten der Föderation, des Imperiums und des Planeten Direidi — gewaschen und in frischer Kleidung — saßen in der Empfangshalle des Hotels. Uhura und Aperokei hatten sich von ihrer Betäubung erholt und mit Tee gestärkt; ihre Rücken lehnten an einigen Kissen. Ein Schatten glitt übers Oberlicht, als der Kran einer Antigravplattform den klingonischen Schlachtkreuzer vom Glasdach des Bankettsaals zog.

»Ich glaube, es wird jetzt Zeit, daß wir uns Ihnen vorstellen«, sagte Estervy. »Sie sollen erfahren, wer wir wirklich sind, wenn Sie verstehen, was ich meine. Das ist Ross Goch Flyter, auch bekannt als Ross Red.«

»Mein Autorenpseudonym«, erklärte Flyter. »Und dies ist Esther Vicinanzo von ...«

»Von der geisteswissenschaftlichen Fakultät der Starfleet-Akademie«, entfuhr es Lieutenant Sulu. »Sie haben die Drama-Sektion vor Dr. Slaff geleitet.«

Estervy verbeugte sich höflich. »Ich bin immer erfreut, wenn man sich an mich erinnert. Sie haben bei Dr. Horvendile studiert, nicht wahr, Mr. Sulu? Viele seiner Fechtkniffe kennt er von mir.«

»In der Starfleet-Akademie gibt es eine Drama-Sektion?« fragte Botschafterin Sanchez.

Die Offiziere starrten sie groß an.

»O Teuerste«, seufzte Estervy. »Nicht *alle* von uns sind aufgeblasene, arrogante, möchte-gern-tollkühne, phaserschwingende Wir-kommen-jetzt-an-Bord-Typen.«

»*Touché*«, murmelte Sanchez. In Kirks Mundwinkeln zuckte es, aber seine Lippen bildeten auch weiterhin eine linealgerade Linie.

Gladiola erschien und bewies, daß die Schwarze Königin sie nicht in Staub verwandelt hatte. Die Stunt-Gruppen verneigten sich und versprachen, ihren Kollegen im Bett gute Wünsche zu übermitteln. Estervy nahm einen Hammer, schlug damit auf eine der ›Dilithiumstatuen‹ und zertrümmerte Kunstharz. Der Zauberkünstler, der Uhuras und Prokes Kommunikatoren gegen Attrappen ausgetauscht hatte, gab ihnen die echten Geräte zurück. Rik, Fachmann für mechanische Spezialeffekte, erklärte die Artilleriesimulatoren und zeigte den Gästen die Schwerter: Ihre Klingen waren mit Federn ausgestattet und wichen ins Heft zurück — Memeth kommentierte die Erläuterungen mit einem anerkennend klingenden Brummen. Der Magus Ilen trank die Ingwerlimonade in der kleinen Flasche.

»Um einen Sinn in unserer besonderen Verhaltensweise zu erkennen, müssen Sie die Prinzipien verstehen, auf deren Basis diese Kolonie entstand«, sagte Flyter.

»Wie lauten sie?« fragte Kirk.

»Sie lassen sich nicht so einfach beschreiben«, erwiderte Flyter fröhlich. »Dies ist keine Anarchie. Das heißt, vielleicht doch. Aber wir sind keine Nihilisten. Zugegeben, es existiert ein ausgeprägtes dadaistisches Element. Oder vielleicht ...«

»Der konstante Faktor«, warf Estervy ein, »ist folgender: Wir haben einen ziemlich langen Weg hierher zurückgelegt, um *nicht* zur Föderation, irgendwelchen Sternenreichen oder interstellaren Organisationen zu gehören, die komplexer strukturiert sind als ein Spiel Plafond-Bridge.«

»Wir orteten hier eine Hintergrundstrahlung, von der wir glaubten, sie würde uns vom Rest des Universums isolieren«, fügte Flyter hinzu. »Aber später mußten wir feststellen, daß es sich um Hecht-Emissionen handelt. Wenn wir bessere Sensoren mitgebracht hätten und keine billigen Scanner aus zweiter Hand ...«

Estervy trat ihm mit freundschaftlichem Nachdruck ans Schienbein.

Flyter räusperte sich. »Wie dem auch sei ... Unser kleines Paradies entpuppte sich als größte Dilithium-Lagerstätte im Umkreis von tausend Parsec. Wir wußten: Früher oder später würde uns jemand von Ihnen entdecken.«

»Sie kennen den organianischen Friedensvertrag?« fragte Botschafterin Sanchez.

Estervy nickte. »Nach den Bestimmungen jenes Vertrages steht dieser Planet dem tüchtigsten Entdecker zu. Auch vor Tüchtigkeit flohen wir damals.«

»Wir konnten natürlich nicht hoffen, sowohl der Föderation als auch dem Imperium auf Dauer bewaffneten Widerstand zu leisten«, meinte Flyter. »Deshalb beschlossen wir, andere Mittel einzusetzen. Wir begannen, den Plan C zu entwickeln.«

»Was ist mit den Plänen A und B passiert?« erkundigte sich Arizhel.

»Das ›C‹ deutet nicht auf eine alphabetische Reihenfolge hin«, sagte Estervy. »Es steht für ›Comedy‹ — Komödie.«

»Beziehungsweise für Cremetortenschlacht.« Flyter lächelte.

Kirk starrte ihn ungläubig an. »Eine Gesellschaft kann doch nicht von *Lustspielprinzipien* bestimmt werden.«

»Tatsächlich nicht?« entgegnete Flyter unschuldig. »Ich dachte, das sei allgemein üblich. Wobei man natürlich andere Bezeichnungen verwendet.«

Sanchez versuchte, nicht zu kichern. Es fiel ihr sehr schwer.

»Und was wollen Sie unternehmen, wenn zu allem entschlossene Feinde kommen?« fragte Kaden. Es klang nicht besonders scharf. »Wie begegnen Sie drohender Gewalt?«

»Mit einer Waffe, gegen die es keinen Schutz gibt«, antwortete Estervy in perfektem Klingonisch. »Wir lachen den Gegner aus.«

»In diesem Fall sind Deflektoren völlig sinnlos«, bemerkte Spock mit kühler Sachlichkeit.

»Na bitte«, erwiderte Flyter zufrieden. »Vulkanier sehen die Sache immer aus der richtigen Perspektive.«

»Das ist ja alles ganz schön und nett«, ließ sich Aperokei vernehmen. »Aber wer schießt den Vogel ab?«

»Wovon reden Sie *jetzt*, Lieutenant?« brummte Kaden.

»Oh, ich verstehe ihn«, verkündete Estervy. »Er meint: Wer bekommt das Dilithium?«

»Wenn es nach uns ginge, blieben wir hier auch weiterhin allein, in Ruhe und Frieden«, sagte Flyter, und diesmal kroch ein gewisser Ernst in seine Stimme. »Das möchte ich ausdrücklich betonen. Aber wir sitzen auf einem kostbaren Schatz, und irgendwie finden Sie bestimmt eine Möglichkeit, zumindest einen Teil davon zu ergattern.« Etwas lockerer fügte er hinzu: »Außerdem gibt es in Ihren Sprachen einen Begriff für ›ausgelacht werden‹. Doch vielleicht wartet jemand im All, der überhaupt nicht weiß, was das bedeutet. Wenn ich mir solche Fremden vorstelle, läuft es mir kalt über den Rükken.«

Estervy hob den Kopf. »Wir schlagen vor, daß wir uns der Föderation anschließen ...« — die Klingonen, abgesehen von Proke und Arizhel, versteiften sich, —, »... natürlich nur provisorisch. Und unter der Voraussetzung, daß der Dilithium-Abbau den Klingonen vorbehalten bleibt. Prozente für den Handel, Prozente fürs

Geschäft ...« Sie sang diese Worte. »Das überlassen wir den Anwälten der Föderation und des Imperiums. Sie werden sich ohnehin darum kümmern.«

»Behalten Sie sich gegenseitig gut im Auge«, riet Flyter. »Wenn sich die eine Seite danebenbenimmt, so muß die andere Abhilfe schaffen. Sonst ... Nun, inzwischen kennen Sie unser ›Sonst‹.«

Charlotte Sanchez konnte sich nicht mehr beherrschen und lachte laut. »Soll das ein Witz sein?« fragte Kirk.

»Dieses eine Mal meinen wir es ernst.«

»Auf diese Weise wird Zeit gespart«, sagte Estervy nach einer Weile. »Es ist bereits eine Föderationsbotschafterin zugegen. Und die Klingonen haben sicher nicht darauf verzichtet, mit Schürfgeräten zu kommen, stimmt's, Truppenführer?«

Memeth nickte und lächelte. Er schien wahrhaftig amüsiert zu sein.

»Des weiteren bitten wir Lieutenant Aperokei, als ... kultureller Verbindungsoffizier hierzubleiben. Wenn Sie damit einverstanden sind.«

»Ich bin noch immer an die Befehle des Captains gebunden«, wandte Proke ein.

»Ich habe lange und häufig überlegt, wie ich Sie loswerden könnte, *Zan* Aperokei«, antwortete Kaden. »Aber ich hätte nie gedacht, daß Sie ein eigenes Kommando bekommen. *Kai* Proke!«

Pam, in Toque und Schürze, trat in die Tür und hielt einen Holzlöffel in der Hand. »Der Bankettsaal ist wieder sauber. Gleich wird das Essen aufgetragen, und *diesmal* werden Sie keine seltsamen Geräusche aus der Küche hören.«

Sie standen auf, und Kirk bot Charlotte den Arm an. »Du, äh, trägst mir nichts nach?«

»Es diente alles einem guten Zweck«, erwiderte die Botschafterin. »Und jede Komödie braucht einen *hieros gamos*.«

»Einen ...«

»Ich erkläre es dir später«, sagte Sanchez.

Die Landegruppen standen vor dem Hotel. Sie verabschiedeten sich, und Estervy verteilte Geschenke. Uhura fand die silberne Harfe in ihrem Päckchen — das kleine Musikinstrument hatte alles gut überstanden. Sulu und Memeth erhielten Schwerter mit Klingen, die im Griff verschwanden. Askade bekam eine kleine Statue aus falschem Dilithium. Chekov und Korth wurden mit dem Direidi-Orden für Geduld streitsüchtigen Vorgesetzten gegenüber belohnt. Scott und Maglus wickelten schwere Zylinder aus, die leise gurgelten, wenn man sie zur Seite neigte. McCoy fand in seinem Paket einen Kryostat-Würfel mit ›Schießbörger‹, Pommes frites, einem Stück Torte und detaillierten Rezepten. Kirk und Kaden empfingen ihre Päckchen mit der Anweisung, sie erst an Bord der Raumschiffe zu öffnen. Was Arizhel betraf ... Estervy gab ihr ein in Leder gebundenes Buch, das Werke von Shakespeare enthielt, mit gekennzeichneten Passagen in *Wie es euch gefällt, Was ihr wollt* und *Viel Lärm um nichts.*

Anschließend gingen die Außenweltler zu den Podesten, die noch immer mit den falschen Fähnchen geschmückt waren. Im gläsernen Pavillon neben dem Straßenbahnwagen spielte eine Blaskapelle die gleiche Melodie wie beim Empfang der Landegruppen, und der Direidi-Chor sang:

»Wir hoffen, daß Ihnen der Aufenthalt gefiel.
Freude und Vergnügen, wie man's nimmt,
Dauern nicht ewig, das stimmt.
Daß Sie nun gehen — es tut uns leid.
Hoffentlich begleitet Sie keine Bitterkeit.
Da Sie jetzt gepackt haben Ihre Sachen,
Um sich auf den Weg zu machen,

Zählen wir das Silber, nehmen den Schlüssel
  vom Haken
Und verbrennen die Laken.
Bis Sie zurückkehren irgendwann im Morgen,
Hoffen wir, daß Ihr Aufenthalt war ohne Sorgen.

Wir hoffen, daß Ihnen der Aufenthalt gefiel.
  Wir werden Sie vermissen sehr
    Und schwimmen in einem Kummermeer.
Dies ist ein sehr trauriger Tag,
  Der rasch vergehen mag.
Allerdings wir darauf bestehen,
  Unter den Betten nachzusehen.
Sie wissen, daß Sie hier sind willkommen,
Wie Blätter von einem Baum genommen.
Deshalb herzlich wir winken,
Um in Erleichterung zu sinken.
Wir Sie zu vermissen wagen,
Und zu hoffen, daß Ihr Aufenthalt war ohne Klagen.«

Uhura ging vom Hotel fort, doch nach einigen Schritten zögerte sie, drehte sich um und sah zu Aperokei. Einige Sekunden lang musterten sie sich gegenseitig, und dann sagte Uhura: »Es ist soweit, Proke.«

Er nickte ernst und schien aus einem Filmdialog zu zitieren, als er erwiderte: »Also schön, Engelchen. Wenn Sie es ertragen können, werde ich ebenfalls damit fertig. Heraus damit.«

»Leben Sie wohl, Proke.«

Er nickte. Uhura wandte sich um und schritt zu den anderen Offizieren der *Enterprise.*

Licht schimmerte auf beiden Podien, und die Landegruppen entmaterialisierten.

Kirk verriegelte die Tür seiner Kabine und aktivierte das Ich-möchte-nicht-gestört-werden-Programm des Computers. Dann öffnete er das Paket und nickte kummervoll — es enthielt eine Videokassette. Auf seiner Stirn bildete sich ein dünner Schweißfilm, als er die Kassette in den Abtaster schob und aus der Vogelperspektive eine Tortenschlacht sah. Zur Aufzeichnung gehörte auch der Originalton, und alle Teilnehmer an dem Sahnekrieg waren deutlich zu erkennen.

Nach dem Kampf wechselte das Bild plötzlich zu einer altertümlichen Schwarzweißdarstellung. Blecherne Leierkastenmusik erklang. Flyter und Estervy zeigten sich auf dem Bildschirm, trugen dunkle Hosen, weiße Hemden, schmale Krawatten — und große Melonen.

Flyter lächelte übertrieben, griff nach seiner Krawatte und wedelte damit vor der Kamera. Estervy zwinkerte, hob den Hut und sprach, ohne daß ihre Stimme erklang. Statt dessen wurde ein verschnörkelter Schriftzug auf weißem Grund eingeblendet:

CAPTAIN KADEN HAT AUCH EINE.

Die beiden Direidi erschienen erneut, winkten und klopften sich an die Hüte. Der Leierkasten ertönte einmal mehr, und dann leuchtete ein großes

ENDE

auf dem Schirm. Kirk nahm die Kassette aus dem Abtaster. Wie lautete die Kombination seines privaten Safes ...?

Drei Gestalten schritten über das Frachtdeck C und näherten sich der Verwalterin. Sie sah auf. Das Trio trug Starfleet-Uniformen, doch hier und dort bemerkte sie rosarote Farbflecken daran. Außerdem nahm sie einen seltsamen Geruch wahr, eine Mischung aus Pfefferminz und geronnener Milch. In der Mitte ging eine menschlich wirkende Frau. Ihr rechter Begleiter hatte Flügel, der linke spitze Ohren. Die Verwalterin war belesen und nicht sehr abergläubisch. Sie dachte an Faust in der Gesellschaft von einem guten und einem bösen Engel. Ein zweiter Vergleich drängte sich ihr auf — der Anblick erinnerte sie an eine William Blake-Illustration.

»Entschuldigen Sie bitte«, begann der Geflügelte. »Könnten Sie uns vielleicht den Weg ...«

»Nein, schon gut«, sagte die Frau in der Mitte. »Es ist alles in Ordnung, in *bester* Ordnung. Wir finden den Weg selbst, herzlichen Dank.«

»Ich singe die Hypotenuse«, kam es von den Lippen der Spitzohrigen. »Und zum Quadrat ich die Seiten erhebe! Pythagoras gibt kühn den Takt mir nur, auf seinem großen goldenen Femur!«

Die drei Gestalten schritten durch den Korridor fort.

Die Verwalterin sah ihnen einige Sekunden lang nach. Sie hatte das Gefühl, daß ihre Begegnung mit diesen sonderbaren Personen einen Kommentar erforderte, daß vielleicht eine Meldung nötig war.

Aber an *wen* sollte sie sich mit *welchen* Worten wenden? Und was ihr noch viel wichtiger erschien: *Warum?*

Sie griff wieder nach ihrem Buch.

Die *Enterprise* setzte den Flug durchs All fort.

STAR TREK™

in der Reihe
HEYNE SCIENCE FICTION & FANTASY

Vonda N. McIntyre, Star Trek II: Der Zorn des Khan · 06/3971
Vonda N. McIntyre, Der Entropie-Effekt · 06/3988
Robert E. Vardeman, Das Klingonen-Gambit · 06/4035
Lee Correy, Hort des Lebens · 06/4083
Vonda N. McIntyre, Star Trek III: Auf der Suche nach Mr. Spock · 06/4181
S. M. Murdock, Das Netz der Romulaner · 06/4209
Sonni Cooper, Schwarzes Feuer · 06/4270
Robert E. Vardeman, Meuterei auf der Enterprise · 06/4285
Howard Weinstein, Die Macht der Krone · 06/4342
Sondra Marshak & Myrna Culbreath, Das Prometheus-Projekt · 06/4379
Sondra Marshak & Myrna Culbreath, Tödliches Dreieck · 06/4411
A. C. Crispin, Sohn der Vergangenheit · 06/4431
Diane Duane, Der verwundete Himmel · 06/4458
David Dvorkin, Die Trellisane-Konfrontation · 06/4474
Vonda N. McIntyre, Star Trek IV: Zurück in die Gegenwart · 06/4486
Greg Bear, Corona · 06/4499
John M. Ford, Der letzte Schachzug · 06/4528
Diane Duane, Der Feind — mein Verbündeter · 06/4535
Melinda Snodgrass, Die Tränen der Sänger · 06/4551
Jean Lorrah, Mord an der Vulkan Akademie · 06/4568
Janet Kagan, Uhuras Lied · 06/4605
Laurence Yep, Herr der Schatten · 06/4627
Barbara Hambly, Ishmael · 06/4662
J. M. Dillard, Star Trek V: Am Rande des Universums · 06/4682
Della van Hise, Zeit zu töten · 06/4698
Margaret Wander Bonanno, Geiseln für den Frieden · 06/4724
Majliss Larson, Das Faustpfand der Klingonen · 06/4741
J. M. Dillard, Bewußtseinsschatten · 06/4762
Brad Ferguson, Krise auf Centaurus · 06/4776
Diane Carey, Das Schlachtschiff · 06/4804
J. M. Dillard, Dämonen · 06/4819
Diane Duane, Spocks Welt · 06/4830
Diane Carey, Der Verräter · 06/4848
Gene DeWeese, Zwischen den Fronten · 06/4862
J. M. Dillard, Die verlorenen Jahre · 06/4869
Howard Weinstein, Akkalla · 06/4879
Carmen Carter, McCoys Träume · 06/4898

STAR TREK™

in der Reihe
HEYNE SCIENCE FICTION & FANTASY

Diane Duane & Peter Norwood, Die Romulaner · 06/4907
John M. Ford, Was kostet dieser Planet? · 06/4922
J. M. Dillard, Blutdurst · 06/4929 (in Vorb.)
Gene Roddenberry, Star Trek (I): Der Film · 06/4942 (in Vorb.)
J. M. Dillard, Star Trek VI: Das unentdeckte Land · 06/4943

STAR TREK: DIE NÄCHSTE GENERATION:

David Gerrold, Mission Farpoint · 06/4589
Gene DeWeese, Die Friedenswächter · 06/4646
Carmen Carter, Die Kinder von Hamlin · 06/4685
Jean Lorrah, Überlebende · 06/4705
Peter David, Planet der Waffen · 06/4733
Diane Carey, Gespensterschiff · 06/4757
Howard Weinstein, Macht Hunger · 06/4771
John Vornholt, Masken · 06/4787
David & Daniel Dvorkin, Die Ehre des Captain · 06/4793
Michael Jan Friedman, Ein Ruf in die Dunkelheit · 06/4814
Peter David, Eine Hölle namens Paradies · 06/4837
Jean Lorrah, Metamorphose · 06/4856
Keith Sharee, Gullivers Flüchtlinge · 06/4889
Carmen Carter u. a., Planet des Untergangs · 06/4899
A. C. Crispin, Die Augen der Betrachter · 06/4914
Howard Weinstein, Im Exil · 06/4937 (in Vorb.)

STAR TREK: DIE ANFÄNGE:

Vonda N. McIntyre, Die erste Mission · 06/4619
Margaret Wander Bonanno, Fremde vom Himmel · 06/4669
Diane Carey, Die letzte Grenze · 06/4714

DAS STAR TREK-HANDBUCH:

überarbeitete und aktualisierte Neuausgabe!
von *Ralph Sander* · 06/4900

Diese Liste ist eine Bibliographie erschienener Titel
KEIN VERZEICHNIS LIEFERBARER BÜCHER!

HEYNE BÜCHER

John Grisham

Der neue Roman vom Autor des Weltbestsellers »Die Firma«. Ein schonungsloser Blick hinter die Kulissen der Justiz, verpackt in eine hochexplosive Story.

»Ein äußerst packender Thriller« NEWSWEEK

01/8615

Wilhelm Heyne Verlag
München